P9-CQU-093

AGUILAR

JONATHAN FRANKLIN

LOS 33

EL RESCATE QUE UNIÓ AL MUNDO

AGUILAR

AGUILAR

Título original: The Ultimate Account of the Chilean Miners' Dramatic Rescue

2023 N. W. 84th Ave., Doral, FL, 33122
Teléfono (1) 305 591 9522
Fax (1) 305 591 7473

Disponible en e-book

Los 33
Primera edición: Marzo de 2011

ISBN: 978-1-61605-346-8

Diseño de cubierta: Tom Poland (TW)
Fotografía de cubierta: Corbis/Cordon Press

Published in The United States of America

Printed in USA by HCI

12 11 1 2 3 4 5 6 7 8 9 10

Este libro está dedicado a mi familia, que apenas pudo verme durante el tiempo que duró esta dramática historia: a Toty, mi valerosa y osada esposa, y a mis seis preciosas hijas: Francisca, Susan, Maciel, Kimberly, Amy y la pequeña Zoe. Y, cómo no, a mi nieto Tomas, que casi ni me ha visto.

Escribir este libro ha supuesto para mí un desafío y todo un periplo ni por asomo tan desgarrador como el vivido por los treinta y tres mineros, aunque yo también estoy feliz por hallarme por fin en casa y en paz.

JONATHAN FRANKLIN, Santiago, Chile, diciembre 2010

Índice

Prólogo. Los ojos del mundo

El día 12 de octubre una densa bruma cubría al alba la abarrotada ladera de una montaña del norte de Chile. Soñolientos bancos de niebla trepaban por las pendientes. El sol aún se ocultaba tras el horizonte y un frío aire húmedo se levantaba en el océano Pacífico y absorbía el calor corporal. Las pocas figuras que vagaban por el improvisado campamento a esa temprana hora de la mañana eran siluetas fantasmales que parecían fugaces espejismos del desierto de Atacama, uno de los lugares más secos del mundo.

En el campamento de los medios de comunicación una maraña de reflectores iluminaba los campos de antenas. Docenas de transmisores vía satélite se erguían sobre un suelo lleno de pedruscos.

Apiñados alrededor de una fogata, con los dedos y los brazos entrelazados, la familia Ávalos rezaba y conversaba con silenciosa reverencia justo encima de donde estaban sepultados dos miembros de su familia: Renán y Florencio Ávalos, de 29 y 31 años, respectivamente. Nueve semanas antes, el 5 de agosto, los hermanos habían entrado en la mina San José para hacer un turno de doce horas. Hacia media tarde, un enorme pedazo de roca del tamaño de un rascacielos se había desprendido de la montaña dejándolos encerrados en el fondo de la mina.

Durante nueve semanas la familia Ávalos había mantenido la esperanza y había rezado para que se produjera un milagro. Primero para que les dijeran que los hermanos estaban vivos y después para que pudieran ser rescatados sanos y salvos de las profundidades de una mina que, incluso en sus mejores tiempos, era conocida por matar y mutilar mineros.

Desde el momento en que la mina se había derrumbado a principios de agosto, cientos de ingenieros, equipos de rescate, perforadores y excavadores profesionales habían viajado a ese rincón hasta entonces remoto y desierto del norte de Chile. Llegaban como voluntarios y ofrecían sus ideas, sus equipos y su trabajo duro. Haciendo uso tanto de los canales diplomáticos como de sus contactos con el mundo empresarial, el presidente chileno Sebastián Piñera emitió una sencilla pero contundente llamada de socorro. Sus palabras fueron las siguientes: «Esos hombres están atrapados a 700 metros bajo tierra. ¿De qué tecnología disponen que puedan servir de ayuda?».

La respuesta fue abrumadora.

Ahora el rescate se encontraba en su etapa final. En menos de veinticuatro horas, una cápsula con forma de cohete, bautizada como Fénix, sería introducida lentamente en la tierra hasta el fondo de la mina. Florencio Ávalos sería el primer minero en abrir la puerta del artefacto e intentar llegar a la superficie. Su familia sabía que dicha elección suponía a la vez un honor y un riesgo.

Cientos de operarios de los equipos de rescate habían trabajado durante meses para llegar a aquel punto, la mayoría de ellos en el anonimato. Ahora todos resplandecían de orgullo ante la oportunidad de poder aportar su granito de arena en algo que ya se había convertido en un suceso de alcance mundial y que sabían sería un enorme experimento. Nunca hasta entonces se había conseguido rescatar a unos mineros sepultados a tanta profundidad tras meses de confinamiento. A pesar de las numerosas teorías de que tal rescate era posible, todo el mundo sabía que la ley de la probabilidad —nunca demasiado elevada en una industria tan peligrosa como la minera— estaba en contra de que todos los hombres pudieran ser rescatados con vida.

Con el nombre de «Operación San Lorenzo» —en homenaje a San Lorenzo, el santo patrón de los mineros— el rescate fue liderado por Codelco, la compañía estatal chilena de minería que durante los pasados dos meses había conseguido reunir los equipos de perforación y de cartografía más sofisticados del mundo.

Codelco, una moderna compañía que gana más de 4.500 millones de dólares al año, había empleado toda una flota de perforadoras prestadas, alquiladas o improvisadas para encontrar a los hombres y alimentarlos durante sesenta y nueve días. Ahora era el momento de la verdad. ¿Serían capaces de sacar a los hombres sanos y salvos desde una profundidad de más del doble de la altura de la Torre Eiffel? El orificio de rescate era tan pequeño que los mineros habían recibido las instrucciones de hacer ejercicio físico con intensidad para estar seguros de que cabían dentro de la cápsula.

A pesar de lo temprano que era cientos de periodistas estaban ya despiertos y cargaban con sus cámaras para intentar conseguir un lugar privilegiado para retransmitir el drama que había conquistado los corazones y la imaginación de espectadores de todos los rincones del mundo. Desde la llegada del hombre a la luna no se había producido un reto técnico que intrigara y fascinara tanto al mundo. Y en 2010 ese mundo interconectado ofrecía decenas de nuevas maneras con las que seguir y comentar todo el proceso.

Con las cabezas inclinadas hacia el abrasador montículo de ascuas naranjas, testigos de semanas de espera, la familia Ávalos parecía ajena al creciente alboroto. De vez en cuando hacían algún comentario y luego ignoraban la llegada de algún operador de cámara extraviado. El periodista —rodeado de cables y con un técnico de sonido detrás de él— merodeaba durante unos minutos por el lugar para retransmitir en directo cada palabra a la fascinada audiencia mundial y después se dirigía hacia la siguiente familia.

Detrás de la familia Ávalos había una pancarta que decía: «Enterrados quizás... Vencidos nunca». Las caras de los mineros miraban fijamente desde el cartel, medio ocultas en la oscuridad. Individualmente no había nada que destacara en sus caras serias, adustas y curtidas. Como grupo eran los 33, un símbolo mundial de resistencia.

Durante los meses de septiembre y octubre de 2010 mientras los miembros del equipo de rescate perforaban la montaña de granito en busca de los hombres atrapados, el destino de los 33 se había convertido en un relato colectivo. Los principales periodistas del mundo llegaban allí después de luchar por los escasos billetes de avión disponibles para llegar hasta Copiapó, una ciudad tan olvidada que cuando los locutores chilenos daban el pronóstico del tiempo para el país aquélla era la única ciudad chilena de tamaño considerable que directamente se saltaban. «Cuando el trofeo de la Copa del Mundo viajó por todo Chile, ni siquiera se detuvieron aquí», se quejaba el alcalde Maglio Cicardini, un *showman* con cola de caballo y aspecto de guitarrista de ZZ Top.

A pesar del interés mundial pocas veces se permitió a las cámaras acceder a la primera fila o a la parte subterránea de la tragedia. Obligados a mirar desde detrás de las líneas de la policía por una estricta y astuta campaña de relaciones públicas dirigida por el presidente Piñera, la mayoría de los reporteros se vieron obligados a limitarse a entrevistar a familiares y políticos durante esos dos meses mientras la audiencia mundial, que se contaba en cientos de millones, seguía fascinada por un tema mucho más profundo: ¿Qué estaba sucediendo allí abajo? ¿Cómo podían seguir vivos los treinta y tres mineros después de tantas semanas sepultados en una cueva sofocante, húmeda y en constante riesgo de derrumbe?

A primera hora de la tarde comenzó la cuenta atrás. Una multitud de familiares se mantenían expectantes mientras las enormes pantallas de televisión instaladas en los laterales de las autocaravanas y de la tienda de prensa mostraban las imágenes de los operarios del equipo de rescate dando los últimos toques a la cápsula de rescate Fénix. Pintado con los colores de la bandera chilena —azul, blanco y rojo—, el Fénix se había construido siguiendo instrucciones de la NASA y la Marina chilena.

A las once de la noche el Fénix estaba listo. Un torno sujetaba la cápsula. Un cabestrante amarillo desenrollaba el cable y lo iba soltando de manera progresiva. La escena era hipnótica. Parecía una operación industrial de los años treinta. Ocultas a la vista se encontraban las modernas herramientas que hacían posible toda aquella operación: unidades de GPS que permitían que las enormes perforadoras encontraran su minúsculo objetivo bajo tierra, kilómetros de cables de fibra óptica y transmisores inalámbricos que medían el pulso de los mineros y su presión arterial y descargaban dichos datos en el ordenador de un médico.

Sesenta y nueve días antes aquellos hombres estaban perdidos bajo tierra. Después de más de dos semanas de búsqueda aún no habían logrado encontrar el túnel donde se morían lentamente de inanición. Estaban tan seguros de que iban a morir que hasta habían escrito cartas de despedida. Incluso el Gobierno había empezado a diseñar una cruz blanca para poner sobre la ladera de la montaña y señalar su tumba. Ahora tenían la posibilidad de volver a nacer, de que los resucitaran y los rescataran. ¿Podría tan increíble proeza llevarse a cabo?

Mientras el mundo contenía el aliento, empezaron a bajar el Fénix lentamente hasta que desapareció. En aquella tierra de fuertes terremotos, la cantidad de causas que podrían hacer fracasar el rescate eran tantas que eran imposibles de calcular. Para que el rescate tuviera éxito, no sólo se necesitaba ingeniería de precisión, sino también fe ciega. Durante el rescate se habían consultado a especialistas de todo el mundo que habían colaborado en el desarrollo de planes médicos y protocolos de ingeniería. Pero ahora hasta el equipo de la NASA guardaba silencio. En aquella misión los chilenos eran los que llevaban la batuta.

I

Enterrados vivos

JUEVES, 5 DE AGOSTO, 7 DE LA MAÑANA

El recorrido de cincuenta minutos hasta la mina San José estaba más hermoso que nunca. Miles de diminutas flores doradas perfilaban las colinas con sensuales curvas y atraían a miles de turistas que acudían en tropel a ver el «desierto florido». Pocos de los trabajadores que viajaban en el autobús reparaban en el paisaje; muchos dormían mientras el vehículo trazaba veloz las curvas de la carretera que subía hasta la mina, una anodina colina tan repleta de oro y cobre que, durante más de un siglo, los mineros habían excavado como tejones y habían dejado un reguero de túneles serpenteantes que seguían el rastro de las preciadas vetas de minerales que atravesaban sus entrañas igual que las arterias recorren un cuerpo.

En el interior del autobús Mario Gómez no conseguía dormir. Cuando la alarma del móvil lo había despertado a las seis de la mañana era tan temprano y se había sentido tan mal que le había preguntado a su mujer: «¿Voy a trabajar? ». «Quédate en casa», le había pedido su esposa Lillian. Llevaba tiempo animando a su marido de 63 años a que pidiera la jubilación, aunque Gómez no necesitaba mucho para que lo convencieran. Había empezado su vida de minero a los 12 años, toda una experiencia dickensiana, y durante los cincuenta y uno siguientes había aprendido todas las maneras posibles que existían de morir bajo tierra. Su mano izquierda era un recordatorio de una de ellas: una carga de dinamita le había explotado demasiado cerca y le había arrancado dos dedos de cuajo. Tenía el pulgar seccionado justo por encima del nudillo.

Desde la ventanilla del autobús Gómez observaba un desierto en el que no había un solo arbusto o árbol y que, sin embargo, estaba lleno de vida comparado con el mundo subterráneo en el que aquellos hombres somnolientos estaban a punto de internarse. La mina San José era una de las más peligrosa de la región y la que, no por casualidad, pagaba los salarios más elevados. ¿En qué otro lugar iba a ganar un cargador de tiro, cuya labor era pasarse el día rellenando agujeros recién perforados con cartuchos de dinamita, un salario tan suculento? La nómina explicaba por qué los hombres (que se referían a sí mismos como los kamikazes) seguían fieles a su trabajo a pesar de la temible reputación de la mina. Todos los trabajadores llegaban a la misma conclusión después de sopesar con frialdad los riesgos y el dinero. El dinero siempre ganaba.

Mientras el autobús avanzaba con rapidez por la serpenteante carretera, iba dejando atrás una hilera de *animitas*, pequeños altares dedicados cada uno de ellos a una muerte violenta y repentina. Según la tradición popular tras una muerte accidental el alma del difunto se queda en un limbo entre el cielo y la tierra. Con la construcción de esos pequeños altares, la familia y los amigos pretenden acelerar el viaje a los cielos de sus seres queridos, lo que explica la presencia en los solitarios templos de velas, flores frescas y fotos arrugadas de las víctimas. Unos días después en esa misma carretera habría decenas de ellos más.

Muchos de los hombres llevaban consigo un abundante almuerzo. Aunque los propietarios de la mina habían decidido que dos bocadillos y un cartón de leche proporcionaban la energía suficiente para un turno de trabajo de doce horas, los hombres acostumbraban a llevar refuerzos: una chocolatina, un termo con sopa y un bocadillo de carne y tomate cuidadosamente envuelto. Y agua. Botellas, cantimploras e incluso bolsas de plástico de 500 mililitros (dos vasos) que vendían en el supermercado Unimarc. En el interior de la mina la temperatura rara vez bajaba de los 32 grados y los hombres, a pesar de beber tres litros de agua al día, vivían en el delicado límite de la deshidratación. La humedad era tan elevada que los cigarrillos se apagaban solos, claudicando ante los elementos.

En la entrada del yacimiento los hombres se cambiaban de ropa: pantalones de faena, camiseta, casco y frontal. Un sencilla chapa metálica identificativa indicaba su presencia... y a menudo su ausencia. Con siete días de trabajo seguidos de otros siete de descanso, estos hombres vivían en una auténtica montaña rusa: sudaban como animales durante una semana y luego se sumían en la vorágine de los placeres que les proporcionaban los excesos instantáneos durante los siete días de descanso. Cuando alguno faltaba al trabajo un lunes, solían comentar bromeando que había ido a adorar al dios de la resacas, conocido en la zona como «San Lunes».

Los *asados* organizados por la compañía propietaria de la mina eran frecuentes y los dueños solían hacer la vista gorda cuando los trabajadores llegaban con horas de retraso. Mientras trabajaban en aquella yerma colina, los aproximadamente doscientos cincuenta trabajadores de San Esteban Primera (la compañía encargada de la explotación de varias minas de la región, incluida la de San José) no tenían cobertura para teléfonos móviles y pocas medidas de seguridad. Los accidentes eran frecuentes y la ausencia de mujeres, casi absoluta. Aunque corría el año 2010 en muchos aspectos aquellos hombres vivían aislados. La zona rebosa de signos que revelan que se trata de una región minera, desde los burdeles abiertos toda la noche (30 euros por un polvo) hasta las filas de maltrechas camionetas aparcadas en Antay, un casino inaugurado recientemente que ayuda a los mineros a hacer realidad lo que parece ser una predisposición genética a gastarse el salario de un mes de una sola tacada.

Los desiertos del norte de Chile son el mayor productor de cobre del mundo, y la mayoría de los mineros chilenos trabajan en modernos yacimientos bajo la supervisión de multinacionales altamente profesionales, entre las que se encuentran Anglo American y BHP Billiton.

Chile es desde hace tiempo líder mundial en tecnología y operaciones mineras y la minería supone más del cincuenta por ciento de sus exportaciones. Chuquicamata, la mina a tajo abierto más grande del mundo, está gestionada por una compañía estatal dedicada a la minería llamada Codelco.

El trabajo de minero es muy codiciado porque resulta lucrativo y seguro (eso teniendo en cuenta que la seguridad en el mundo de la minería siempre es relativa). Si al riesgo que implican los jóvenes conduciendo camiones cargados de explosivos a base de nitrato de amonio le sumamos los cientos de mineros que ponen cargas de dinamita en el interior de las cuevas a diario y el hecho de que todo ello tenga lugar en Chile, un país que, como es sabido, sufre los peores terremotos del mundo, los accidentes están casi asegurados. Y si además le añadimos una gran tradición festiva sustentada por el consumo de cantidades ingentes de un licor barato pero capaz de tumbar a más de uno llamado pisco, el resultado de la ecuación es bien conocida por todos los empleados de los servicios sanitarios de la región: mineros muertos.

Los empleados de la mina San José no trabajaban en una de esas minas modernas y seguras, sino que pertenecían a la subcultura más arriesgada de toda esa industria: los mineros rústicos con escasos recursos tecnológicos, conocidos localmente como *pirquineros.* El equipamiento de un *pirquinero* chileno clásico era tan poco sofisticado como un burro y un pico, por eso los hombres de San José se llamaban a sí mismos «*pirquineros* mecanizados», haciendo referencia al hecho de que ellos manipulaban maquinaria moderna dentro de la destartalada infraestructura de una operación peligrosa por definición. A diferencia de otras minas, donde hay ratas e insectos, la de San José era yerma, con excepción de algún que otro escorpión. En el interior la rutina diaria se parecía mucho a la de un buscador de oro en California en los días de Abraham Lincoln. Que los mineros terminaran aplastados —el *planchado,* lo llaman en la jerga local— por bloques de roca de 500 kilos que se desprendían del techo era algo siniestramente habitual. Las rocas del interior de la mina San José eran tan afiladas que los mineros sabían que rozarse contra una pared era como pasarse una cuchilla por la piel.

El 5 de julio de 2010 estos riesgos potenciales se hicieron tristemente palpables. Los mineros de San José presenciaron primero la operación de rescate y luego vieron desfilar fugazmente ante sus ojos la furgoneta que se llevaba lo que quedaba de Gino Cortés. Un bloque de roca de un peso equivalente a veinte frigoríficos se desprendió cuando Gino pasaba por debajo y le arrancó una pierna de cuajo. Durante unos instantes se quedó mirando el miembro amputado con asombro; el corte era tan limpio que al principio ni siquiera le dolió. Uno de sus compañeros transportó la pierna con cuidado, envuelta en una camisa, mientras acompañaba a Cortés a urgencias. Al reflexionar sobre el accidente en su cama de hospital en Santiago, Cortés no hacía más que repetir: «He tenido suerte», y daba gracias a Dios por haberle salvado una pierna y la vida. Pero la extrema violencia de lo ocurrido resulta innegable: su ahora mutilada pierna izquierda está pulcramente cosida en un nudo por debajo de la rodilla, como si de una salchicha se tratase.

Si no es de un *planchado,* los *pirquineros* pueden morir lentamente de afecciones pulmonares. Sólo dos meses antes el minero Alex Vega caminaba por la mina cuando las piernas le fallaron y cayó desmayado. Los gases tóxicos procedentes de los tubos de escape de la maquinaria habían dejado su cuerpo sin oxígeno. Una ambulancia lo trasladó al hospital, donde permaneció ingresado casi una semana. La exposición prolongada a los gases y el polvo puede desembocar en silicosis, una enfermedad causada por la aspiración de partículas tóxicas de sílice que obstruyen los pulmones. Año tras año, estos mineros inhalan nubes de diminutas partículas de roca que van entorpeciendo el funcionamiento de sus pulmones. En estadios avanzados, el enfermo sufre insuficiencia respiratoria y su piel se vuelve azulada. Mario Gómez, el hombre de mayor edad del turno, había acumulado tal cantidad de polvo y desechos en los pulmones que a menudo le faltaba el aliento y empleaba un broncodilatador para aprovechar al máximo la capacidad pulmonar que aún le quedaba. Con la silicosis, los mineros como Gómez experimentan una privación progresiva de oxígeno, prácticamente lo mismo que le pasaría a una furgoneta si la condujeran por este desierto durante veinte años sin cambiarle nunca el filtro de aire.

Los *pirquineros* se dedican en cuerpo y alma a la mina durante una semana, a veces durante todo un mes, se parten el lomo en una solitaria batalla contra la montaña y, algunos de ellos, alivian la soledad con escarceos sexuales esporádicos que un médico de la región una vez bautizó como «situación Brokeback Mountain». Un psiquiatra chileno que trabajó con estos mineros describió el fenómeno como «homosexualidad transitoria» que, señalaba, es una práctica centenaria entre marineros, lo que él llamaba «una solución práctica al cada vez más acuciante problema de la falta de compañía femenina». Cuando los mineros regresaban a la ciudad se entregaban al alcohol, a las mujeres y a todo un festival de placeres instantáneos que garantizaban que pronto necesitarían otro salario. La cocaína —a menos de 15 euros el gramo— estaba también para muchos en la lista de tentaciones.

Samuel Ávalos había pasado las últimas veinticuatro horas matándose a trabajar para ganar 16.000 pesos (unos 25 euros) para coger el autobús a Copiapó. Ávalos, un hombre curtido de cara redonda, vivía en Rancagua, una ciudad minera situada al sur de Santiago y sede de El Teniente, la mina subterráneo más grande del mundo. Aunque los puestos de trabajo de minero abundaban en la zona, Ávalos tenía poca experiencia bajo tierra. En realidad era vendedor ambulante y su especialidad eran los CD pirata. La policía solía acosarlo y en ocasiones le confiscaba las existencias. Pero el último día había tenido suerte y había conseguido el dinero suficiente para coger el último autobús en el que había una plaza libre a Copiapó. Hasta más tarde no se daría cuenta de que José Henríquez, un compañero de la mina, viajaba en el mismo autobús.

Ávalos se pasó el camino bebiendo. Cuando hizo el transbordo para coger el autobús a la mina aún estaba aturdido. «El alcohol había hecho su efecto. Al bajar para salir del autobús casi me caigo al suelo», cuenta Ávalos. «Después fue muy extraño. No sé cómo llamarlo, pero fue como si se me apareciera un espíritu. Mi madre. Había fallecido y yo le preguntaba: "Madre, ¿qué está diciendo? ¿Qué es lo que quiere?". No entendí lo que había pasado. Después tuve mucho tiempo para pensar en aquel último aviso».

Ávalos solía llenarse los bolsillos de la chaqueta de chocolatinas, pastelillos, galletas, leche y zumos. Con la chaqueta toda abultada trataba de pasar desapercibido ante Luis Urzúa, el jefe de turno, al que no le gustaba que sus trabajadores llevaran comida a la mina. Lo consideraba una distracción. «Aquel día me dejé el almuerzo arriba. No me llevé ni una chocolatina», recuerda. Aquél fue un momento que reviviría una y otra vez en las semanas posteriores.

Mientras el turno nuevo se cambiaba de ropa y se preparaba para trabajar, el paramédico de 42 años Hugo Araya salía de la mina tras terminar su jornada de doce horas. Incluso después de seis años en San José, Araya seguía sin sentirse cómodo en la mina. La entrada abovedada, en la que un cartel oxidado aconsejaba precaución, siempre se le había antojado como una broma de mal gusto habida cuenta de la cantidad de accidentes, derrumbes y desmayos. Pero la verdad era que Araya, encargado de las urgencias médicas de la mina, es de esa clase de hombres a los que primero se llama cuando surge un problema. Por encima de todo odiaba el olor de la mina: «Como a algo en descomposición. Como a carne podrida», decía.

Con el monóxido de carbono, los gases procedentes de las cargas de dinamita y los hombres fumando sin parar, las llamadas de urgencias para Araya eran algo tan frecuente que rara vez las consideraba como tales. Cuando las recibía hacía el trayecto de menos de siete kilómetros y veinticinco minutos de duración, y descendía por túneles y raíles hasta lo más profundo de la caverna para encontrarse a un par de hombres respirando a través de máscaras de oxígeno, listos para ser evacuados. Por lo general los hombres se iban a casa esa misma noche. En el peor de los casos, pasarían un día o dos en la clínica de la localidad y después, vuelta al trabajo: a picar, a dinamitar y a tragar polvo prácticamente sin rechistar.

Cuando acababa el turno de noche, Araya estaba cubierto de una fina capa de polvo color marrón grisáceo, una mezcla aceitosa difícil de eliminar. Aquella mañana mientras se duchaba y restregaba en casa, a una hora de distancia de Copiapó, se sentía profundamente inquieto. La montaña había estado «llorando» toda la noche. Los espeluznantes y chirriantes gemidos y los agudos estallidos habían tenido en vilo a los hombres. Cuando una mina como la de San José llora, las lágrimas suelen ser del tamaño de rocas.

Tras más de un siglo de picos, dinamita y perforadoras, la montaña estaba tan llena de agujeros y de túneles que los mineros nuevos se preguntaban en voz alta cómo era posible que el techo de muchas de las galerías subterráneas no se hundiera. Araya no tenía forma de darse cuenta de que, después de ciento once años en funcionamiento, después de que millones de toneladas de mineral de oro y cobre hubieran sido arrancadas de cada rincón de los ahora laberínticos túneles, la mina había perdido también su columna vertebral. Su equilibrio era tan frágil como un castillo de naipes.

En el interior los mineros trabajaban con lo estrictamente necesario: casco provisto de linterna, botella de agua, pantalón corto y un reproductor MP3 con una selección al gusto de rancheras mexicanas. «Muchas veces veías a los hombres trabajando sólo con botas y ropa interior», cuenta Luis Rojas, que trabajó en la mina San José. «Hacía demasiado calor para llevar encima nada más».

Darío Segovia se pasó la mañana del 5 de agosto asegurando el techo de la mina con redes metálicas, un método rudimentario para evitar que las rocas que se desprenden puedan aplastar a los hombres o a la maquinaria. Conocido con el nombre de «fortificación», el trabajo de Segovia es extremadamente peligroso. Como el de un bombero en pleno infierno que intenta sofocar las llamas aquí y allá, y que sabe que la batalla está perdida de antemano: «Antes de las once de la mañana yo ya sabía que la mina se iba a derrumbar, pero nos enviaron a colocar las mallas de sujeción. Sabíamos que el techo estaba en mal estado y que se iba a desprender. Para pasar el rato fuimos en el camión a por algo de agua a los tanques. Era peligroso, el techo era demasiado frágil».

Aquella mañana Mario Sepúlveda perdió el autobús que salía de Copiapó. A las nueve de la mañana se puso a hacer autoestop para llegar hasta la mina. Pero había poco tráfico y ningún coche paraba, así que Sepúlveda se sintió tentado de volver a su habitación en una pensión barata, cuando un camión solitario asomó por el horizonte. Cuando el conductor se detuvo y lo invitó a subir, Sepúlveda se sintió afortunado: después de todo llegaría a tiempo para trabajar. A las diez de la mañana ya estaba en San José. Fichó y bromeó con los guardas de seguridad. A las diez y media se estaba internando en las entrañas de la montaña.

A las once y media de la mañana la montaña se resquebrajó. Los trabajadores preguntaron al jefe de minas, Carlos Pinilla, qué estaba ocurriendo. Según declararon los mineros, en aquel momento Pinilla estaba entrando en el pozo. Les dijo que se trataba de un proceso normal de «asentamiento de la mina» y los obligó a permanecer en el interior. A continuación, según recuerdan los trabajadores, se subió al primer vehículo disponible, dio media vuelta y se dirigió inmediatamente hacia la superficie. «Aquel día se fue temprano, algo que no hacía nunca. Solía irse a la una o a la una y media, y ese día se fue sobre las once», declaró Jorge Galleguillos. «Estaba asustado».

Raúl Bustos prácticamente no sabía nada de minería cuando entró en la mina de cobre de San José la fatídica mañana del 5 de agosto. Bustos se encontraba a sus anchas en el agua, reparando, soldando y arreglando barcos en los astilleros de la Marina chilena. Trabajó allí durante años hasta que una mañana de domingo en febrero de 2010 perdió no sólo su empleo, sino su lugar de trabajo, que resultó engullido por un muro de agua de nueve metros de altura, un tsunami mortal. El terremoto de intensidad 8,8 que provocó el tsunami dejó pocas fábricas en pie en la ciudad costera de Talacahuano, de manera que Bustos emigró 1.300 kilómetros al norte, a la mina San José.

Bustos, de 40 años, conocía la reputación de peligrosa de la mina, pero no le preocupaba. Trabajaba casi todo el tiempo en un garaje con el techo de zinc situado en una ladera de la colina sin árboles, donde reparaba vehículos. La insolación y la nostalgia del hogar parecían ser sus peores amenazas. En semanas alternas atravesaba medio país en un autobús para ver a su mujer, Carolina. Bustos nunca se quejaba del viaje de veinte horas ni le hablaba a su esposa de las precarias condiciones en que trabajaba. Cuando lo avisaron de que un vehículo tenía una rueda pinchada y una avería mecánica dentro de la mina en la mañana del 5 de agosto, se subió a un camión que lo condujo a seis kilómetros y medio de profundidad, a las entrañas de la tierra.

La mina era un laberinto de más de seis kilómetros de túneles. Puesto que los mineros llevaban más de un siglo sangrando las venas de oro y cobre de la mina, ésta no estaba excavada de forma ordenada, sino que era un verdadero caos. Había cables colgando del techo y también una gruesa malla para contener las rocas que se desprendían. Pequeños altares repartidos por la estrecha galería principal señalaban los lugares en que había muerto algún trabajador. En general los hombres trabajaban en grupos de tres o cuatro. Algunos solos. Casi todos llevaban los oídos tapados con protecciones, lo que dificultaba que pudieran hablar o escuchar cualquier sonido que no fueran los fuertes ruidos que generaba el trabajo en la mina.

A la una y media de la tarde los mineros pararon para comer y algunos de ellos bajaron al refugio, donde había bancos para sentarse y podían respirar algo de oxígeno. Cinco minutos enchufados a la bomba de oxígeno por lo general bastaban para devolverles al trabajo o la mesa del comedor, en torno a la cual compartían uno de los escasos momentos comunales en sus solitarias vidas. Mientras comían, los hombres practican *la talla*, un humor típicamente chileno a base de chistes rápidos y respuestas ingeniosas, combinación de monólogos y rap improvisado. Mientras tanto una montaña entera se hundía sobre ellos.

Franklin Lobos fue el último hombre en entrar a la mina aquel día, y probablemente el último que entrará nunca. En calidad de conductor oficial de la compañía, estaba a cargo de un servicio de transporte de lo más eficaz y cómico: le gustaba entretener a sus pasajeros contándoles locas historias de mujeres y fama mientras los llevaba hasta las profundidades de un mundo que parecía el decorado de la película *El Señor de los Anillos*, con su techo combado, las pilas de escombros y paredes que parecían haber sido excavadas a mano un siglo antes.

En su calidad de vieja estrella del fútbol chileno Lobos era una leyenda. Era como si David Beckham fuera el chófer que te lleva a Heathrow o Mike Tyson el taxista que te lleva al JFK. Lobos, de 53 años, ahora era un hombre calvo, de cara regordeta y sencillo. Sus andanzas de juventud lo convertían en un fascinante narrador de historias sobre los días gloriosos de su carrera en el club de fútbol Cobresal, con las que obsequiaba a los pasajeros. Muchos de los mineros eran sus devotos admiradores, hombres que habían crecido viéndolo marcar un gol detrás de otro y cimentando su reputación en el campo de juego.

En el transcurso de su carrera, entre 1981-1995, Lobos pasó a formar parte de la élite del norte de Chile, un semidios que convertía los tiros libres en un espectáculo con él como única estrella.

Antes incluso de tocar la pelota ya tenía al estadio entero extasiado imaginando la imposible trayectoria del esférico y celebrando la forma en que Lobos violaba las leyes de la física. Sus goles eran tan precisos e increíbles que la prensa chilena lo llamaba el «mortero mágico», un jugador capaz de enviar balones como bombas desde el centro del campo que alcanzaban su objetivo con toda precisión. Incluso David Beckham le habría aplaudido. Pero la vida profesional de las estrellas de fútbol en Chile dura una media de diez años. Para cuando se encontraba en la mitad de la treintena, Lobos estaba sin trabajo y había perdido el dinero y el poder que le habían conferido su estatus de leyenda del deporte. Probó suerte como taxista, pero con dos hijas a punto de ir a la universidad necesitaba más ingresos, y en Copiapó eso equivalía a una sola cosa: trabajar en la mina de cobre de San José.

Acababa de dar la una de la tarde cuando Lobos llevó a Jorge Galleguillos hasta el interior de la mina en un camión de transporte. A mitad de camino se detuvieron para charlar con Raúl *Guatón* Villegas, que conducía un camión de desperdicios lleno de rocas y piedras con oro y cobre de baja aleación. Fue entonces cuando la mina se resquebrajó.

«Cuando bajábamos de vuelta, una roca grande se desprendió justo detrás de nosotros», escribiría más tarde Galleguillos. «Cayó sólo unos pocos segundos después de que pasáramos por debajo. Después de aquello nos vino encima una avalancha de tierra y desechos. No se veía un burro a tres palmos. La galería se estaba derrumbando». Más adelante, al recordar la escena, Lobos la comparaba con el desplome de las Torres Gemelas en Nueva York: capa tras capa de túneles se iban desmoronando.

Mientras la mina se hundía, se produjeron una sucesión de avalanchas. Lobos no se atrevió a pisar el acelerador y, en lugar de ello, se concentró en esquivar los desechos que bloqueaban el túnel. Ahora el derrumbe estaba delante y detrás de él. Chocó contra la pared. Como no podían ver nada, Galleguillos salió del camión para intentar guiar a Lobos. El techo continuaba desplomándose y Galleguillos se refugió detrás de un tanque de agua. Finalmente los hombres consiguieron esquivar los escombros trazando una curva cerrada y, a pesar de las nubes de polvo, poco a poco empezaron a descender hacia el refugio de seguridad.

Cuando Lobos llegó hasta donde estaban sus compañeros, se miraron los unos a los otros, sobrecogidos. Todos sabían que aquélla no se parecía en nada a las pequeñas avalanchas tan habituales en San José.

Hasta para el minero más novato el mensaje estaba claro: llegaba *el pistón*. Tirados en la esquina del refugio, agachados detrás de peñascos poco mayores que un colchón, todos y cada uno de los hombres se prepararon para lo peor. Cuando una mina se derrumba el aire del interior circula a gran velocidad —como un pistón— por las galerías, generando vientos de tal fuerza que pueden propulsar a un hombre contra una pared, romperle todos los huesos y sofocar el aire de sus ya de por sí contaminados pulmones. «Era como si te golpearan los oídos», contaba Segovia. «Como si te atravesara el cerebro».

Las pequeñas avalanchas eran algo que ocurría todos los meses en San José, un paréntesis aterrador pero breve que invadía la soledad diaria de los mineros. Incluso con auriculares, el bajo profundo del reggaeton y la cumbia colombiana que sonaban a todo volumen en sus oídos, los hombres nunca dejaban de escuchar el inconfundible *craaaaac* que hacían las rocas al entrechocar unas con otras. Siempre era igual. En cuanto ocurría, los hombres buscaban refugio. En los minutos posteriores podían pasar una serie de cosas: en el mejor de los casos, una tormenta de polvo tóxico; en el peor, la noticia de que un colega había resultado aplastado. Generalmente el episodio duraba unas cuantas horas. Pero esta vez era distinto. «Un pistón es como una explosión. Un sonido penetrante y profundo, como una estampida de búfalos. Hay muy poco tiempo para reaccionar», explica Miguel Fortt, uno de los grandes expertos de Chile en rescates en minas. «No hay mucho que se pueda hacer».

«Pensé que se me salían los ojos de las órbitas», cuenta Omar Reygadas, minero de 56 años con décadas de experiencia. «Me explotaron los oídos». A pesar de llevar casco y tapones en los oídos, el dolor lo dejó casi doblado. Ni siquiera estaba seguro de no haberse quedado sordo.

A Víctor Zamora la explosión le hizo saltar por los aires. Su dentadura postiza salió despedida y se perdió entre los escombros. Las rocas le golpearon y le arañaron la cara. Como bombas sónicas en miniatura, ondas de aire comprimido taladraron los tímpanos de los hombres. El aire era como un tornado, rocas y polvo volaban por las galerías. La densa nube de polvo y desechos dejó ciegos, asfixiados y sordos al grupo de hombres que, cubiertos por una capa de polvo de dos centímetros de espesor, luchaban por salir de la mina mientras tropezaban, se arrastraban y trepaban por la galería. Como marineros en un huracán, interpretaban aquella enérgica explosión de la Madre Naturaleza como el gesto de venganza de una diosa invisible, la dueña y señora caprichosa y omnisciente que tiene la última palabra en su precario mundo. Algunos de los hombres empezaron a rezar.

La fuerza del aire atravesó la cima de la montaña y produjo lo que Araya y otros que estaban fuera de la mina describieron como «un volcán» de polvo. En lo más profundo de la mina los hombres se enfrentaron a una nube de detrito que inundó su espacio vital y que no desaparecería en las seis horas siguientes. Después de que el techo se derrumbara, llegó una nube cegadora de rocas, polvo y filones de los preciados minerales de cobre y plata que, desde la apertura de la mina, en 1889, habían empujado a seis generaciones de mineros a esta existencia precaria. «Pensé que me iban a explotar los oídos, y eso que estábamos dentro de un camión y con las ventanillas subidas», contaba Franklin Lobos, describiendo así la presión que dañó el oído interno de su colega José Ojeda.

Diez minutos después del primer derrumbe, la montaña se resquebrajó otra vez. Una breve y sucinta señal de que se habían vuelto a desprender millones de toneladas de tierra y roca. En el exterior de la mina cundió el pánico. Los capataces y supervisores que habían oído el primer temblor habían dado por hecho que los mineros habían «quemado», es decir, prendido dinamita. Hasta ahí todo era normal. Pero ¿dos detonaciones en diez minutos? Imposible. El tercer *craaaac* fue terrorífico e inconfundible. Dentro y fuera de la mina docenas de trabajadores estaban paralizados por el miedo. ¿Qué estaba pasando ahí abajo? Los mineros nunca prendían dinamita dos veces en tan corto espacio de tiempo. Una mezcla de curiosidad y temor se apoderó de aquel desolado rincón del desierto de Atacama.

Dentro de la mina un grupo de unos quince mineros se había sacudido el polvo y luchaba para subir por el túnel para ponerse a salvo. Uno de los lados de una enorme roca que bloqueaba el túnel se lo impidió. Los hombres entraron en pánico. «Estábamos agrupados como ovejas», dijo José Ojeda. «Oímos aquel sonido, no sé cómo describirlo... Es aterrador, como si las rocas estuvieran gritando de dolor... Intentamos avanzar, pero no fue posible, una pared de roca nos lo impedía».

Cuando Florencio Ávalos llegó en una camioneta, todos los hombres se subieron. Iban apilados como refugiados. En el descenso chocaron dos veces y rebotaron contra las paredes perdidos en aquel oscuro caos. Mientras el camión avanzaba a trompicones uno de los mineros se cayó. Alex Vega sacó el cuerpo del vehículo y tiró del hombre hacia sí (dado el caos reinante, no estaba seguro de a quién había salvado). Mientras tiraba de él algo le sonó en la zona lumbar. Habrían de pasar horas hasta que la subida de adrenalina cediera y fuera consciente del fortísimo dolor. Mientras circulaban a ciegas entre espesas nubes de polvo y desechos, los hombres tardaron casi una hora en llegar al refugio. Una vez allí cerraron las puertas de metal para mantener fuera la tormenta de polvo. A continuación los 33 empezaron a turnarse para respirar oxígeno de los tanques.

El pequeño refugio de apenas 50 metros cuadrados era poco más que un agujero con suelo de baldosas, techo reforzado, dos tanques de oxígeno, un botiquín lleno de medicamentos caducados y una pequeñísima reserva de víveres. «Los hombres acostumbraban a saquear constantemente el refugio, así que no había modo de saber qué quedaba exactamente. Siempre robaban las chocolatinas y las galletas», recordaba Araya, el paramédico también encargado de reponer existencias en el refugio. «De todas formas tuvieron suerte; normalmente sólo teníamos allí un tanque de oxígeno, pero cuando se quedaron atrapados había dos».

En el interior de la mina, Luis *Lucho* Urzúa intentó tomar las riendas del grupo. Tras dos décadas trabajando de minero y una breve experiencia como entrenador de fútbol aficionado, el liderazgo era para él un acto reflejo. El jefe de turno Urzúa se convirtió en el líder oficial, pero este cartógrafo de maneras suaves llevaba menos de tres meses trabajando en la mina San José y apenas conocía a sus subordinados. Tras registrar el refugio hizo un inventario de las provisiones: diez litros de agua, una lata de melocotones, dos de guisantes, una lata de salmón, dieciséis litros de leche —ocho de ellos con sabor a plátano y ocho a fresa—, dieciocho litros de zumo, veinte latas de atún, noventa y seis paquetes de galletas saladas y cuatro de alubias. En circunstancias normales esta comida serviría para alimentar a diez mineros durante cuarenta y ocho horas. Pero ahora había treinta y tres hombres hambrientos. «Aquel día muchos de los hombres se habían dejado el almuerzo en la parte de arriba de la mina», contó el minero Mario Sepúlveda. «Había menos comida de lo normal».

A las cuatro de la tarde, aproximadamente dos horas y media después de escuchar los primeros temblores, la mina se había derrumbado completamente. «Fue como un volcán; la ladera de la colina escupía detritos y de la boca de la mina salía una nube de polvo», contaba Araya, al describir la escena en el exterior de la mina San José cuando una sección de 250 metros de la mina se hundió. «El ruido no duró mucho; fue más bien como el de un derrumbe final. Un ruido sordo y profundo».

Este «derrumbe final» del que hablaba Araya lo produjo una roca de unas 700.000 toneladas de peso que taponó la única entrada a la mina. Los trabajadores atrapados dentro se dieron cuenta de que esa clase de ruido era de todo menos normal, incluso en una mina tan peligrosa como la de San José. El polvo sólo ya casi los mató y los dejó tosiendo, llorosos y medio ciegos. La cantidad de arenilla que les entró en los ojos fue tal que a la mayoría pronto le salió una densa capa amarillenta que les dejó los ojos pegados. Incluso cuando los abrían era imposible ver nada en aquella oscuridad y el agua caía en cascada por las paredes.

En lugar de su diaria batalla contra el polvo, los hombres se enfrentaban ahora a una pendiente resbaladiza de barro. Los constantes desprendimientos de tierras y rocas resonaban como el tambor de un loco en aquel tramo cavernoso de apenas un kilómetro y medio de largo en el que ahora estaban prisioneros. Los hombres se movían a tientas en la oscuridad y apagaban sus linternas para ahorrar energía al máximo. La pesadilla había comenzado.

II

Una búsqueda desesperada

JUEVES, 5 DE AGOSTO, 17.40

Mario Segura estaba empapado y aterido cuando regresó al cuartel de policía de Copiapó, Chile. Después de cuatro horas de entrenamiento de rescate en el gélido océano Pacífico, este rudo policía necesitaba una ducha caliente y una cerveza fría que disfrutaría en compañía de su colega José Ñancucheo. Tanto Segura como Ñancucheo son miembros del GOPE, el Grupo de Operaciones Especiales de Carabineros chilenos, una unidad policial de élite entrenada para toda clase de emergencias, desde desactivar explosivos hasta descender por el interior de los cientos de volcanes que coronan la cordillera de los Andes, una columna vertebral que recorre más de 4.000 kilómetros de la geografía chilena. Cuando un turista de aventura que está explorando el filo de un volcán en Chile cruza la delgada línea que separa la adrenalina extrema de un resbalón inesperado, son ellos quienes buscan sus restos. Cuando un anarquista pone una bomba en una tienda (algo que en Santiago ocurre una vez al mes), a ellos son a los que envían al lugar de los hechos.

Enormemente entrenados y respetados en toda Sudamérica como una de las unidades policiales más profesionales del continente, los miembros del GOPE pasan muchas horas en el gimnasio, en el campo de tiro o investigando escenarios de delitos. El 5 de agosto, después de horas de entrenamiento de rescate submarino, Segura y Ñancucheo estaban a punto de terminar su turno cuando sonó el teléfono. «Apuesto a que es un rescate», bromeó Segura mientras tomaba asiento para compartir té caliente y bocadillos con sus compañeros de escuadrón. Mientras su colega atendía la llamada Segura reconoció al instante la metamorfosis instantánea de actitud relajada propia del final de la jornada a modo «misión de alto riesgo». La llamada fue breve y los detalles, escuetos. Otro accidente minero. Esta vez en San José a unos 43 kilómetros adentrándose en las montañas.

«Miré el reloj cuando salíamos. Eran las seis de la tarde», recuerda Segura. «Le dije a Nancucheo: "Estaremos de regreso en tres horas". Los rescates siempre duran tres horas. Le dije: "Compadre, comeremos algo cuando regresemos". Apagué la tetera, pero dejé el té listo para servir».

Los seis hombres cargaron rollos de cien metros de cuerda, guantes, arneses para escalar, cajas de mosquetones y cascos equipados con linterna en el Nissan todoterreno. También metieron una maleta color naranja equipada con un equipo de iluminación LED similar al que utilizan los fotógrafos profesionales, pero con las prisas se olvidaron de algo esencial: el trípode que permite centrar la cuerda sobre el agujero de rescate para ayudar a los escaladores en ascensos y descensos rápidos por una mina. Un error por el que más tarde un hombre pagaría un alto precio.

A medida que el sol se hundía en el horizonte, el coche de policía se dirigía hacia la mina a gran velocidad, las luces de emergencia se abrían paso en lo más parecido que había a una hora punta en aquel desierto escasamente poblado. Los hombres hablaban poco mientras repasaban interiormente los procedimientos de rescate. El trayecto duraba sólo treinta y cinco minutos, pero era mucho más peligroso de lo que parecía. Curvas pronunciadas y una niebla intermitente que a menudo dejaba una capa resbaladiza e invisible en la carretera explican en parte por qué los coches de alquiler en aquella región suelen llevar no sólo doble barra antivuelco y dos neumáticos de repuesto, sino también un botiquín completo de primeros auxilios.

Cuando el equipo del GOPE llegó a San José, un geólogo y un geofísico se disponían a dar una charla improvisada para hacer un esbozo de la estructura de la mina y de la localización aproximada de los mineros atrapados dentro de ella. Con tan poco tiempo no había sido posible conseguir planos detallados, así que los planes de rescate se basaban en gran medida en conjeturas. El geólogo esteba serio y preocupado: «Es una operación complicada», dijo a los seis hombres del GOPE. «Llevará tiempo». Señaló un conducto de ventilación en un plano aproximado de la mina y sugirió que lo primero que debía hacer la policía era encontrarlo y, si era posible, bajar por él al interior de la montaña.

Había kilómetros de galerías en las que buscar. ¿Habrían llegado los hombres sanos y salvos al refugio, situado casi en el fondo de la mina? ¿O acaso al taller mecánico, situado unos pocos cientos de metros por encima? Con más de una docena de vehículos dentro de los sinuosos túneles, los agentes se prepararon para la posibilidad de que los mineros estuvieran vivos pero atrapados dentro de camiones siniestrados. De seguir con vida, podían estar en cualquier parte.

Al principio los gestores de la mina se mostraron reacios a reconocer la magnitud del siniestro. Según Javier Castillo, representante sindical en la mina que afirma haber hecho la llamada de alerta a las autoridades, la dirección inicialmente prohibió a los hombres usar los teléfonos de la compañía para pedir ayuda. El relato de Angélica Álvarez, esposa del minero atrapado Edison Peña, es similar: «Los mineros querían llamar pero, como no hay cobertura para teléfonos móviles en la montaña, pidieron que les dejaran usar el teléfono fijo... Les prohibieron estrictamente contactar con los bomberos, llamar a una ambulancia o a la policía. La compañía quería arreglar aquello a su modo». Mientras un grupo cada vez más nutrido de escaladores, mineros veteranos y agentes del GOPE estudiaba las posibilidades de acción, los familiares repartidos por todo el país recibían atónitos la noticia retransmitida por televisión: la mina San José se había derrumbado y en las pantallas aparecía la lista con los nombres de los atrapados en su interior:

1. Luis Alberto Urzúa Irribarren
2. Florencio Ávalos Silva
3. Renán Anselmo Ávalos Silva
4. Samuel Ávalos Acuña
5. Osman Isidro Araya Araya
6. Carlos Bugueño Alfaro
7. Pedro Cortez Contreras
8. Carlos Alberto Barrios Contreras
9. Yonni Barrios Rojas
10. Víctor Segovia Rojas
11. Darío Arturo Segovia Rojo
12. Mario Sepúlveda Espinaze
13. Franklin Lobos Ramírez
14. Roberto López Bordones
15. Jorge Galleguillos Orellana

16. Víctor Zamora Bugueño
17. Jimmy Alejandro Sánchez Lagues
18. Omar Orlando Reygadas Rojas
19. Ariel Ticona Yáñez
20. Claudio Yáñez Lagos
21. Pablo Rojas Villacorta
22. Juan Carlos Águila Gaeta
23. Juan Andrés Illanes Palma
24. Richard Villarroel Godoy
25. Raúl Enrique Bustos Ibáñez
26. José Henríquez González
27. Edison Peña Villarroel
28. Alex Richard Vega Salazar
29. Daniel Herrera Campos
30. Mario Gómez Heredia
31. Carlos Mamani
32. José Ojeda
33. William Órdenes

Para muchas de las familias aquella retransmisión televisiva era la primera noticia que recibían de lo ocurrido. No sólo no habían sido informadas por los administradores de la mina sino que, además, la lista estaba plagada de errores. Había dos nombres que faltaban, los de Esteban Rojas y Claudio Acuña. Sus familias vivirían horas de angustia y sobresalto hasta que conocieron la verdad de los hechos. Lo mismo ocurrió con los familiares de William Órdenes y Roberto López: los dos figuraban en la lista de víctimas pero pronto se supo que estaban a salvo fuera de la mina. La precariedad de la seguridad, de las condiciones de trabajo y del registro de los empleados en San José pronto se hicieron evidentes.

Los familiares que se habían enterado del derrumbe en la televisión nacional empezaron a llegar a la mina y a exigir que se hiciera algo.

Cuando la envergadura de la misión se hizo indiscutible, el equipo de rescate se encontró con nuevos desafíos. ¿Cómo iban a hacer una búsqueda a 700 metros de profundidad? ¿Sería posible evacuar a hombres heridos desde tan lejos? ¿Era la mina lo suficientemente segura como para entrar?

Empezaron a prepararse simultáneamente para las dos situaciones posibles: encontrar a los mineros con vida o sin ella. Para el peor de los casos funcionarios del Gobierno diseñaron planes de contingencia para evacuar los cadáveres; se haría lo posible para que los familiares, destrozados, pudieran recuperar los cuerpos. Dado el trauma nacional que había vivido Chile entre 1973 y 1990, cuando tres mil ciudadanos fueron asesinados y sus cuerpos «hechos desaparecer» bajo la dictadura militar de Augusto Pinochet, dejar los cadáveres bajo tierra, fuera de la vista y, por tanto, «desaparecidos» para sus familiares, siempre era simplemente una opción inexistente.

En las horas transcurridas desde el derrumbe, los intentos de los mineros por acceder a la mina, primero en una camioneta y después a pie, habían resultado inútiles. Las linternas y los cañones reflectores no conseguían abrirse paso en el aire saturado de polvo. Gruesas grietas —de muchas de las cuales manaba agua— daban fe de la magnitud del siniestro. Los equipos de rescate apenas veían nada más allá de una enorme nube de polvo. El continuo estruendo de los pedazos de roca al chocar contra el suelo y los espeluznantes gemidos que la montaña emitía recordaban a un monstruo siendo estrangulado. Mientras la montaña lloraba, los hombres intentaban contener las lágrimas. «Los mineros siempre dicen que la montaña está viva, lo que quiere decir que siempre se está moviendo». Comentaba el teniente José Luis Villegas, al mando de la unidad del GOPE en el interior de la mina. «Lo dicen porque las rocas hacen un sonido parecido a un rugido. Y en esta ocasión la montaña entera estaba rugiendo».

La entrada de la mina San José es un agujero rectangular asimétrico rudimentariamente excavado, casi dos veces más alto que ancho, y que recuerda a una boca abierta. Una escabrosa carretera desciende en una generosa cuesta hacia un negro abismo, como si se tratara de la entrada a un mundo subterráneo embrujado. Más allá de la boca, el cuerpo de la mina se enreda más y más, y durante casi siete kilómetros se sumerge en las profundidades de la tierra, como una serpiente escondida. Observando una sección lateral, la mina parece una boa constrictor con un cuerpo largo y lleno de bultos que sobresalen a intervalos aleatorios.

Al lado de la entrada se levanta un maltrecho cartel verde con el nombre de la empresa, San Esteban Primera S. A., y un enorme dibujo de un casco y unas botas de trabajo con el eslogan de la compañía: «El trabajo dignifica, merece la pena hacerlo con seguridad». Los trabajadores del equipo de rescate dejaron atrás el cartel mientras entraban en la mina y se encontraron con el suelo y el techo hundidos y las paredes agrietadas. No había señales de vida, pero sí abundantes signos de destrucción.

En aquellas primeras horas caóticas, cuando todavía salía una columna de polvo de la entrada de la mina y el frío viento de la noche hacía tiritar a los hombres, Mario Segura fue uno de los primeros policías en entrar al yacimiento. «Bajamos a la mina y avanzamos todo lo posible, hasta que llegamos a un lugar donde el camino estaba bloqueado por desechos y rocas. Normalmente es posible pasar dando un rodeo, pero se trataba de una roca entera, que obstruía por completo el conducto de ventilación», explicó Segura. «La forma en que se derrumbó la montaña, ni siquiera los expertos eran capaces de explicar cómo habían podido caer tantas rocas. ¿Que una montaña entera se desplomara así? Para ellos resultaba inexplicable». El gigantesco trozo de roca que se había desprendido no tenía forma de daga, como se pensó en un primer momento, sino que más bien parecía un inmenso barco de 90 metros de largo, 30 de ancho y 120 de alto. Cálculos posteriores fijarían el peso en unas 700.000 toneladas, casi el doble de lo que pesa el Empire State o, por medirlo en términos de catástrofes, 150 veces el peso del *Titanic.* Vista la imposibilidad de excavar dicha roca, los miembros del GOPE buscaron hasta encontrar el conducto de ventilación —conocido como chimenea— y con equipos de alpinismo iniciaron el lento descenso hacia las profundidades de la todavía tambaleante y quejumbrosa montaña.

Mientras cuatro agentes de policía vigilaban el frágil techo de la mina y fijaban los anclajes, otros dos bajaban poco a poco por el conducto circular de menos de dos metros de diámetro. A falta de un trípode con el que centrar la cuerda e impedir que se desgarrara con las afiladas paredes del conducto, los hombres hubieron de improvisar. Sujetaron las cuerdas a uno de los amortiguadores de la furgoneta y las tensaron para evitar que rozaran la roca. «Se sucedió una lluvia de rocas a cinco metros de nosotros... Cuando empezó era como si manara agua. Después hubo un estruendo y el techo entero se derrumbó. Justo a nuestro lado», contaba Segura. «Cuando empieza esa lluvia hay que tener cuidado, nunca se sabe dónde pueden aterrizar las rocas». Según la ley de minas chilena todas las chimeneas o conductos de ventilación deben tener una escalera de emergencia. Pero en San José nunca habían sido demasiado estrictos con las medidas de seguridad. Un minero, Iván Toro, recuerda que cuando empezó a trabajar allí en 1985 casi todos usaban zapatillas de deporte. En septiembre de 2001 Toro estaba sentado esperando que una furgoneta lo sacara de la mina cuando una sección del techo se desplomó. «Estábamos oyendo cómo perforaba la máquina en el nivel de arriba cuando de repente se desprendió un planchón (roca). Yo fui el más afectado porque me cayó en una pierna, se me quedó hecha trizas y me la amputaron. Cuando llegué a la clínica perdí la consciencia», recuerda. La compañía inicialmente se negó a pagar, pues alegaba que Toro estaba sentado sin trabajar en el momento del accidente. Al final éste ganó la demanda, pero en la economía de libre mercado chilena el precio de una pierna perdida poco hizo por aliviar su trauma. Los tribunales fijaron la indemnización de Toro en quince millones de pesos (ajustado por inflación unos 35.000 euros).

Las entrañas de la montaña encerraban un dilema mortal, la promesa del oro y el riesgo de muerte al mismo tiempo. A primera vista la mina ya tenía aspecto de lugar poco seguro, como el decorado de una película de Indiana Jones pero sin las serpientes. Charcos de aguas fétidas. Cavernas ocultas. El techo se hundía en algunas partes y mallas metálicas contenían las rocas que se desprendían. Dentro olía a una mezcla de fría humedad y al hedor de los explosivos. Apenas se notaban las nubes de humo de los cigarrillos que los mineros fumaban sin descanso; en aquel entorno, la fantasía de vivir el tiempo suficiente como para morir de cáncer de pulmón era algo que daba risa.

En lugar de seguir las prácticas establecidas de la minería y dejar pilares de refuerzo en todas las galerías excavadas, el yacimiento de San José empezaba a parecerse a un gigantesco pedazo de queso suizo asaltado por ratas salvajes. No existe una ciencia perfecta que explique el derrumbe de una montaña, pero los análisis posteriores sugerirían que la extracción indiscriminada del oro y el cobre la habrían despojado de su columna vertebral. «Incluso excavaron los pilares de soporte», declaró Vicente Tobar, antiguo supervisor de seguridad de San José. «Y eso no puede ser. Hay que dejar un soporte cada 50 metros... Esos pilares son los que evitan un derrumbe». Independientemente de la razón del derrumbe los agentes de policía estaban atrapados en un derrumbamiento gigantesco. Y ahora, sin las escaleras de emergencia requeridas por la ley, los hombres descendían lentamente con ayuda de cuerdas hasta el fondo de la chimenea de 15 metros de profundidad hasta llegar a la galería principal. Los miembros del equipo de rescate examinaron la escena que tenían ante sus ojos, que parecía sacada de otro mundo, mientras miraban de reojo el techo irregular del que parecían pender rocas sujetas por hilos invisibles. La galería tenía cinco metros de altura y seis de ancho, lo suficientemente grande como para que un camión volquete de gran tamaño descargara allí piedras y minerales. Con una temperatura constante de 32 grados centígrados y cargados con 120 kilos en equipos de rescate, los hombres sudaban constantemente mientras recorrían el túnel.

Segura y Villegas estaban acostumbrados a escenas cruentas: víctimas de explosiones de bombas, accidentes de coche, cuerpos hinchados flotando en el agua. Pero aquello era otra dimensión, como una mazmorra. La mina era un laberinto de caminos subterráneos, cada uno de los cuales se internaba en misterios cada vez más profundos. Los amplios espacios y galerías serpenteantes creaban la sensación de que había algo vivo y agazapado a la vuelta de la esquina. Las mallas del techo estaban llenas de rocas, en un penoso intento por contener las piedras que ahora yacían desparramadas en el suelo escarpado.

Los invadió la sensación de que iban a morir, de que la mina era un monstruo del tamaño de Godzilla que los aplastaría sin previo aviso.

«Sabía que teníamos que seguir buscando, pero la montaña hacía un ruido como si las rocas estuviesen gritando y llorando», contaba Segura que, junto con un compañero, encontró la segunda chimenea y descendió otro nivel. Tras llegar al final de la segunda chimenea y mientras buscaban, los dos hombres se detuvieron y gritaron «¿Estáaaaaaan?». Permanecieron a la escucha, esperando oír algún signo de vida. La única respuesta fue el borboteo del agua que manaba por los canales recién abiertos y el repiqueteo de las piedras al caerse. Los depósitos de agua estancada se habían abierto con el derrumbe y toda la mina estaba impregnada del olor fresco a desechos y tierra sucia mezclado con un noventa por ciento de humedad. En la jerga minera el yacimiento se estaba *asentando.*

«Todas las chimeneas tienen una malla de alambre para evitar que las rocas caigan dentro», explica Segura. «Pero este derrumbe fue tan grande que los desechos inundaron la chimenea. Estábamos descendiendo por la última y cerca del fondo estaba llena de rocas».

«Estábamos todos muy nerviosos. Bajamos un nivel más y nos preocupó ver que la galería seguía obstruida, pero aquello nos impulsó a seguir avanzando», recuerda el teniente Villegas, del GOPE.

Cuando los agentes del GOPE buscaron una manera de circunvalar el conducto de ventilación bloqueado, la mina les obsequió con una lluvia de rocas que fue como un escupitajo en la cara. «Mientras bajaban hubo otro desprendimiento de tierra que bloqueó el conducto de ventilación», declaró Villegas. «Después de aquello era imposible acceder a la mina por allí».

Mientras los miembros del GOPE recorrían y exploraban la mina buscando a los hombres atrapados, se corrió la voz de que había habido un accidente: un derrumbe en San José con treinta y tres hombres dentro. Los rumores se dispararon, incluida una versión de los hechos según la cual veintidós mineros habían muerto aplastados. «Oí que habían encontrado el camión de mi padre, con sangre dentro, y que había muerto. Ese día lo pasé llorando», declaró Carolina Lobos, de 25 años, hija de Franklin Lobos, ex estrella del fútbol y uno de los hombres atrapados en la mina. «Ya no me quedaban lágrimas y seguía llorando».

El doctor Jorge Díaz, director médico de la Asociación Chilena de Seguridad (ACHS), la compañía de seguros que cubría los accidentes de los trabajadores de la mina San José, estaba de guardia en la clínica de Copiapó. Cuando se enteró del derrumbe de la mina San José, inmediatamente vació las camas del hospital, informó a su equipo y se preparó para tratar a los heridos. Nunca llegó ninguno.

Después de su intento fallido de convencer a su marido Mario Gómez de que se quedara en la cama y no fuera a trabajar aquella fatídica mañana, Lillian Ramírez esperó nerviosa en casa. Cuando escuchó el ruido del camión que cada día llevaba a casa a su marido, puso la comida a calentar en el microondas. «Era raro que mi esposo tardara tanto en llegar. Así que descorrí las cortinas y vi al jefe de mi marido... Aquello era muy extraño. Me cubría la cara con las manos y dije: "Dios mío, ha ocurrido algo"». El ejecutivo de la mina le pidió a Ramírez que lo acompañara y le explicó que había habido un pequeño accidente, que se resolvería a lo largo del día siguiente. Se negó a darle detalles, asustando con ello aún más a Lillian Ramírez, quien corrió a buscar a su sobrino y con él se dirigió hasta la mina. Tardaría meses en regresar a casa.

Alrededor de la entrada de la mina San José el desierto de color marrón dorado estaba enterrado por hectáreas de escombros grises, pilas de afiladas rocas conocidas como «material estéril». Como no mostraban signos de contener vetas de oro o cobre, aquellas rocas se tiraban directamente al desierto, décadas de desechos que sembraban el paisaje de montículos irregulares.

Las rocas «estériles» hacían ahora las veces de cortavientos y refugio para el creciente número de familias que subían por la colina. A los altares diminutos con una sola fotografía y las velas se sumaban ahora himnos como *Fuerza, mineros. Los estaban esperando.* El rostro de Jimmy Sánchez desde una sombría fotografía hecha para su solicitud de empleo parecía observar lo ocurrido a su alrededor en un gesto mudo, de grito silencioso. En una roca cercana había apoyado un casco naranja de minero, protegido bajo dos velas encendidas.

Primero decenas y después cientos de familiares y amigos de los mineros atrapados acudieron en masa a la mina San José entre la tarde del 5 de agosto y la madrugada del viernes 6. Con ellos llevaban sacos de dormir, alimentos y cigarrillos que fumaban sin parar agrupados y hechos un manojo nervios cerca de la boca de la mina. «Sé que puede sobrevivir a esto, una vez viajó de polizón en un carguero y se pasó doce días sin comer», decía Rossana Gómez, de 28 años, mientras describía con orgullo a su padre, Mario Gómez, el mayor de los hombres atrapados. «Sobrevivió al *accidente*», dijo refiriéndose de forma codificada al error con la dinamita que le había hecho trizas la mano izquierda a su padre hacía años, esparciéndola por la mina. «Le estoy enviando calma y consuelo», añadía, segura de que rescatarían a su padre y reconfortada por la convicción de que el deseo que hace tiempo tenía su padre de ser el mentor de un hijo pequeño acabaría cumpliéndose.

Gómez, con unos pulmones que le fallaban y siete dedos que demostraban que era un veterano, era un superviviente capaz de adaptarse a vivir en aquella oscura mazmorra y de adoptar a los mineros más jóvenes y débiles. Gómez podía enseñar a los jóvenes pupilos el arte de sobrevivir en aquel trabajo. Rossana promocionaba con orgullo a su padre diciendo que «proporcionaba fuerza a sus compañeros».

Si alguien necesitaba que le ayudaran era el boliviano Carlos Mamani, el único del grupo que no era chileno. El día 5 de agosto era el primer día de trabajo de Mamani, un turno único que había elegido como pluriempleado, un trabajo extra para ayudar a sufragar los costes que suponían criar a su nuevo bebé, Emili, de 11 meses. Ahora Mamani estaba atrapado. Dada la animadversión secular entre Chile y Bolivia, para Mamani vivir en un agujero a 700 metros de profundidad, rodeado de treinta y dos chilenos, era como si un serbio estuviera atrapado en una trinchera croata.

De los treinta y tres hombres, veinticuatro vivían en la ciudad más cercana, Copiapó, una localidad minera de ciento veinticinco mil habitantes donde aproximadamente un setenta por ciento de la economía dependía de la mina. Las noticias del accidente sorprendieron a pocos de los habitantes, muchos de los cuales eran mineros de tercera generación. El periódico de Copiapó, *El Atacameño*, publicaba con regularidad noticias sobre mineros aplastados y mutilados. Y sin embargo desde el primer momento se supo que esto era algo distinto. La profundidad a la que había tenido lugar el derrumbe y el número a que ascendía las víctimas era inusual, incluso en una comunidad familiarizada con el lenguaje de las tragedias mineras.

Las montañas desérticas y las llanuras salinas del norte de Chile albergan tal cantidad de riquezas que la minería supone algo más de la mitad de las exportaciones del país. En un buen mes Chile exporta casi 4.000 millones de dólares en cobre. Un tercio de la producción mundial de cobre procede de Chile, y la leyenda del «oro verde» ha formado parte esencial de la prosperidad económica del país durante las dos últimas décadas, un auge que no ha afectado a muchas de las comunidades de la región minera. Como en los últimos cinco años los precios de dicho mineral se triplicaron, pasando de 1,2 dólares la libra (según la Bolsa de Metales de Londres) a más de tres dólares, se reevaluaron las antiguas cuencas y las minas de segunda categoría. Lo que era cobre de baja aleación a un precio de 1,20 dólares la libra podía resultar rentable si los precios del metal se mantenían por encima de los 2,50 dólares. Las minas abandonadas y las extracciones de mayor riesgo se convirtieron de repente en un negocio valioso y viable.

La región de Atacama tiene una alta concentración minera, pero también la segunda tasa más alta de desempleo de Chile. Aunque las compañías productoras de cobre chilenas obtuvieron en 2009 unos beneficios estimados de 20.000 millones de dólares, las estadísticas del Gobierno revelaban que la región había experimentado el aumento del nivel de pobreza más rápido del país. «En otras palabras, una de las regiones más ricas del país es, al mismo tiempo, una de las más pobres», concluía un artículo publicado en *The Clinic*, un semanario de información alternativo con sede en Santiago.

Mientras se congregaban junto a la mina, las dispares familias compartían un sentimiento común de ira: el accidente era algo anunciado desde hacía tiempo, lo extraño era que no se hubiera producido antes. Yessica Chilla, pareja de Darío Segovia, de 48 años, uno de los hombres atrapados, recordaba: «El día anterior al accidente me dijo que la mina estaba a punto de asentarse y que no quería estar dentro cuando se derrumbara. Pero necesitábamos el dinero. Su turno había terminado, pero le ofrecieron hacer horas extra. Nadie puede negarse cuando le ofrecen el doble de sueldo. Ese día iba a ganar 90.000 pesos (aproximadamente 150 euros). Pero quería dejar ese trabajo y montar un negocio de transportes». Elvira Katty Valdivia no se enteró del accidente hasta muchas horas después del derrumbe. «Una amiga de la universidad me llamó: "Kathy, ¿te has enterado de lo que ha pasado? Parece que Mario está en la lista de los atrapados en la mina". Me dijo que pusiera la televisión. Lo hice y entonces vi la lista. Y allí estaba: Mario Sepúlveda». La tez oscura, el cabello negro liso y la mirada penetrante de Valdivia resaltan una belleza que había sido duramente puesta a prueba. En una tienda de campaña y ayudada de su ordenador portátil, intentaba seguir en contacto con los clientes de su negocio de contabilidad. Mientras repasaba los libros de cuentas, su situación no podía ser más surrealista. Si alguien hubiera taladrado un agujero justo a sus pies, habría atravesado la galería en la que su esposo, Mario, luchaba y rezaba en su batalla por sobrevivir. «Me sentía muy mal por él. Yo aquí y él allí abajo, a 700 metros», decía señalando el suelo. «Querría estar con él, poder tocarlo, decirle que lo amo mucho». Valdivia expresaba también su resentimiento hacia los propietarios de la mina: «No me dijeron nada. No dijeron nada a nadie. No nos informaron de que un miembro de nuestra familia estaba allí abajo, atrapado dentro de la mina». La compañía de contabilidad estadounidense para la que trabaja Valdivia, Price Waterhouse, le aseguró el salario íntegro mientras hacía vigilia en este remoto campamento improvisado esperando noticias de su marido. Acompañada de sus dos hijos, Scarlette, de 18 años, y Francisco, de 13, Valdivia —que llegó al lugar tres días después del derrumbe— empezó a organizar su vida desde su hogar temporal en el yacimiento. Con rumores de muerte y confinamiento bullendo en su cabeza, Valdivia veía cómo su mundo se desintegraba. «Por todas partes había gente corriendo y gritando», contaba. «Mi hijo estaba llorando y traté de consolarlo. Fue un momento muy difícil. No podía dormir. Me preguntaba ¿por qué yo?, ¿por qué yo?, ¿por qué nos está ocurriendo esto a nosotros?».

El presidente Piñera se encontraba en Quito cuando le llegó la noticia de la tragedia. Es excusable que sus primeros pensamientos fueran los mismos que los de Katty Valdivia: «¿Por qué yo? ¿Por qué a nosotros?». Era la segunda tragedia nacional a la que se enfrentaba en el poco tiempo que llevaba de presidente. Al tomar posesión, sólo cuatro meses antes, Piñera heredó una nación hecha añicos por el terremoto del 27 de febrero de 2010. El seísmo dejó a cientos de miles de personas sin hogar y cientos de muertos cuando el tsunami arrasó la costa. El ambicioso programa político de Piñera se vio también derrumbado por el terremoto de 8,8 grados en la escala Richter, el quinto más fuerte jamás registrado. En lugar de empezar una nueva página con nuevas ideas, el equipo de Piñera tuvo que enfrentarse a miles de casas de adobe derruidas, hospitales devastados y a la destrucción de cerca de 1.800 kilómetros de autopistas recién construidas. «Estaba con el presidente Correa en Ecuador», cuenta Piñera. «Aquella primera noche nuestro diagnóstico de la situación fue claro. Sabíamos que había treinta y tres hombres que estaban atrapados a 700 metros de profundidad y, tras hacer un diagnóstico de la empresa, concluimos que su situación era precaria y que carecía de recursos para hacer frente a lo ocurrido. Así que la opción estaba clara. El Gobierno tendría que asumir la responsabilidad del rescate o de lo contrario nadie lo haría. Fue mucho más sencillo de lo que la gente supone».

Piñera se saltó el protocolo, canceló una reunión de gran importancia estratégica con Juan Manuel Santos, el recién elegido presidente colombiano, y se apresuró a regresar a Chile. Ordenó a su equipo que se reuniera en el lugar del siniestro aquella misma noche. En un gesto tan generoso como de autopromoción, la administración de Piñera vio en la crisis la ocasión perfecta para demostrar la capacidad de actuación del primer Gobierno electo de derechas en medio siglo. Piñera apostó su precario capital político a la suerte de los treinta y tres mineros anónimos. Fue una apuesta que más tarde reforzaría la reputación de este multimillonario como brillante agente de transacciones bursátiles.

Día 2: sábado, 7 de agosto

Los hombres llevaban ya dos días enteros atrapados y no se habían encontrado señales algunas de vida. Un miedo lógico e instintivo empezó a apoderarse del equipo de rescate. ¿Tendrían los hombres aire suficiente? ¿Estarían heridos y sufriendo una muerte lenta? ¿Qué comerían?

Bajo tierra los intentos de rescate sufrieron un nuevo revés. Los equipos habían estado intentando encontrar una alternativa para entrar rodeando los conductos de ventilación bloqueados, pero con la mina todavía moviéndose, éstos empezaron a desplomarse. Una roca gigantesca del tamaño de un buque de guerra se desplazó, provocando nuevas avalanchas por toda la mina. La misión de los GOPE pasó de ser rescatar a los mineros atrapados a tratar de evacuar a los rescatadores y evitar que se quedaran también atrapados. Sin el trípode para guiar la cuerda los agentes se apresuraron a sacar a sus colegas, bombardeados por la lluvia de rocas. Si tiraban demasiado rápido o demasiado de lado se arriesgaban a seccionar la cuerda y a enviar al rescatador a una muerte segura. Si lo hacían demasiado despacio, las probabilidades de que lo golpease una roca grande y lo dejara inconsciente aumentaban con cada segundo que pasaba.

«Nos entrenan para esto. Tenemos que estudiar geología y los rescates en minas son parte de nuestra formación», explicaba Hernan Puga, miembro del GOPE, quien también mencionó que en las montañas de la región había unas dos mil minas de pequeño tamaño. Comparaba el descenso y el ascenso vertical con el tipo de entrenamientos que hace la policía de forma habitual para operaciones especiales en las cárceles.

Cuando todos los miembros del equipo de rescate estuvieron a salvo, en lugar de celebrarlo, los agentes especiales se sintieron frustrados.

«Estábamos consternados», contaba el agente Villegas. «Nos sentíamos frustrados, pero aquello cambió cuando hablamos con las familias. Su esperanza y su fe nos dieron ánimos».

El ministro de Minería chileno, Laurence Golborne, llegó a la mina el sábado por la mañana. Le había sido imposible encontrar un vuelo comercial directo a Chile, por lo que las Fuerzas Aéreas chilenas hubieron de recogerlo en el aeropuerto de Lima y trasladarlo al lugar del siniestro. Al llegar le sorprendió el caos reinante. Saltaba a la vista que los responsables de gestionar la operación de rescate estaban desbordados y que carecían de los recursos suficientes para una misión de esta índole.

Después de inspeccionar el terreno, Golborne se enorgulleció de informar a Piñera de que había organizado ya la llegada de la primera máquina perforadora. Pero al flamante presidente esta noticia no le impresionó demasiado: «De acuerdo, bien hecho. Ahora lo que quiero es que consiga no una, sino diez perforadoras», le dijo al ministro. La obsesión de Piñera por mantener abiertas varias vías de rescate de forma simultánea sería una de las señas de identidad de la Operación San Lorenzo.

Los miembros del equipo de rescate le dijeron a Golborne que confiaban en que los hombres siguieran con vida. A pesar de los rumores no había indicios de vehículos siniestrados o de restos mortales que apoyaran la idea de que los hombres hubieran muerto como resultado del derrumbe. Y la rutina diaria del interior de la mina permitía inferir que cuando ocurrió el desplome los hombres se encontraban en los niveles más profundos y, por tanto, que al menos algunos de ellos podían seguir vivos dentro de las galerías bloqueadas.

«Sabíamos que los mineros tenían agua suficiente porque para las tareas de perforación necesitan disponer de grandes tanques de agua. El problema era el oxígeno», explicó Golborne. «Cuando se derrumbó el conducto de ventilación, entonces sí nos sentimos verdaderamente furiosos e impotentes. Informamos a los familiares de aquel derrumbe y les explicamos que no podríamos intentar un rescate tradicional por la boca de la mina. No intenté darles falsas esperanzas. Me prometí a mí mismo que sólo diría la verdad. No quería dar lugar a rumores. Era muy posible que la gente empezara a decir que estaban todos muertos».

El anuncio de Golborne a las familias fue de una sinceridad brutal. Les comunicó que se suspendían las tareas de rescate. El ministro se derrumbó y lloró en frente de los familiares al anunciar: «Las noticias no son buenas». A continuación el equipo de rescate recogió el equipo y se dispuso a marcharse. Bomberos, escaladores y miembros del GOPE empezaron a abandonar la cima de la montaña. Segura y Ñancucheo se sentían desanimados y humillados; estaban convencidos de que podrían rescatar a los hombres. «Cuando vi marcharse a los hombres del GOPE, al equipo de rescate, pensé: si se marchan es porque todos los mineros están muertos», declaró Carolina Lobos. «Me eché a llorar. Todos lloramos».

«Me sentía impotente y desesperada», contaba Lillian Ramírez. «Todos los familiares se declararon en huelga y querían linchar a los administradores de la mina con palos de madera, como vándalos. Formamos una cadena humana y les dijimos que no íbamos a permitir que nadie abandonara la mina. La ira y la desesperación me llevaron a empujar a un policía... Enseguida me di cuenta de que aquello había sido un error, pero la desesperación te lleva a hacer cosas así. Lo cierto es que no sabíamos lo que estaba ocurriendo».

Pablo Ramírez protestó. Supervisor de turnos en la mina San José, había sido uno de los primeros en ofrecerse voluntario para las peligrosas tareas de rescate, e insistió en que había que seguir adelante, continuar buscando a los hombres. Estaba seguro de que durante una de sus incursiones a las profundidades de la mina había oído bocinas de camiones. Sus compañeros del equipo de rescate se burlaron de él. «Nadie me creyó», explicaba. «Decían que eran las almas de los mineros muertos atormentándome».

III

Atrapados en el infierno

Jueves, 5 de agosto por la tarde

Pablo Rojas había llegado a la mina San José aquella mañana con tal resaca, que tan pronto como su grupo hubo terminado de reforzar las paredes y sujetar el techo fue a echarse un rato aprovechando la tranquilidad y seguridad del refugio, a casi 700 metros de profundidad, cerca del fondo del yacimiento. El padre de Rojas había muerto hacía unos días e incluso antes de haber salido aquella noche, la cabeza le había estado doliendo intensamente. El gigantesco derrumbe despertó al desaliñado Rojas, pero tardó un rato en darse cuenta de la magnitud de lo ocurrido.

Claudio Yáñez se disponía a colocar unas cargas de dinamita cuando las explosiones de aire provocadas por el derrumbe casi lo tiran al suelo. Yáñez fue de los primeros en llegar al refugio y vio a los otros mineros tratar de hacer lo mismo mientras la mina continuaba agitándose convulsa. «Fueron llegando poco a poco», contó. «Bajaron e intentaron llamar por teléfono, pero no había línea. Por primera vez nos miramos los unos a los otros con desesperación. No podíamos creer lo que estaba ocurriendo».

Raúl Bustos estaba trabajando dentro de un taller mecánico en una galería situada cientos de metros más arriba del refugio cuando se produjo el desplome. En una carta que envió más tarde a su mujer le describía así lo ocurrido: «La succión y la corriente de aire nos tiraron al suelo».

Dentro del refugio amigos y familiares se buscaban unos a otros. Florencio Ávalos, de 31 años, encontró a su hermano de 27 años, Renán. Florencio sentía una responsabilidad paternal hacia él, pues lo había animado a que trabajara en San José. Ninguno de los dos se consideraba minero de oficio, pero aquel trabajo, comparado con el de los temporeros que recogían la uva en su diminuto pueblo de la sierra, cerca de la frontera con Argentina, era literalmente una mina de oro.

Esteban Rojas abrazó a sus tres primos dando gracias a Dios porque estuvieran todos vivos. Los amigos íntimos Pedro Cortez y Carlos Bugueño también celebraron que ambos habían sobrevivido. Vecinos desde la infancia, eran inseparables y habían entrado a trabajar en la mina el mismo día.

Franklin Lobos, sin embargo, estaba angustiado. Mientras conducía el último vehículo que había entrado en la mina, se había cruzado con Luis Villegas. *Guatón* Villegas iba al volante de un camión subiendo por la rampa. Mientras calculaba el momento del derrumbe y la posición estimada del vehículo, Lobos se temía lo peor y ya se imaginaba el camión hecho pedazos. Dada la magnitud del desprendimiento, a los hombres les cabía poca duda de que la mina maldita se había cobrado la vida de otro de sus colegas.

Lobos conocía bien el refugio, pues uno de sus muchos cometidos era reabastecerlo. Nunca le había gustado trabajar en la mina. En la que había trabajado anteriormente había quedado atrapado en una nube de humo y había tenido que guarecerse en el fondo para evitar morir asfixiado. Durante ocho horas, mientras sus familiares se congregaban fuera, Lobos y sus colegas se preguntaron si salvarían la vida por segunda vez. Ahora Lobos estaba buscando una tercera.

Increíblemente, los treinta y tres hombres habían logrado salir ilesos del gigantesco derrumbe. Algunos tenían golpes producidos por las rocas y unos pocos estaban heridos, pero no había un solo hueso roto. No faltaba ningún hombre.

En el interior del refugio Luis Urzúa, el jefe de turno, decidió tomar las riendas del grupo. En su calidad de jefe de turno de los treinta y tres hombres, Urzúa no tenía que realizar labores físicas sino guiar, espolear y motivar a los trabajadores a su cargo. En el mundo altamente jerarquizado de la minería chilena, el jefe de turno es el líder absoluto y sus palabras se acatan con disciplina militar. Cuestionar una orden del jefe de turno es razón suficiente para ser sancionado o incluso despedido. «El principio de selección natural se impone en situaciones como ésta», explica Jaime Mañalich, ministro chileno de Salud. «Para llegar a ser jefe de turno hay que superar muchas pruebas».

Urzúa es un hombre de constitución robusta pero mirada amable y un estilo de liderazgo basado no en la fuerza bruta, sino en la fuerza de la razón. Con más de dos décadas de experiencia trabajando en minas, sabía cómo dirigir a un grupo de hombres, pero llevaba poco tiempo en San José. Que trabajara allí desde hacía menos de tres meses contribuía a la tensión que se respiraba en el sucio aire del interior del refugio. Los hombres se cuestionaban su capacidad para coordinar una respuesta al desastre. ¿Por qué debía ser él líder? ¿Conocía siquiera bien la mina? Urzúa no mejoró las cosas cuando sugirió que lo mejor era permanecer en el refugio, confiando en que la operación de rescate los sacaría de allí en pocas horas. Los hombres empezaron a discutir y los ánimos se encendieron. Urzúa estaba perdiendo el control de la situación.

Aprisionado en el refugio Sepúlveda caminaba de un lado a otro con tranquilidad. Prácticamente había predicho este siniestro. En Copiapó había discutido durante varios días con los inspectores de trabajo y seguridad, animándolos, apremiándolos y reprendiéndolos para que investigaran el quebrantamiento de las normas de seguridad en San José. También había intentado formar un sindicato con sus colegas, pero terminó desistiendo cuando se convenció de que los representantes de la Central Unitaria de Trabajadores (CUT), el sindicato nacional de los trabajadores, eran unos interesados. Sepúlveda y el resto de mineros habían perdido la esperanza de que el sindicato se pusiera de su lado en la lucha.

Sepúlveda, un hombre de baja estatura, medio calvo y con una amplia sonrisa que dejaba al descubierto unos dientes torcidos, era un adicto al trabajo que combinaba el amor por las labores físicas con un ánimo inquebrantable. Sus colegas lo llamaban o bien El Perry (argot chileno para El buen tipo) o El loco y era poco menos que el bufón no oficial de la mina. Acostumbraba a hacer chistes agudos sobre los administradores, pero siempre con un humor tan espontáneo que ni siquiera los blancos de sus mofas podían evitar reírse. Al final de una jornada de trabajo normal, mientras los mineros recorrían un trayecto de veinticinco minutos en un camión que ascendía a 20 kilómetros por hora desde las profundidades de la mina, Sepúlveda contaba con un público al que no le quedaba más remedio que escucharle: sus compañeros. Se maravillaban y aplaudía sus imitaciones y monólogos improvisados. ¿Quién si no El Perry era capaz de bailar agarrado a una barra dentro del autobús en el trayecto a casa después de una jornada de trabajo? Imitador nato y personaje carismático, Sepúlveda se encontraba en una tesitura que, dada su naturaleza hiperactiva, resultaba especialmente opresiva: el encierro. Necesitaba desesperadamente salir de allí.

Durante las primeras horas después del derrumbe Sepúlveda y Luis Urzúa organizaron a los mineros en tres grupos de acción. Mientras las montaña seguía rugiendo y escupiendo polvo a su alrededor, los hombres empezaron a peinar la mina buscando vías de escape. Las reservas de comida, agua y aire eran limitadas y la mina continuaba rugiendo y enviando señales que hacían presagiar un nuevo y monstruoso derrumbe. Era evidente que, si no hacían algo enseguida, morirían todos.

La galería principal era un túnel escarpado con paredes irregulares en las que los faros del vehículo proyectaban sombras danzantes. Parecían las entrañas de un mundo encantado. Túneles secundarios, cavernas y almacenes habían sido excavados en puntos que parecían escogidos al azar. Por toda la montaña había repartidos enormes tanques de agua, cada uno de hasta 15.000 litros de capacidad. Esta agua se empleaba para hacer funcionar las máquinas de perforar del interior de la mina. Si los hombres hubieran podido ver una sección transversal les habría recordado a un hormiguero repleto de túneles.

La profundidad del yacimiento se medía en metros sobre el nivel del mar. Dado que la entrada de la mina estaba situada a unos 800 metros, el punto más profundo era el nivel 45. El refugio donde estaban reunidos los treinta y tres hombres se encontraba en el nivel 90. Estaban atrapados casi en el fondo de una mina gigantesca.

Convencidos de que los equipos de rescate ya se habrían puesto a trabajar, los hombres estaban desesperados por enviarles un mensaje para hacerles saber que seguían con vida. Algunos de los mineros empezaron a reunir neumáticos de camión y filtros de aceite usados. A Richard Villarroel, un mecánico de 27 años que trabajaba subcontratado en San José, lo enviaron en una furgoneta a recorrer la galería. Llegó hasta el nivel 350, donde los túneles estaban obstruidos por las rocas. Villarroel buscó grietas en la roca y después las rellenó con los neumáticos y los filtros, a los que a continuación prendió fuego. La galería se llenó de densas nubes de humo, parte de las cuales ascendieron lo bastante para captar la atención de los equipos de rescate, o eso esperaba él.

Un segundo grupo de mineros amontonó cartuchos de dinamita para detonarlos y provocar una explosión breve pero inconfundible con la esperanza de que los rescatadores la oyeran. Otros empezaron a explorar la nueva configuración de la mina tras el derrumbe en busca de bolsas de aire. Urzúa, topógrafo de formación, comenzó a trazar un rudimentario mapa para intentar calcular las dimensiones de la nueva realidad. Utilizando una furgoneta blanca como oficina, se entregó a su tarea con entusiasmo.

Aunque algunos hombres seguían respetando su liderazgo, había excepciones notables. Juan Illanes, un subcontratado de 52 años, envalentonado por su experiencia como soldado en la Patagonia, donde había pasado casi dos años en una trinchera, se consideraba exento de la cadena de mando de Urzúa. Illanes y otros cuatro trabajadores contratados para el mantenimiento y conducción de vehículos dentro de la mina no eran empleados de ésta, lo que significaba que, según las normas de la minería chilena, eran ciudadanos de segunda. Una tribu aparte.

Al no haber luz natural no era ni de día ni de noche, con lo que cualquier rutina quedaba borrada, eliminada o al menos alterada de forma radical. A medida que los frontales de los cascos comenzaban a quedarse sin pilas, los hombres empezaron a turnarse para tenerlas encendidas y fueron entrando así en el frágil mundo de la privación de los sentidos. Si a eso añadimos la sobrecarga emocional resultado de haber estado a punto de morir, puede entenderse que perdieran toda noción del tiempo. Los mineros veteranos pronto se dieron cuenta del desafío técnico que supondría taladrar y perforar cientos de metros de roca sólida. Para ellos el rescate —si es que llegaba a producirse— sería una operación complicada e incierta.

Los psicólogos advierten que en tales circunstancias el instinto individual de supervivencia puede más que el bienestar colectivo. El cerebro se llena de adrenalina y las sustancias químicas relacionadas con la autoconservación inundan el cuerpo y permiten desplegar una inmensa fuerza física pero también una resolución que impedía a los mineros ver el valor de detenerse un momento para trazar un plan. Conforme transcurrían esas primeras horas los treinta y tres mineros empezaron a actuar como una manada errante de animales hambrientos, orinando y defecando de manera indiscriminada en su reducido mundo. Haciendo caso omiso de la sugerencia de permanecer unidos, se acomodaron en diferentes cuevas por los rincones de la galería. Aquella primera noche muy pocos durmieron.

Día 1: viernes, 6 de agosto

Después de pasar la noche sobre trozos de cartón para intentar mantenerse secos y evitar hacerse daño con las afiladas rocas, los mineros se levantaron empapados y ansiosos. José Henríquez trató de empezar el nuevo día con una dosis de esperanza: una oración colectiva. Este hombre de 54 años y facciones redondeadas trabajaba en la mina como *jumbero* u operador de maquinaria pesada, uno de los empleos mejor pagados de la mina. Pero eso era sólo durante el día. La pasión de Henríquez era predicar los poderes milagrosos de Jesucristo a su congregación en Talca, una ciudad del sur de Chile. Tras reunir a los hombres en el refugio, pronunció una breve plegaria que al parecer bastó para sosegarlos y permitir que *Lucho* Urzúa y Mario Sepúlveda pudieran organizar una misión. Claudio Yáñez tenía un reloj de pulsera Casio gracias al cual los hombres pudieron reorientarse en el tiempo. «Allá abajo no necesitaba reloj», comentaba Sepúlveda. «¿Sabes cuál era el mejor reloj? El estómago. Sabía qué hora era por lo que me apetecía comer. El cuerpo no reacciona igual ante la idea de un filete a las siete de la mañana que a las siete de la tarde».

Muchos de los mineros estaban convencidos de que debían permanecer en el refugio y esperar a ser rescatados. Sepúlveda resumió su opinión sobre dicha estrategia ante todos, en voz alta y clara y sin rodeos: era un suicidio. Sepúlveda quería, necesitaba y exigía entrar en acción. Su temperamento era un remolino de energías e instinto activo de supervivencia. Desde la infancia su vida había sido una continua lucha por salir adelante. Su madre había muerto en el parto y su padre lo había abandonado. El pequeño Mario creció compartiendo cama con otros seis hermanos. Había temporadas que dormía en el establo con el ganado, e incluso llegó a alimentarse de la comida de éste para sobrevivir. «Era muy, muy pobre, y me trataban peor que a los animales», cuenta. Sepúlveda, ahora un hombre de 39 años de clase media con esposa y dos hijos adolescentes, tenía la sensación de que escapar de la mina era la misión para la que la vida lo había estado preparando.

Los mineros se dividieron en grupos. Uno de ellos puso en marcha la maquinaria pesada para hacer ruido. A pesar del gigantesco derrumbe los hombres tenían a su disposición una flotilla de vehículos que incluía desde camionetas hasta un Jumbo, un camión de seis metros de largo con una perforadora en la parte delantera que se utilizaba para taladrar agujeros en el techo para colocar la dinamita. Movieron todos los vehículos al punto más alto de la galería y, una vez en la pila de piedras que bloqueaba el paso, empezaron a emitir una serie de ruidos cacofónicos. Bocinas, explosiones de dinamita, planchas de metal golpeando contra una excavadora. La breve detonación de dinamita y los sonidos metálicos reverberaron por todo el túnel, pero ¿bastarían? ¿Lo habría oído al menos un miembro de los equipos de rescate? Los hombres continuaron atacando el techo de la mina con el Jumbo que, como si de un pájaro carpintero chiflado se tratase, picoteaba como un loco haciendo un ruido infernal.

«Usamos los camiones para estamparlos contra las paredes», recuerda Samuel Ávalos. «Conectamos las bocinas a las tuberías (que llegaban hasta la superficie) para que nos escucharan arriba. Nos turnamos para gritar por las tuberías. Estábamos desesperados».

Alex Vega quería salir de la montaña siguiendo una serie de grietas que, a su entender, conducían hasta la superficie. Estaba convencido de que había una vía de escape, pero los hombres tenían pocas pilas ya en las linternas y no había forma de transportar el agua suficiente para lo que podía ser una expedición de unos días de duración. «Teníamos miedo de acabar aplastados por el desprendimiento de alguna roca», dice Vega. «Corríamos el peligro de quedar atrapados».

Un segundo equipo de mineros, dirigido por Sepúlveda y Raúl Bustos, se dedicó a explorar una posible vía de escape por uno de los conductos de ventilación. La chimenea —uno de los de cerca de una docena de conductos de aire que hacían que el aire de la mina fuera casi respirable— ascendía en vertical unos 25 metros. «Empezamos a buscar alternativas. Trepamos 30 metros por una escalera de mano. Llegamos hasta el nivel 210 y vimos que también estaba obstruido», escribiría más tarde Bustos en una carta a su mujer. «Había otra chimenea, pero no tenía escalera».

En muchas minas chilenas las chimeneas eran un círculo desobstruido que ascendía como una claraboya hasta el siguiente nivel y estaban provistas de equipamiento de seguridad, desde escaleras de mano hasta luces de emergencia. Aparte de permitir que el aire circule dentro de la mina, están diseñadas como salida alternativa si las otras vías de evacuación se obstruyen. En la mina San José la segunda chimenea carecía de iluminación y la escalera estaba en un estado lamentable. Por si fuera poco la chimenea estaba situada sobre la galería principal, lo que significaba que un solo accidente podía inutilizar de un plumazo las dos vías de escape. Era un fallo de seguridad que el sindicato de mineros dirigido por Javier Castillo llevaba años denunciando y que ahora los hombres comprendían en toda su magnitud.

Sepúlveda examinó la chimenea y decidió que subir por ella era arriesgado pero factible. Había una lluvia constante de fragmentos de roca, pero llevaba casco. Dirigió la lámpara del mismo hacia el cielo y empezó a avanzar con lentitud. La escalera estaba diseñada precisamente para ese uso, pero décadas de humedad continua habían corroído los peldaños. Conforme subía, Sepúlveda notaba cómo éstos cedían bajo sus pies. Algunos ni siquiera estaban en su sitio. Como un escalador desesperado, empezó a improvisar. El túnel tenía más de un metro de diámetro, demasiado grande para que él pudiera apoyar una pierna en cada pared. Así que, agarrándose a una tubería de plástico que recorría toda la chimenea, trató de encontrar un apoyo para los pies en las resbaladizas paredes de roca. Mientras tanto un granizo constante de escombros continuaba cayéndole sobre la cabeza. La montaña seguía llorando y se desconchaba poco a poco. Decidido a encontrar la salida a toda costa, Sepúlveda conminó a los músculos de su cuerpo a obedecerle. Había levantado una mano y se disponía a darse impulso cuando resbaló. Una piedra le golpeó en la cara, le partió el labio y le saltó un diente. Otra roca, esta del tamaño de una pelota de tenis, le pasó rozando. Había salvado la vida por cuestión de milímetros. Cuando otra piedra más se desprendió pasando a su lado sin rozarlo, decidió tomarlo como un aviso y una señal de que debía retirarse.

«Me sentía como un muchacho de 12 años, fuerte, lleno de energía. No sentí cansancio en ningún momento. Lo único que quería era salir de allí». Sepúlveda describe su experiencia en términos religiosos. «Dentro de aquella chimenea tuve una experiencia mística. Se me pusieron los pelos de punta. Algo me decía: "Estoy contigo"».

A Sepúlveda lo invadió una abrumadora sensación de júbilo y confianza mientras bajaba por la chimenea: «Regresé y les dije a los demás que ninguno íbamos a morir allí, que creer o no dependía de ellos, pero que si creían debían agarrar la mano de Dios y la mía y que juntos saldríamos de allí».

Las reacciones ante una experiencia traumática son distintas en cada individuo y en este caso estuvieron en función de la personalidad de cada uno de los mineros. En situaciones tan radicales como en la del derrumbe de la mina San José, que los psicólogos definen como «situaciones de confinamiento extremo», algunas víctimas languidecen mientras otras se crecen. Mario Sepúlveda tenía la impresión de que llevaba toda la vida preparándose para un desafío así. Le encantaba su nuevo papel como líder de la manada.

Día 2: sábado, 7 de agosto

Sin haber establecido comunicación todavía con el equipo de rescate, los mineros pasaron otra noche inquietos y asustados. A la mañana siguiente todos quisieron rezar de nuevo con Henríquez. Al menos aquello de rezar juntos empezaba a parecerse ligeramente a una rutina, pero la desesperación estaba empezando a hacer mella. Los alimentos comenzaban a escasear. Los diez litros de agua embotellada eran claramente insuficientes y los hombres empezaron a beber de los gigantescos tanques de 15.000 litros de capacidad reservados en teoría para las máquinas perforadoras. El agua llevaba allí meses y estaba sucia y grasienta. «La bebimos, pero sabía a gasolina», contaba Richard Villarroel.

Claudio Yáñez bebió y bebió de aquella agua sucia hasta siete litros al día. Le sabía a combustible diesel y a polvo. Sabía que estaba llena de residuos minerales y que llevaba casi medio año estancada, pero tenía una sed brutal. Así que continuó bebiendo.

«La jerarquía se perdió casi inmediatamente», relató Alex Vega, que trabajaba de mecánico y conocía la mina al dedillo después de llevar en ella casi una década. «Los 33 éramos uno y pusimos en marcha un sistema democrático; la idea que parecía más práctica era la que se imponía».

Los hombres empezaron a votar casi todas las decisiones importantes. A mediodía celebraban reuniones de grupo que combinaban el debate democrático de un pueblo de Nueva Inglaterra con el humor del Parlamento británico. Se proponían ideas de las que se burlaban sin piedad o que eran debatidas abiertamente. Las ideas se medían por su valor intrínseco, independientemente de si provenían del jefe de turno o del ayudante de rango más bajo.

Para entonces los mineros llevaban ya casi dos días enteros bajo tierra. Las pilas de las linternas empezaban a agotarse y los teléfonos móviles ya estaban sin batería. Aunque en el refugio nunca había habido cobertura, los hombres los usaban a modo de lámparas, relojes y parlantes para escuchar música y aliviar así la angustia que les producía aquel profundo silencio.

Entre algunos de los hombres más jóvenes e inexpertos empezó a cundir el pánico. Jimmy Sánchez, de 19 años, el más joven de todos, empezó a sufrir alucinaciones. Imaginaba que su madre acudía a visitarlo en las profundidades de la mina y en sus sueños le llevaba empanadas recién hechas. La empanada, que suele tomarse a modo de tentempié rápido, es como casi toda la gastronomía chilena: anodina, pero a Jimmy y a sus compañeros, en aquellas subterráneas latitudes, hasta el recuerdo aún reciente de una empanada se les antojaba un manjar de los dioses.

Otros mineros, desbordados por la presión emocional, simplemente se quedaron paralizados. «Se quedaban todo el día acostados; no se levantaban nunca», contaba Villarroel. El tiempo transcurría con una lentitud desesperante y un gigantesco silencio lo llenaba todo. No se escuchaban ni perforaciones ni explosiones de dinamita. De arriba no llegaba ni un solo sonido. Sólo el angustioso repiqueteo del agua y de las piedras que se desprendían.

Varias veces los hombres ascendieron cientos de metros por la galería curvada para observar atónitos y consternados las gigantescas rocas. Aunque estaban convencidos de que en el exterior había equipos de rescate buscándolos, el silencio les resultaba aterrador y una duda empezó a cobrar forma poco a poco en sus pensamientos: ¿Saldremos de aquí? Maldecían a la roca: «¡Piedra maldita, concha de su madre!». El resto de los mineros unían fuerzas para proferir un rápido: «¡Viva Chile!» Y a continuación caminaban con dificultad de vuelta al refugio con el mismo mensaje: sin novedad.

Los hombres necesitaban un milagro. Y comida. Después de sólo dos días, sus cuerpos empezaban a encogerse y sus rostros empezaban a adoptar un aspecto demacrado a medida que iban perdiendo energías. La barba les ensombrecía el rostro y tenían el pelo apelmazado en sucios mechones. En sus conversaciones cara a cara era evidente la pérdida de buenas maneras. El olor a sudor y a humedad se hizo tan intenso que algunos empezaron a abandonar el refugio para dormir en el suelo pedregoso de la galería.

Los hombres empezaron a escindirse en grupos. Había discusiones por los cartones. Se formaban subgrupos de familiares y viejos amigos empujados por el instinto de supervivencia. Los líderes, incluidos Sepúlveda y Urzúa, eligieron una curva en la galería situada a 105 metros sobre el nivel del mar y de inmediato fueron bautizados con los nombres del grupo 105 o simplemente el 105. En este rincón corría algo de aire, había menos humedad y más espacio para respirar. Más abajo, otro grupo se instaló en el refugio de seguridad y se bautizaron como Refugio. El suelo de baldosa no resultaba demasiado confortable para dormir, pero el techo estaba reforzado con pernos y una malla metálica detenía las rocas que se desprendían.

Al tercer grupo básicamente no les quedó más remedio que arreglárselas solos. Los primos Esteban y Pablo Rojas y Ariel Ticona, casado con una familiar de éstos, formaron una camarilla que escogió dormir en el lugar más peligroso de la mina. Justo a la entrada del refugio, en la galería principal, se formó un segundo asentamiento conocido como Rampa. Aquella zona de pernoctación era menos claustrofóbica porque por el túnel corría una ligera brisa, pero había importantes desventajas: era una zona húmeda y los hombres apenas conseguía conciliar el sueño. En ocasiones incluso se vieron obligados a improvisar refugios a modo de balsas para mantenerse lejos del agua. Algunos de los mineros empezaron a dormir en los volquetes de los camiones. «Habíamos perdido la esperanza de un rescate rápido», recuerda Alex Vega, «y así empezó la espera más dura, en silencio y con la incertidumbre de no saber qué sería de nosotros».

Día 3: domingo, 8 de agosto

Eran alrededor de las seis y media de la mañana del tercer día y los hombres estaban despiertos y preparados para rezar. Henríquez estaba animado y les prometió que Dios no tardaría en oír sus plegarias. Cada día que pasaba los sermones y las oraciones se convertían en una cuerda de salvamento a la que aferrarse. El rescate podía estar o no próximo, pero la fe de los mineros les ayudaba a no desfallecer. Empezaron a referirse a Jesucristo como el minero número 34.

Después de las oraciones, Mario Sepúlveda los convocó para una reunión de grupo. Sepúlveda tenía la habilidad de contagiar su característico entusiasmo a los compañeros sin por ello traicionar la jerarquía de la mina. Les habló de la necesidad de respetar a Urzúa. Si el líder no quería actuar como tal, entonces Sepúlveda estaba más que dispuesto a asumir aquella función en su calidad de hombre capaz de negociar, amenazar o bien motivar a los hombres con un espíritu positivo.

A pesar de que las fuerzas flaqueaban, las destrezas personales comenzaron a brillar. Raúl Bustos, superviviente de un gran terremoto, reclutó a Carlos Mamani, el joven boliviano, para que lo ayudara a construir una serie de canales que permitieran drenar el agua que manaba por el refugio. Edison Peña ideó un sistema de iluminación empleando las baterías de los vehículos, sobre todo la de la excavadora a la que se referían como la «pala», que tenía una toma de corriente de 220 voltios incorporada en el chasis. Ahora en lugar de la luz pálida e intermitente de las linternas, gracias a Peña los hombres disponían de un chorro de luz constante. Illanes también diseñó un sistema para cargar los frontales conectándolos a las baterías de los vehículos. Para preparar té caliente, hervían agua poniendo en marcha uno de los camiones y colocando botellas de medio litro de agua junto al tubo de escape. El plástico estaba demasiado caliente para tocarlo, pero no llegaba a fundirse y el agua caliente mezclada con unas cuantas bolsas de té que consiguieron reunir suponía para ellos un momento reconfortante. También ponían las botas y la ropa mojada sobre el motor y utilizaban su calor para secarlas.

Improvisaron baños en un pozo de barro cercano. No había ni jabón ni otros productos básicos de higiene diaria, como champú o pasta de dientes. A modo de letrinas, los hombres empleaban un bidón de petróleo vacío. Cuando estaba casi lleno lo tapaban con tierra y grava y lo vaciaban más abajo del refugio, cubriendo los desperdicios con más tierra. Con todo el olor pronto empezó a ser nauseabundo. Víctor Zamora no podía soportar el hedor y abandonó el refugio para dormir en la Rampa. Para Zamora, estar allí atrapado «era una pesadilla. No sabíamos si lograríamos salir de allí». Para escapar del horror cotidiano Zamora empezó a escribir un diario, el testimonio de su experiencia. De ahí pasó a escribir poemas, estrofas breves sobre supervivencia y esperanza, una actividad que no interrumpiría hasta que se quedó sin tinta.

Las provisiones del refugio estaban cuidadosamente vigiladas y sólo Luis Urzúa y Mario Sepúlveda tenían acceso a ellas. Propusieron un plan de estricto racionamiento que se aprobó rápidamente después de un sencillo ejercicio de democracia: los hombres votaron. «Dieciséis más uno constituía mayoría», explica Urzúa. «Votábamos para todo». Los hombres estuvieron de acuerdo en comer una vez al día poco más que una porción minúscula. «Tomaríamos una cucharadita de atún, el equivalente a medio tapón de botella, y ésa era nuestra comida», cuenta Richard Villarroel. «Nuestros cuerpos se empezaban a consumir».

Las escasas provisiones que quedaban en el refugio estaban desapareciendo rápidamente. La mitad de los cartones de leche hacía tiempo que habían caducado. El calor había solidificado el contenido en coágulos de sabor a plátano. Se habían puesto rancios. Claudio Acuña olió el cartón: «Huele bien», pensó y, a continuación y sin dudarlo un instante, masticó y se tragó un litro entero de la espesa leche.

Samuel Ávalos recorría la montaña en busca de restos de comida. «Volqué los cubos de basura y lo revolví todo, pero sólo había papeles, informes sobre la mina». Apuró las gotas que encontró en el fondo de seis botellas de Coca-Cola y se comió con mucho gusto varias mondas de naranja.

Mario Gómez, minero veterano y antes de ello marino mercante, animaba a los hombres a resistir. Les narró un viaje que había hecho en su juventud, cuando se había embarcado de polizón en un carguero brasileño. Durante once días el joven Gómez había resistido dentro de una lancha salvavidas a base de agua de lluvia y poco más. «Sobreviviremos», les recordaba a los hombres. La veteranía de Gómez era algo que nadie ponía en cuestión. Había trabajado por primera vez en la mina en 1964, antes incluso de que algunos de sus colegas hubieran nacido. Había visto la mina crecer y transformarse de una pequeña explotación artesanal, de pico y carretilla, en el negocio que era entonces. Los dedos que había perdido formaban parte de su leyenda y no se avergonzaba de ello. Aquellos muñones eran el testimonio vivo de su dedicación al oficio. «Son como medallas», decía.

«Teníamos la moral por los suelos y pronto empezaron los enfrentamientos. Sólo queríamos salir de allí», relata Pablo Rojas, minero de tercera generación conocido por trabajar duro y ser hombre de pocas palabras. «Cada hombre tenía su propia personalidad». Y muchos de ellos sus propias adicciones. Además de al tabaco, muchos de los hombres tenían una enorme adicción al alcohol. Para ellos el encierro suponía también una desintoxicación obligada con los cambios de humor y la desesperación que acompañan a todo síndrome de abstinencia.

Habían pasado tres días. Los hombres llevaban atrapados setenta y dos horas, mucho más tiempo del que ninguno de ellos había pasado jamás bajo tierra. A pesar de sus esfuerzos por llamar la atención, aún no se había establecido contacto con el equipo de rescate. La comida era escasa y el agua malísima. Los espeluznantes crujidos que emitían las rocas al asentarse eran seguidos de un silencio total, un recordatorio de que estaban en lo más profundo del vientre de la bestia, engullidos y atrapados a muchos kilómetros por debajo de la civilización.

Los mineros comenzaron a perder la esperanza. Aunque trataban de evitar preguntárselo, a todos ellos empezó a atormentarlos una sola cuestión: ¿Saldremos vivos de ésta?

IV

Velocidad frente a precisión

DÍA 3: DOMINGO, 8 DE AGOSTO

La ciudad chilena de Copiapó está rodeada de playas vírgenes, un vasto desierto y áridas montañas que albergan rebosantes depósitos de oro, plata y cobre que valen millones y hasta miles de millones de euros. Estos tesoros ocultos se empezaron a explotar por primera vez en 1707, cuando la población de Copiapó ascendía a novecientos noventa habitantes. Hoy la ciudad sigue teniendo un tamaño modesto —ciento veinticinco mil habitantes incluyendo los alrededores— y sin embargo su aeropuerto es literalmente un enjambre. Hay siete vuelos diarios a Santiago y siempre van llenos de una marea de ingenieros de minas, geólogos y topógrafos. Bajan del avión, descienden la escalerilla metálica peldaño a peldaño y a continuación atraviesan a pie y sin compañía la pista (en ocasiones caminan hasta la zona de recogida de equipajes) hasta una terminal diminuta donde los esperan vendedores de ostras, pinzas de cangrejo y locos, un delicioso marisco de aquellas costas de carne prieta y blanca y un sabor delicado parecido al de la langosta.

Estos ejecutivos son la avanzadilla de un ejército de empresarios que buscan recolectar los beneficios del reciente auge mundial de la industria del cobre, que comenzó en 2002 y que en agosto de 2010 no presentaba aún síntomas de derrumbarse. Gracias a la industria china y a su aparentemente insaciable apetito de cobre y otros minerales, las operaciones mineras en Chile continúan floreciendo. Cada día el país exporta más de 60 millones de euros en cobre y cada pocos meses se anuncia un nuevo proyecto multimillonario de explotación minera. En esta región del norte de Chile se encuentra también una de las mayores concentraciones del mundo de equipamiento de alta tecnología: máquinas capaces de perforar, taladrar y atravesar kilómetros de roca sólida.

Tres días después del derrumbe de la mina San José, el presidente chileno Sebastián Piñera movilizó una gigantesca flota de maquinaria minera como si fuera un general granuja del ejército. Desoyendo los consejos de cautela que le daban sus asesores, Piñera lo apostó todo a que podría salvar la vida de los mineros, garantizando personalmente el éxito de la misión y provocando con ello el pánico en su círculo más cercano de consejeros, que opinaban que su presidente se había presentado voluntario para una misión kamikaze en un lugar donde incluso los mineros que allí trabajaban empleaban ese valiente alias para referirse a ellos mismos.

Una de las primeras órdenes que dio Piñera fue encontrar un director general para la operación de rescate. Acostumbrado como estaba a contratar a prodigiosos jóvenes políglotas con títulos de MBA para formar parte de su círculo de confianza, Piñera se sentía como un pulpo en un garaje en el mundo de la minería. El ministro de Minería Laurence Golborne, nombrado por Piñera en marzo de 2010 al comienzo de su mandato presidencial, era también ajeno a aquel mundo. A Golborne le habían otorgado el cargo, como reconocimiento a sus dotes de mando, de alto ejecutivo de Cencosud, una cadena sudamericana de tiendas minoristas y supermercados de gama alta con una facturación anual cercana a los 10.000 millones de euros. A los peces gordos de la minería chilena no les impresionaba lo más mínimo ese atractivo ejecutivo aficionado a descargarse juvenil música rock en su iPhone. La despreocupación con que reaccionaba ante sus preocupaciones no contribuían a mejorar la opinión que tenían de él. Cuando le preguntaron cómo solucionaría el problema de su falta de experiencia, Golborne respondió: «Aprendo rápido».

Si entre Piñera y Golborne no sabían más que lo básico sobre el funcionamiento de una mina subterránea, sus conocimientos sobre la organización del rescate de hombres atrapados bajo tierra era aún menores. Recurrieron a Codelco, un conglomerado minero estatal que produce el once por ciento de la producción mundial de cobre. El 9 de agosto, después de una avalancha de llamadas y conferencias telefónicas entre las más altas instancias de Codelco y el Gobierno, Piñera decidió que había encontrado al candidato perfecto a director general de operaciones para el rescate. Aunque nadie se lo comunicó al interesado.

Cuando por fin lo llamaron a altas horas de la noche del 9 de agosto, André Sougarret estaba en la cama, a punto de dormir, en su residencia de Rancagua. «La junta directiva lo ha designado a usted y a un equipo... para ayudar a las personas encargadas del rescate», le dijo su superior de Codelco. Sougarret, un ingeniero de 46 años de ánimo templado y con una sonrisa siempre a punto, escuchó con atención pero el encargo no le impresionó demasiado. Le comentó lo de la llamada a su mujer y se durmió.

Sougarret llevaba trabajando en la industria minera desde los veintitantos años y mientras ascendía en el escalafón de la industria minera chilena no dejó nunca de hacer amigos. Especializado en minas subterráneas, en aquel momento estaba a cargo de El Teniente, el yacimiento subterráneo más grande del mundo con 2.400 kilómetros de túneles y quince mil trabajadores. En 2009 esa mina produjo 400.000 toneladas de cobre. Si El Teniente fuera un país independiente, ocuparía el decimosegundo puesto en el ranking mundial de producción de dicho mineral.

Sougarret se había enterado del derrumbe de la mina San José, pero ni se le había pasado por la cabeza que pudiera convertirse en un asunto del gigante del cobre gestionado por el Estado. El siniestro se había producido en una mina de propiedad privada situada a unos 1.000 kilómetros hacia el norte. Que era una catástrofe estaba claro, pero en resumidas cuentas era la catástrofe de otros.

Día 4: lunes, 9 de agosto

A las diez de la mañana Sougarret recibió otra llamada. Se trataba de una orden urgente: preséntese de inmediato en el palacio residencial. «Pensé: debe tratarse de una equivocación», recuerda Sougarret. «¿Por qué iban a citarme a mí en el palacio presidencial de La Moneda?». Guardó algunas cosas en una mochila, cogió el casco de minero y condujo noventa minutos hasta allí. Había pasado por delante del edificio cientos de veces, pero nunca había entrado. Lo acompañaron a la segunda planta, donde se encuentran las oficinas del presidente y de sus principales asesores, y sólo le dijeron que esperara.

La Moneda es un edificio lleno de historia y, de haberse fijado, Sougarret habría reparado en que las paredes estaban sembradas de cientos de agujeros de bala ahora tapados, recuerdo del golpe militar del 11 de septiembre de 1973 que derrocó al entonces presidente Salvador Allende. Allende, un médico aristócrata profundamente comprometido con la revolución socialista que había encabezado, resistió el ataque del ejército disparando desde el segundo piso con una ametralladora, regalo, según cuentan, de Fidel Castro. Su cuerpo se encontró después del asalto al palacio, con un solo orificio de bala en la cabeza. La mayoría de los historiadores coinciden en que fue un suicidio. Durante los diecisiete años siguientes el general Augusto Pinochet gobernó Chile combinando métodos de tortura inspirados en la Inquisición española y avanzadas reformas económicas. Un total de tres mil chilenos murieron a manos de los militares, pero el crecimiento económico sostenido convirtió al país en la economía más estable de Latinoamérica, una situación paradójica que en décadas siguientes alimentó por igual el celo de los enemigos y de los partidarios acérrimos del ya fallecido general.

Después de la dictadura de Pinochet, los testimonios sangrientos de torturas y ejecuciones convencieron a toda una generación de chilenos de la necesidad de boicotear a los políticos de derechas. Entre 1990 y 2009 el país estuvo dirigido por una serie de presidentes progresistas que combatieron la pobreza, invirtieron en infraestructuras, defendieron las libertades individuales y firmaron acuerdos de libre comercio con decenas de naciones. Las elecciones de 2010 que dieron el poder a Piñera, político centrista del partido de derechas Renovación Nacional, parecieron enterrar el fantasma de Pinochet y dieron paso a una nueva forma de gobierno integrado por tecnócratas con algo que demostrar. El círculo más próximo a Piñera era consciente de que ser de derechas en Chile equivalía a estar siendo examinados constantemente y que, si fracasaban a la hora de gobernar el país, tendría que transcurrir al menos una generación antes de que les dieran una segunda oportunidad.

Dentro de La Moneda Sougarret se sentía incómodo. Se había vestido de manera informal, con vaqueros, y el casco de minero y la mochila contrastaban con el entorno de hombres enfundados en elegantes trajes de chaqueta y corbata. Un enjambre de periodistas deambulaba por los pasillos, prueba de que algo grave estaba ocurriendo. Y sin embargo Sougarret estaba cada vez más confuso, ya que en dos horas prácticamente nadie le había dirigido la palabra.

Por último llegó el mensaje «¡Adelante!» y Sougarret fue conducido al aparcamiento situado en el sótano, donde se incorporó a la caravana presidencial. Flanqueado por coches en los que viajaban escoltas armados con fusiles Uzi, Sougarret atravesó Santiago envuelto en un torbellino de protocolo. Al llegar al aeropuerto el convoy pasó de largo las terminales de vuelos comerciales y se dirigió al Grupo de Aviación número 10, encargado del transporte presidencial. Sougarret seguía sin saber nada de su misión o de adónde se dirigían. Una vez a bordo del avión el presidente Piñera lo convocó a su cabina privada, sacó un cuaderno de notas, dibujó un bosquejo de la mina y del refugio y le dio una orden: sáquelos de ahí. Piñera le pidió al todavía atónito ingeniero que diseñara el mejor plan de rescate posible, subrayando que la operación contaría con los recursos y el apoyo incondicional del Gobierno. Sólo entonces fue Sougarret consciente de que había sido reclutado para dirigir la misión. Treinta y tres vidas estaban en sus manos y nadie le había consultado si podía, quería o se sentía capaz de hacerlo. Más tarde compararía aquella experiencia con un secuestro.

Al llegar al ya oscurecido campamento Sougarret se sintió desorientado. Nunca había estado en la mina San José y, de nuevo sin previo aviso, sus responsabilidades aumentaron. El presidente Piñera anunció a los medios de comunicación allí congregados que había traído a un «experto» que se haría cargo de las tareas de rescate.

«Vale, pensé, esto se complica», relata Sougarret. «Cuando caminamos unos pasos hacia el campamento donde estaban los familiares, aquellas caras de angustia me impresionaron. Había cincuenta personas. Reparé en muchos rostros llenos de preocupación y, en algunos casos, de desesperación. Y de malestar. Recuerdo que le dijeron al presidente algunas cosas desagradables por haber hablado con la prensa antes que con ellos. Eso era algo que nosotros siempre cuidábamos mucho: hablar con los familiares antes que con los reporteros. Aquello se me quedó grabado. A continuación el presidente les explicó que había traído a unos expertos para intentar solucionar el problema y que usarían todos los recursos posibles. Aquél fue un momento clave para mí, el comienzo de todo», declaraba Sougarret en una entrevista para el periódico chileno *El Mercurio*. «Me di cuenta de que estaba al mando de la operación. El presidente se marchó y me dejó allí solo».

Sougarret no necesitaba que los trastornados familiares le recordaran algunas de las consecuencias de los accidentes mineros.

El Teniente, donde Sougarret había desempeñado un puesto de responsabilidad, había sido el escenario del peor siniestro de aquel tipo que había tenido lugar en la historia de Chile. Conocido como Tragedia del humo, ocurrió en 1945, cuando el yacimiento se incendió después de que el fuego se iniciara por una chispa en uno de los depósitos de almacenamiento. Los barriles de petróleo en llamas rápidamente atraparon a más de mil mineros en una nube de humo impenetrable que llenaba cada grieta y cada rincón del Túnel C. Durante horas los mineros resistieron tapándose la cara con ropa mojada, una medida desesperada que pronto demostró ser del todo inútil a medida que empezaban a caer desmayados. Los sistemas de seguridad de la mina resultaron no cumplir con el reglamento y las salidas de emergencia no estaban bien señalizadas.

Mientras nubarrones de humo negro salían de la mina, se puso en marcha un valeroso intento de rescate. Varios mineros se arrojaron a las llamas, penetraron en aquel infierno y sacaron a sus compañeros medio inconscientes a la superficie. Salvaron a seiscientos, pero perecieron trescientos cincuenta y cinco.

La Tragedia del humo dio pie a un debate nacional sobre la seguridad en las minas y llevó a la creación del Departamento de Seguridad Minera. Se introdujo el concepto de prevención de riesgos en la toma de decisiones ejecutivas y el programa se implementó con tal eficacia que El Teniente ganó varios premios internacionales a la seguridad durante catorce años seguidos. No por casualidad los asistentes del presidente Piñera, al darse cuenta de que los propietarios de San José no estaban preparados para una operación de rescate tan compleja, decidieron reclutar al equipo más profesional y experto en seguridad, el equipo de El Teniente con Sougarret al mando.

El primer desafío al que éste se enfrentaba era coordinar los trabajos de perforación. A lo largo de los tres días que siguieron al derrumbe la comunidad minera chilena se había movilizado y enviado convoyes con equipamiento al lugar del siniestro: excavadoras pesadas, camiones cisterna y máquinas perforadoras o barrenas para taladrar conductos capaces de atravesar rocas de cientos de metros de espesor y de crear agujeros denominados «pozos de sondeo». Los ingenieros allí reunidos decidieron rápidamente que intentar un rescate por la boca de la mina era demasiado peligroso y que los pozos de sondeo eran la opción más segura para poder establecer contacto con los hombres atrapados.

Las máquinas utilizadas para perforar los pozos de sondeo estaban apiñadas formando un conglomerado de torres humeantes y sibilantes que daban al lugar el aspecto de un yacimiento petrolífero con banderas chilenas ondeando por doquier. Aquellos artilugios de perforación portátiles no eran un invento moderno, llevaban desde los años cincuenta transportándose y empleándose en todos los rincones del planeta para perforar las capas superficiales de la corteza terrestre.

Esas máquinas ayudaron a localizar las materias primas para alimentar medio siglo de frenética actividad industrial: desde acuíferos hasta depósitos de zinc. Ahora habían sido reunidas en una misión de prospección colectiva, una temeraria operación de búsqueda y rescate. Emplearían una broca de nueve centímetros apuntando hacia uno de los túneles en zigzag situado a más de medio kilómetro bajo la superficie: una aguja de 700 metros de largo en busca de una galería.

Para cuando Sougarret llegó a San José ya se habían intentado seis perforaciones, apresuradas y caóticas. «Estaba perforando en varios sitios, pero sin seguir una estrategia». Así explicaba Sougarret la situación que heredó. «Decidimos que se harían tres perforaciones, tres planes paralelos basados en tres conceptos diferentes: unos buscarían rapidez y otros precisión. Trabajábamos contra reloj. Si queríamos ser precisos iríamos más lentos. Si queríamos avanzar deprisa entonces las cosas podrían salir mal». Sougarret calculó que las perforadoras podrían avanzar una media de 100 metros al día. Lograr la precisión necesaria para taladrar cerca de donde estaban los hombres atrapados llevaría, como mínimo, una semana.

Al disponer sólo de planos aproximados de la mina, las perforadoras únicamente podían estimar la localización exacta del refugio subterráneo, el lugar donde suponían que podían estar atrapados los mineros. ¿Habrían logrado llegar hasta el refugio? ¿Hasta el taller mecánico? ¿O acaso estaban enterrados bajo montañas de desechos? Como en el caso de los rescatadores que registraban los conductos de ventilación, las conjeturas eran infinitas, algo que para profesionales acostumbrados a trabajar siguiendo instrucciones precisas resultaba de lo más desconcertante.

Por lo general las operaciones de perforación se llevaban a cabo en balsas gigantescas de petróleo o en acuíferos subterráneos, pero aquí el blanco era minúsculo: el refugio tenía el tamaño de una piscina de una casa particular. Si los ingenieros erraban en sus cálculos al apuntar la barrena aunque fuera unos pocos centímetros, para cuando se hubiera abierto paso por los 700 metros de galerías y llegara al nivel del refugio, se quedaría a cientos de metros de éste. «Cuando llegamos a la mina nos dijeron que situáramos la perforadora justo encima del refugio», dijo Eduardo Hurtado, supervisor de perforadoras que trabaja para Terraservice, una compañía chilena especializada en perforaciones. «La excavadora empezó a aplanar el terreno para hacer una plataforma para la perforadora y un topógrafo tomó medidas. Después llegó José Toro, un geólogo de la mina El Salvador. Conocía bien la zona y nos dijo que moviéramos la máquina; les preocupaba que la montaña entera acabara por derrumbarse».

Día 5: martes, 10 de agosto

A pesar del tremendo desafío que suponía encontrar a los hombres, el sonido de las perforaciones fue recibido en el Campamento Esperanza como una señal positiva. Si algunos de los hombres seguían con vida, el eco del ruido los alertaría y sabrían que habían comenzado los intentos por rescatarlos. «Sé que están notando cada golpe de las perforadoras que taladran la roca para llevarles aquello que más necesitan: oxígeno, comida y agua», declaró el presidente Piñera. «Confío en que las seis perforadoras que están trabajando sin descanso hagan posible un final feliz. Pero también quiero que sepan que no es una tarea fácil; la situación es muy compleja y la mina sigue derrumbándose, puesto que tiene una falla geológica. Como dicen los mineros, la mina está viva y eso dificulta enormemente el rescate». Mientras el presidente y su equipo calculaban las posibles complicaciones del plan de rescate, cientos de habitantes de la localidad se desplazaban hasta el lugar del siniestro.

El 10 de agosto es el Día del Minero en Chile y familiares, amigos y compañeros de los hombres atrapados se reunieron en San José para preparar una lúgubre ceremonia. En circunstancias normales el Día del Minero es una tradición festiva que incluye asados colectivos, bailes, bendiciones religiosas y homenajes a la profesión que catapultó a Chile al mercado económico mundial y que ha contribuido a sostener su relativa prosperidad.

En 2010 se cancelaron las celebraciones. En la mina San José se organizó una procesión triste. Cerca de dos mil personas hicieron un peregrinaje breve y doloroso. La TVN, televisión nacional chilena, retransmitió en directo desde el lugar y todo el país vio a los familiares de los mineros desfilar con lentitud mientras las lágrimas les resbalaban por las mejillas. Un equipo de hombres portaba con esfuerzo una imagen de San Lorenzo, el patrón de los mineros que había dado nombre a la operación de rescate. Otros llevaban a hombros a la Virgen de la Candelaria, una figura simbólica que protege a los mineros del vecino yacimiento de La Candelaria, donde se guarda en una capilla. Por petición expresa de las familias de San José, el viaje de vuelta de la Virgen a La Candelaria fue cancelado. Necesitaban sus poderes allí. Desde un altar improvisado en el volquete de un camión, el obispo Gaspar Quintana animó a las familias a permanecer fuertes, reprendió a los funcionarios del Gobierno por la falta de medidas de seguridad e hizo una petición directa a Dios para que enviara buenas noticias sobre los hombres encerrados. «Envíanos una señal», rogó. «Pronto».

La «intendenta» o gobernadora de la región de Atacama, Ximena Matas, primero se hizo partícipe del dolor colectivo y a continuación lo canalizó hacia un equipo de psicólogos reunido por funcionarios del Gobierno local. El equipo de Matas había asaltado el departamento de psicología de las oficinas municipales antidroga y había hecho traer a más expertos de Santiago para que prestaran ayuda a las familias. «Entendemos perfectamente que estas noches han sido terribles para ustedes. Hemos visto cuán difícil es lidiar con esta situación, pero también hemos visto el apoyo que se están dando y la fuerza que están demostrando en esta espera por sus seres queridos», dijo Matas, que a continuación subrayó la importancia de compartir esos sentimientos con los expertos en salud mental llevados allí por el Gobierno.

Día 6: miércoles, 11 de agosto

Cuando los doscientos familiares se despertaron se encontraron con que el desierto de Atacama les deparaba una nueva sorpresa: una lluvia torrencial. Una inusual tormenta convirtió el polvoriento campamento en un lodazal gélido y resbaladizo. Algunas familias pasaron el día dentro de los coches, con la calefacción puesta y las ventanillas subidas. «No vamos a abandonar a mi hermano», decía Jeanette Vega, cuyo hermano Alex estaba entre los atrapados en la mina. «Hasta que no salga, ninguno de nosotros se va a mover de aquí, llueva, haga frío o sol». Durante todo el día los familiares se acurrucaron en sus sacos de dormir, bebieron té caliente y protegieron las tiendas de campaña de la lluvia con plásticos. El ejército envió soldados que comenzaron a preparar una extensión de terreno más plana y resguardada donde levantar nuevas tiendas y donde las familias estuvieran mejor aisladas del constante tráfico de camiones y otros vehículos. Por la noche la temperatura había bajado a dos grados bajo cero y las familias se congregaban alrededor de hogueras. Los viticultores de la zona habían donado ramas podadas de los viñedos más viejos. La madera dura y nudosa se consumía con lentitud y los fuegos permanecieron encendidos hasta el amanecer. Dormir ya no formaba parte de la rutina cotidiana.

Día 7: jueves, 12 de agosto

Había transcurrido ya una semana sin señales de vida de los mineros. Los rescatadores veían cómo sus opciones se reducían dado que la mina no dejaba de moverse, obstruyendo los conductos de ventilación y sepultando toda esperanza de un rescate rápido. La comunidad minera chilena se apresuró a enviar equipos de rescate, avanzadas herramientas de búsqueda y tantas perforadoras como fueran necesarias, pero seguía sin haber noticias de los hombres desaparecidos.

«No es el momento de desmoralizarse. Es probable que mis compañeros estén escuchando el sonido de las perforadoras y eso les dará fuerzas», dijo Gino Cortés, el trabajador de la mina que cinco semanas antes había perdido una pierna al caerle encima una roca. «Somos mineros duros», afirmaba. «Conocemos los peligros a los que estamos expuestos y hasta cierto punto los aceptamos».

A las dos de la tarde (hora estimada del derrumbe ocurrido justo una semana antes) se escuchó el ulular de las sirenas y las bocinas y el tañido de las campanas de las iglesias, pero el silencio que siguió resultó infinitamente más revelador. Una semana ya y ninguna noticia. Los familiares continuaban su lenta conquista la ladera de la montaña, adornándola con fotografías y escribiendo los nombres de sus seres queridos que estaban desaparecidos en las piedras. Se fueron instalando poco a poco, levantando tiendas de campaña y animando a los rescatadores a que no se dieran por vencidos. El Campamento Esperanza se convirtió en un santuario rebosante de vida.

Se respiraba una atmósfera de comunidad recién creada, lo que no resultaba sorprendente, puesto que la mayoría de los mineros residían en la localidad, eran vecinos, primos o, como en el caso de Renán y Florencio Ávalos, hermanos. Estos mineros eran descendientes de familias al más puro estilo pionero, con seis, ocho, diez hijos, a menudo de padres distintos. Los mineros atrapados Jorge Galleguillos y Darío Segovia procedían de sendas familias de trece hermanos. Con una media de ocho hermanos cada uno, esos mineros tenían familias de dos o incluso tres veces el tamaño de la familia media chilena, y ello se reflejaba en el creciente número de campistas.

En respuesta a este aumento de pobladores del Campamento Esperanza, el ejército chileno se movilizó para llevar sanitarios portátiles y alimentos. Se montó una cocina de campaña, que servía cuatro comidas al día, la cuarta de las cuales era la llamada «once», versión chilena del té de las cinco británico que se toma a las seis de tarde. A Iván Viveros Aranas, un agente de policía chileno que trabajaba en el Campamento Esperanza, le motivaba el torrente de ayuda recibida. «El país ha demostrado estar unido con independencia de la religión o de la clase social», decía Aranas que, para entonces, ya no patrullaba por el campamento sino que pasaba la mayor parte del tiempo charlando con familiares o jugando al fútbol con la multitud cada vez mayor de chiquillos que había en la mina. «Se ve a gente que viene aquí a ofrecerse voluntaria sin tener relación alguna con los mineros atrapados».

Conforme avanzaba la operación dirigida por Sougarret, la ladera de la montaña alrededor de la entrada de la mina San José se llenó de infraestructuras improvisadas: contenedores marítimos fueron transformados en oficinas, unos toldos rudimentarios protegían a los ingenieros del sol abrasador del desierto y un par de autocaravanas albergaba al diminuto pero creciente número de periodistas desplazados sobre el terreno. Decenas de hombres con cascos y chalecos reflectantes aguardaban instrucciones. También había llegado una flota de camiones de bomberos, excavadoras y ambulancias. Los tráileres subían con dificultad las últimas curvas, en un lento desfile siempre bien recibido de equipos de alta tecnología en respuesta a las necesidades de los equipos de ingenieros que se devanaban los sesos para encontrar una solución. A pesar de los sombríos pronósticos, en todo el campamento se respiraba un espíritu de supervivencia y cada pocas horas un claxon lejano anunciaba la llegada de un nuevo cargamento de provisiones o de equipamiento de rescate.

Un ruido sordo pasó a ser el ritmo que marcaba el paso del tiempo en el Campamento Esperanza. Al igual que al tráfico en las grandes ciudades, acabaron acostumbrándose al rugido mecánico de los motores diesel como si se tratara del viento o de las mareas. Sobre el campamento un brillante cielo ofrecía miles de destellos y estrellas, prueba irrefutable de que los mejores astrónomos del mundo sabían lo que hacían cuando invertían miles de millones en observatorios en ese rincón de Sudamérica. Los estudiosos de las estrellas consideran la región de Atacama la mejor lente que existía en la Tierra para explorar otros mundos. Para los residentes del Campamento Esperanza, aunque las plegarias iban dirigidas hacia el cielo, su preocupación estaba centrada por completo en las profundidades de la tierra.

Al ministro Laurence Golborne le estaba resultando difícil conciliar el sueño por las noches. Ese político novato se dedicó a acatar el aluvión de órdenes que le daba el presidente Piñera abandonando incluso a su mujer y a nueve hijos por una única obsesión: el destino de los 33. Pero una semana después de que hubieran empezado las tareas de rescate, Golborne estaba angustiado. Los informes internos encargados por el Gobierno eran pesimistas; uno de ellos cifraba las probabilidades de que los hombres siguieran con vida en un dos por ciento. Desesperado, hizo una visita secreta a una vidente. Ésta le dijo al ministro que habían tenido una visión de los hombres: dieciséis de ellos seguían vivos y uno estaba herido de gravedad en una pierna. Después Golborne se preguntaría qué resultaba más increíble: que los hombres pudieran estar vivos o el hecho de que un ministro del Gobierno hubiera recurrido a una pitonisa.

Las propuestas inundaban su despacho: ideas, donaciones, teorías. Una empresa proponía emplear la perforadora para introducir mil ratas en la mina. Cada una de ellas llevaría un botón de alarma sujeto al lomo. Una vez sueltos, los roedores se dispersarían y recorrerían las entrañas de la montaña, permitiendo que el primer minero que se encontrara uno pulsara el botón. El sonido de la alarma permitiría a los rescatadores estar seguros de que había supervivientes.

El 12 de agosto, Golborne hizo públicas sus dudas. «Las probabilidades de encontrarlos con vida son escasas». Estos comentarios le valieron un auténtico aluvión de críticas. Los familiares estaban devastados; la esperanza era lo que los mantenía cuerdos. Para ellos dudar equivalía a ser un traidor. Un día después el presidente Piñera no tuvo más remedio que intervenir y anunció: «Las esperanzas del Gobierno están más vivas que nunca». El optimismo de Piñera se basaba en información privilegiada: las perforaciones estaban avanzando el doble de rápido de lo previsto. En menos de dos días una de las barrenas había perforado casi 300 metros. A ese ritmo sería posible establecer contacto con el interior de la mina en sólo cuarenta y ocho horas. Pero aunque el pozo de sondeo desembocara en el taller, en la galería o en el refugio, el agujero no sería mayor que una manzana. ¿Y luego qué?

Día 8: viernes, 13 de agosto

Los ingenieros de Codelco removieron cielo y tierra en busca de tecnologías que les permitieran perfeccionar las perforaciones y que, en caso de que los mineros fueran encontrados con vida allá abajo, les permitieran hacerles llegar comida y medicamentos. La solución la dio un profesor de Física de la región, Miguel Fortt, de la Universidad del Mar, en Copiapó. Fortt había participado en primera línea en doce intentos de rescate a vida o muerte previos, tanto en Chile como en el extranjero. Al haber sido minero, combinaba los conocimientos prácticos de la vida dentro de una mina con la experiencia técnica acumulada en las operaciones de rescate. Empleando tubos de PVC de tres metros, Fortt diseñó un sistema mediante el cual estos tubos podrían ser rellenados con agua embotellada y alimentos y a continuación se podrían bajar mediante una cuerda hasta las profundidades de la mina. Se trataba de un plan tan audaz como optimista que se empezó a poner a prueba de inmediato. El invento recibió el nombre de «paloma mensajera», que más tarde se acortó hasta quedar en la «paloma». El ingenio de Fortt pronto llegaría a oídos de todo el mundo.

Mientras el Gobierno se apresuraba a reunir las herramientas y los profesionales necesarios para emprender el complejo rescate, había dos voces cuya ausencia era notoria: los propietarios de la mina. Desde la negativa de alertar de inmediato a las familias el propio día del derrumbe hasta la incapacidad de proporcionar mapas detallados del yacimiento, la actitud de Marcelo Kemeny y Alejandro Bohn fue ampliamente criticada.

Para los familiares la negativa de Kemeny y Bohn de asumir la responsabilidad del accidente equivalía a un acto criminal para el que la cárcel no era suficiente castigo. Para los habitantes del Campamento Esperanza la única manera de castigar de verdad al propietario de una mina peligrosa era condenarlo a una pena prisión dentro de la propia mina. Se rumoreaba que en China el administrador de un yacimiento declarado culpable de negligencia había sido sentenciado a cumplir prisión un tiempo bajo tierra subsanando las deficiencias de seguridad que habían causado la muerte a los trabajadores.

Ya antes del siniestro los propietarios de la mina San José debían al Gobierno chileno casi dos millones de euros. La compañía era económicamente inestable y se tambaleaba bajo el peso de las deudas y de un largo historial de accidentes. A pesar de producir un total estimado de 6.000 libras de cobre al día (el equivalente a unos 17.000 euros) y con reservas de oro estimadas en cerca de 600.000 onzas (según precios de 2010, de 750 millones de euros), su situación era desesperada. En la última página del informe anual de 2009 se podía leer en letra negrita:

SITUACIÓN
PROBLEMAS PARA CONTINUAR CON LA EXPLOTACIÓN DE LA MINA
CERRAR LA MINA
VENDER

La justicia chilena es por lo general lenta y se ve saboteada por continuas mociones interpuestas por abogados defensores. Sin embargo el nivel de atención mediática que recibió el derrumbe de San José fue tal, que hizo que se pusieran en marcha tres investigaciones diferenciadas: una del Congreso, otra de los fiscales del Gobierno y una tercera de un equipo de abogados privados en representación de las familias. El presidente Piñera advirtió: «No habrá impunidad» para los responsables. Acto seguido decapitó a la cúpula de Sernageomin, la agencia estatal encargada de la seguridad en las explotaciones mineras, destituyendo a tres de sus directivos. Los documentos confiscados de las oficinas de Santiago de San

Esteban Primera, la compañía propietaria de la mina San José, así como investigaciones gubernamentales, plantearon con rapidez preguntas acerca de por qué esa mina, con su nutrido historial de accidentes, había conseguido la autorización para reabrirse. Sospechando que al menos algunos de los mineros estarían muertos, los fiscales del Estado diseñaron una estrategia para los tribunales que incluyera cargos de homicidio.

Día 9: sábado, 14 de agosto

Sougarret, que temía que lo hicieran responsable de un «rescate» que acabara en recuento de cadáveres, ordenó que cambiaran la tecnología empleada. Las dos perforadoras más sofisticadas dejaron de trabajar y extrajeron la broca entera del suelo. Tal y como se había temido el principal enemigo de la velocidad había resultado ser la precisión y las perforaciones se habían desviado del curso previsto. Con unas nuevas piezas para las perforadoras llegadas por avión desde Estados Unidos y Australia, Sougarret confiaba en que esa vez las perforaciones mantuvieran su trayectoria, aunque tardaran más tiempo en alcanzar su objetivo. Recalibradas y reconfiguradas con las nuevas tecnologías, éstas comenzaron a funcionar de nuevo.

En la colina pronto surgió una competencia sana entre los nueve equipos de perforación. Los hombres eran veteranos del mismo ejército, un grupo de perforadores itinerantes que recorrían el norte de Chile y daban servicio a Anglo American, Codelco y otras explotaciones multimillonarias. Las condiciones de trabajo en San José eran, según los estándares de la minería moderna, prácticamente de la época preindustrial. Al comer juntos la tienda que hacía las veces de comedor se convertía en punto de intercambio de información técnica; los perforadores eran conscientes de la naturaleza histórica y única de su misión. Lo que funcionaba para buscar petróleo, gas y agua era sólo parcialmente útil en la localización de los hombres atrapados bajo tierra. «Cuando estamos perforando en busca de minerales, se calcula que la taladradora se desviará de su curso hasta un siete por ciento; eso es normal y entra dentro de lo esperable», explicaba Eduardo Hurtado, de Terraservice, una compañía perforadora que había prestado material y personal para el rescate de los mineros.

Día 12: martes, 17 de agosto

Por primera vez una de las sondas traspasó el umbral de los 600 metros, aunque estaba perdiendo potencia debido a una importante fuga de aceite. «No se puede rectificar esta perforación; está dirigida hacia tres de las galerías», explicó el ministro Golborne a los medios de comunicación. «Podía alcanzar uno de los túneles o pasar entre ellos. Tiene tres probabilidades de dar con un túnel; podía alcanzar su objetivo o fallar». Como un golpe largo de golf, las perforadoras debían trazar una parábola perfecta. El objetivo era taladrar una de las galerías que conducían al refugio. Cuando se le preguntó sobre la responsabilidad civil de los propietarios de la mina, Golborne respondió que esas preguntas podían esperar: «Nos estamos centrando en el objetivo principal: establecer contacto con los hombres. Nuestra prioridad es encontrarlos. Tenemos muchos voluntarios trabajando duro. Concentrémonos en lo positivo», dijo. «Los costos y las responsabilidades pueden esperar. Nuestro compañeros bajo tierra, no».

Día 13: miércoles, 18 de agosto

Las palabras de Golborne resultaron premonitorias. La perforadora más próxima a donde se pensaba que estaban los hombres pasó junto a los tres túneles sin tocar ninguno de ellos. La barrena avanzaba a un ritmo constante mientras los mineros observaban desolados. En el momento en que tocara una caverna abierta se sabría enseguida, pero la broca seguía atravesando roca. A 700 metros se detuvo la operación y se desistió de establecer el tan esperado contacto. Cuando Sougarret informó a las familias, cundió la desesperación: «Esta mina no cumplía los requisitos necesarios sobre los que organizar las tareas de ingeniería», dijo. «En una mina han de hacerse actualizaciones de estado mensuales y planos de las áreas donde se está excavando, cosa que no hay aquí. Por eso los planos no coincidían con la realidad: la información topográfica no era exacta».

Para Sougarret enfrentarse a las consternadas esposas de los mineros fue una experiencia desgarradora. Sabía que las mujeres que le habían suplicado que encontrara una solución estaban a punto de convertirse en viudas. Rescatar a treinta y tres hombres atrapados a 700 metros de profundidad era algo sin precedentes, una operación de rescate que no se parecía a ninguna anterior. Las tareas diarias incluían improvisar, ejecutar e incluso inventar. Muchos mineros opinaban que las perforaciones eran innecesarias y proponían en su lugar sacar a los mineros con la técnica de toda la vida: dinamitar las roca y abrirse paso a la fuerza por la galería obstruida. Las presentaciones en PowerPoint hechas por el Gobierno en las que se explicaba el grosor y tamaño de la roca que bloqueaba la boca de la mina hacían poco por disuadirlos.

Espoleado por la impaciencia de las familias, un grupo de mineros de la región, hombres rudos capaces de empuñar el pico día y noche, protestaron. Déjennos probar, insistieron. Los familiares apoyaron con entusiasmo el nuevo plan. Frustrados por los retrasos, los errores de precisión y la creciente desesperanza, incluso una idea tan poco meditada como ésa merecía atención. Pero Golborne no estaba de acuerdo. Los mineros rebeldes cerraron filas y se dirigieron hacia la entrada de la mina pero un grupo de policías les impidió el paso. En previsión de un posible enfrentamiento, se decidió enviar a treinta agentes más. Éstos llegaron con refuerzos, incluido un camión blindado empleado para lanzar gas lacrimógeno y chorros de agua a presión desde una manguera acoplada al techo. Apodado El Guanaco por el animal parecido a una llama que habita ese desierto y que es conocido por sus escupitajos, todos los chilenos conocían dicho vehículo. La fuerza del agua que expulsaba era capaz de derribar a un hombre adulto y los gases bastaban para matar a un niño. Los costados del camión estaban llenos de abolladuras y cicatrices de anteriores batallas.

Funcionarios del Gobierno presionaron a Sougarret para que autorizara la entrada de los mineros voluntarios, ya fuera con consentimiento explícito o haciendo la vista gorda. Pero Sougarret se mantuvo firme; cualquier opción en la que hubiera probabilidades de que un rescatador terminara atrapado o muerto bastaría para hacerle perder el trabajo. Un minero viejo se acercó a él y le explicó que su hijo estaba atrapado en la mina y que si él estaba dispuesto a arriesgar la vida para salvarle, pues era su problema. «Vino a mí y me preguntó qué habría hecho si se hubiera tratado de mi hijo», recuerda Sougarret. «Aquello me impresionó. No lograba quitármelo de la cabeza».

V

Diecisiete días de silencio

Día 4: lunes, 9 de agosto

Como cualquier comandante de pelotón Mario Sepúlveda sabía que la lealtad de las tropas empezaba en el estómago y que de ahí migraba a los rincones más conscientes del cerebro. Con sus compañeros muriéndose de hambre, estresados y divididos, Sepúlveda se puso a escarbar en busca de comida por la mina. Sepúlveda cogió el atún de una lata de conserva, le quitó la tapa a un filtro de aceite, le dio la vuelta y *¡voila!*: una cazuela. Preparó un caldo acuoso con agua y atún. Apenas daba para una ración, pero al menos les proporcionó a los mineros el sabor a pescado y el recuerdo de la comida. Los hombres comieron juntos, rezaron, se sacaron fotos con el móvil de José Henríquez, el único que aún funcionaba, y descansaron. Fue un breve respiro de la locura. Más tarde algunos de los mineros lo verían como un momento clave en el ascenso de Sepúlveda como el macho alfa.

Después de tres días el polvo se asentó y, con las mentes todavía dando vueltas, los mineros empezaron a explorar hasta el último rincón de la mina. Buscaron conductos de escape y revisaron los depósitos de agua de toda la mina. Habían pasado meses desde que habían rellenado los tanques y José Ojeda, un hombre corpulento, con entradas y un complicado cuadro de diabetes, describió el asqueroso líquido como algo tan repugnante que empezó a pensar en otra opción: beberse su propia orina. «Me bebí mi propia orina. Se lo conté a los demás y me llamaron loco», dijo. «Yo sabía que Los Uruguayos habían hecho lo mismo».

Cuando los mineros mencionaban a Los Uruguayos hablaban en clave para evitar una confrontación directa con su miedo más profundo: el hecho de que pronto se verían obligados a comerse los unos a los otros. En 1972 un equipo de jóvenes uruguayos que volaba de Montevideo, Uruguay, a Santiago, Chile, para jugar un partido de rugby, sobrevivió milagrosamente cuando su avión se estrelló en un remoto lugar de los Andes, en la frontera entre Argentina y Chile. Tras días de inanición los hombres empezaron a comerse a los compañeros que habían muerto en el accidente y en la posterior avalancha; en un inicio mordisquearon los trozos de carne dura y más tarde descongelaron los cuerpos helados para cocinar la carne sobre trozos del fuselaje que calentaban. Nando Parrado y Roberto Canessa, dos de los supervivientes, caminaron durante diez días por las montañas hasta que un arriero chileno dio con ellos. La historia dejó al mundo conmocionado. Para los chilenos Los Uruguayos no eran sólo una anomalía histórica sino una realidad atroz que había sucedido en la frontera de su nación. Dentro de la mina el espectro del canibalismo acompañó a los hombres desde los primeros días de inanición.

Desde los primeros momentos en que Víctor Zamora, un hombre de abundante cabellera que tenía a Bob Marley siempre en mente y una hoja de marihuana tatuada en la cara interna del brazo, se había quedado atrapado en la mina, tuvo la certeza de que había aterrizado en el infierno. A pesar de que Zamora nunca había sido un hombre religioso, se adaptó a ese nuevo mundo poniendo su destino en las manos de Dios, contando constantemente chistes y pidiéndole sólo que si ése era el final, que al menos fuera tranquilo. «Nuestras únicas opciones eran esperar a que nos rescataran o morir », dijo Zamora.

Mientras Urzúa, el jefe de turno, trabajaba durante largas horas en la organización de las tareas diarias, él también se mostraba igual de pasivo en cuanto a la aceptación de su destino, de modo que les decía a los mineros: «Si nos encuentran, bien, si no, pues nada». El carácter afable de Urzúa y su voz suave no reflejaban su rango ni los rasgos típicos de un comandante de campo. La actitud de Urzúa contrastaba de manera sorprendente con el liderazgo ferviente y la proactividad de Sepúlveda.

A Sepúlveda y a Urzúa enseguida les concedieron la mayor responsabilidad de todas: el control de las provisiones de comida, cada vez más escasas. Cuando los hombres llegaron a la conclusión de que iban a estar atrapados durante días, decidieron comer una ración diminuta cada doce horas. Pero antes de que acabara la primera semana, Sepúlveda y Urzúa redujeron las comidas a una cada veinticuatro horas. Dividieron los restos de comida de emergencia en porciones mínimas: una cucharada de atún acompañada de medio vaso de leche o zumo y una galleta salada. Los hombres se reunían todos juntos y esperaban hasta que los treinta y tres hubieran sido servidos. Era entonces cuando al unísono se comían su escaso «plato de comida».

Las decisiones no sólo las tomaban Urzúa, Sepúlveda o Mario Gómez, a pesar de que Gómez inspiraba un gran respeto debido tanto a sus sabios consejos como a su enorme experiencia. A medida que pasaban los días los mineros continuaban debatiendo y votando las decisiones, llegando a consensos o acuerdos después de escuchar las opciones y buscar soluciones. Sepúlveda era el moderador extraoficial; intervenía constantemente como interlocutor y suavizaba tiranteces a nivel individual y con el grupo. «Me mostraba fuerte delante de los otros hombres —comentaba Sepúlveda—, pero cuando estaban durmiendo, lloraba. Soñaba que tenía una varita mágica que hacía aparecer una cama o comida».

Con el establecimiento de un sistema democrático, los mineros implantaron un sentido del orden básico y organizaron tareas y rutinas diarias. Sepúlveda empezó a asignar funciones específicas a cada hombre. Con la presencia de mecánicos, eléctricos, ingenieros y operadores de máquinas pesadas, Sepúlveda sabía bien cómo explotar tal riqueza de conocimientos. «Le dije a Ariel Ticona y a Pedro Cortez: "Tú y tú, vais a estar al cargo de la tecnología". Le di algo que hacer a todo el mundo. Ésa era mi idea».

A pesar del liderazgo de Sepúlveda, los mineros siguieron concediéndole a Urzúa el respeto que se le tiene a un superior y nunca derrocaron a su jefe de turno, señal de que se mantenía el orden de jerarquías. «Para un minero el jefe de turno es sagrado. Nunca se les ocurriría reemplazarle, es un hecho. Se trata de uno de los mandamientos en la vida de un minero —explicaba el doctor Andrés Llarena, oficial de la Marina chilena—. Urzúa es jefe en su campo y lo ha sido durante años. Tiene el reconocimiento de sus iguales».

Los hombres sobrevivieron gracias al régimen estricto que siguieron de actividades diarias, en el que se incluían rezos y reuniones de grupo, y gracias a que hacían el mínimo movimiento físico, sólo cuando era absolutamente necesario. Una tarea que se consideraba fundamental era «acunar» el techo, lo que implicaba que un grupo de mineros vigilaran las rocas sueltas que habían en el mismo y las hicieran caer al suelo de la mina, para así reducir las posibilidades de que un compañero fuera «planchado» accidentalmente por el desprendimiento de una roca. Cuanto más cooperaban los hombres, más civismo surgía, ya que los mineros se sentían unidos al trabajar en equipo. Gracias a un rudimentario sistema de iluminación que Edison Peña ideó y colgó, y con las baterías de los frontales cargadas, los hombres consiguieron simular el día y la noche encendiendo y apagando las luces cada doce horas. La luz hacía su existencia menos difícil y proporcionaba una mínima apariencia de normalidad en aquellas condiciones infrahumanas. La luz también permitía a los hombres reunirse en grupo, como en las reuniones de la una del mediodía en que tomaban decisiones comunales. Después de sus «plenos municipales» de la una de la tarde, los hombres rezaban. A los católicos, evangelistas y ateos les unía un único atisbo de esperanza, y se guiaban por José Henríquez, a quien los hombres enseguida apodaron como El Pastor. Víctor Segovia transcribía los sermones evangélicos de Henríquez, lo que le valió el sobrenombre de Cronista de las tareas diarias de los hombres y de sus desafíos épicos. «Yo era el operario de un *bulldozer*, y dentro de la cabina tenía papel y bolígrafo, que estaban secos. Es por eso por lo que me convertí en el escritor», explicaba Segovia, que años antes casi fue aplastado por un bloque de roca. Ese accidente le dejó el cuerpo escayolado durante semanas. En estos momentos, la libreta de Segovia se convertía en la crónica de las actividades diarias de los mineros, a modo de cuaderno de bitácora.

«Estos hombres se han quedado atrapados en su "oficina"; no eran unos turistas que estaban visitando una cueva. Conocen la perforadora, saben cómo actuar —aseguraba el doctor Llarena—. Pasaban de manera regular de diez a doce horas ahí abajo con el calor y la humedad, y eso es lo que están haciendo ahora. Es un turno largo, un turno muy largo, pero sigue siendo un turno».

Miguel Fortt, un chileno con una vasta experiencia en rescate tras catástrofes mineras, recalcaba que los mineros ya estaban organizados como un equipo antes del derrumbe. «Es parecido a un naufragio —dijo Fortt—. Los hombres tenían que organizarse de tal modo que pudiera sobrevivir el máximo número de personas; eso es algo que tenemos en los genes. El instinto de supervivencia es increíblemente fuerte».

Con un gran suministro de agua y aire limitado pero suficiente, la preocupación principal de los mineros era la comida. Las raciones diarias eran mínimas —aproximadamente 25 calorías de atún y 75 calorías de leche— lo que significaba que los hombres tenían una dieta insostenible. Gracias a las reservas de agua, prácticamente ilimitadas, tenían una esperanza de vida de cuatro a seis semanas, posiblemente menos ya que el ser humano muere antes por infecciones, que suelen aprovecharse de que el cuerpo está débil. El calor incesante obligaba a sus cuerpos a quemar calorías para tratar de refrescarse y a la vez hacía que eliminaran electrolitos a través del constante sudor.

Muchos de los mineros tenían sobrepeso: una ventaja cuando el cuerpo se ve obligado a transformar cada 450 gramos de grasa en 3.600 calorías, aproximadamente. Los hombres más corpulentos tenían más posibilidades de escapar a la muerte, ya que sus cuerpos cosecharon las reservas de grasa. Aun así los primeros días fueron extremadamente incómodos por los retortijones de hambre que torturaban sus estómagos. En el caso de los hombres más delgados, el proceso de transformar la grasa en calorías enseguida tuvo que tirar de la siguiente mejor fuente de energía: la masa muscular.

A medida que iban perdiendo músculo, los hombres notaron unas protuberancias inusuales en el cuerpo y les empezaron a salir unas manchas en el pecho y en los pies. El calor sofocante y la humedad constante resultaban ser un medio perfecto para un tipo de hongos muy agresivo, que brotó y luego se extendió por sus cuerpos. Las llagas y las heridas abiertas empezaron a ulcerar las bocas de los hombres, indicación de que ese ambiente —tan insostenible para el ser humano— era un marco ideal para las infecciones.

Yonni *Chico Yonni* Barrios se convirtió en el médico oficial del grupo. Ese hombre pequeño y de aspecto frágil que había pasado años leyendo libros de medicina y pintando con acuarelas, no tenía que haber estado en la mina el día del derrumbe. Había terminado su turno de siete días y le tocaba librar, pero cambió de opinión cuando le ofrecieron el doble de dinero por cada día que siguiese trabajando. Dentro de la mina Barrios apenas tenía tiempo de lamentarse por su mala suerte, ya que el resto de mineros no paraban de consultarle sobre sus dolores.

«Siempre quiso ser médico. Lee muchísimo y realmente lo sabe todo sobre medicina —aseguraba su mujer, Marta Salinas—. Le ponía inyecciones a su madre y leía de manera constante». Cuando empezó a examinar a los hombres, a hacerles recomendaciones y a tratar de que conservaran el ánimo, los mineros le pusieron un nuevo mote. Dentro de la mina era conocido como el Doctor House.

No todos los hombres estaban preparados para llevar a cabo tareas diarias. Pablo Rojas, después de pasar el primer día del accidente recuperándose de una horrible resaca, estaba ocupado luchando contra sus demonios. Rojas, un hombre de cara redonda y con una manera de ser que irradiaba tranquilidad, había cuidado de su padre alcohólico y enfermo durante una década, hasta el día que murió una semana antes del derrumbe. No sólo seguía llorando la muerte de su padre —minero de toda la vida— sino que todo el papeleo que tenía que hacer seguía inacabado. No había nada que le pudiera quitar la imagen de su padre de la cabeza. Para Rojas, estar atrapado en la mina era una tortura.

Rojas rastreó la cueva en busca de algún alimento. «No había bichos ni ratas en la mina —declaraba—. De haber sido así nos los hubiéramos comido sin ninguna duda». Rojas nunca se había sentido seguro en la mina. Siempre tenía la sensación de una inminente tragedia. En 2005 Rojas se despidió de la mina San José cuando se acrecentaron sus preocupaciones, pero volvió a trabajar en 2010, atraído por el alto salario. Ahora estaba indignado con los dueños, con la mina y consigo mismo. ¿Cómo había sucedido aquello? ¿Cómo había sido tan tonto como para estar dentro de la mina cuando había ocurrido el tan previsible accidente?

Día 5: martes, 10 de agosto

El quinto día de encierro un ligero ruido hizo vibrar el refugio de los hombres.

El lejano eco era un sonido inconfundible que todos los mineros reconocieron: una perforadora se dirigía hacia ellos. Más tarde algunos hombres escribirían que había sido el 8 de agosto, el tercer día de encierro, cuando habían oído el sonido; otros insistían en que había sido el 9.

Al carecer prácticamente de todos los puntos de referencia, incluidos el sol y las estrellas, debido a casi un kilómetro de roca maciza, el cálculo de los mineros de los días o las horas no eran muy exactos y del todo insignificantes en comparación con la sensación general de esperanza que inspiró la lejana perforadora.

Alex Vega puso un trozo hueco de bambú en la pared, lo que amplificó el sonido y fue una muestra clara de que la perforadora se dirigía directa hacia ellos. Sin embargo, el entusiasmo de Vega decayó enseguida cuando descubrió que, desde cualquier punto de los 1,6 kilómetros de túneles, el bambú pegado a la pared daba la misma sensación de proximidad. Sólo dos de los hombres habían trabajado en su vida con perforadoras de pozos de sondeo y ambos sabían que era muy probable que el proceso fracasara. «Les dije que los primeros 50 metros los horadaba rápido, pero que después la perforadora iba más lenta» explicaba Jorge Galleguillos quien, junto con José Ojeda, conocía de primera mano los procedimientos de la perforación profunda.

El aviso de Galleguillos de ser cautos retumbó tan fuerte como la misma perforadora y el sonido de la barrena pasó a ser tan alentador como aterrador. Estaban intentando rescatarlos, pero el sonido era tan débil y lejano que los hombres se dieron cuenta de que, estando a 700 metros de profundidad, harían falta semanas para perforar cualquier túnel y una precisión extrema para encontrarles. Aun cuando se trata de roca blanda las máquinas raras veces avanzan más de 70 metros en un día y todos los mineros eran conscientes de que aquella montaña estaba atestada de algunas de las rocas más duras que se habían topado en toda su vida: rocas dos veces más duras que el granito. Los hombres se entusiasmaron durante unos segundos, pero el hambre y el miedo no se podían mitigar con una perforadora que, a todos los efectos prácticos, sonaba como si estuviera en otro planeta.

Por la noche algunos hombres saltaban de la cama y empezaban a gritarles a las perforadoras.

«Vamos, cabrones, ¿cuándo vais a romper el techo? ¡Malditos huevones!». Los hombres se volvían a dormir aunque se despertaban a las dos horas para volver a maldecir a las paredes.

El día 9 se volvieron a reducir las raciones de comida. En vez de cada veinticuatro horas, los hombres decidieron alimentarse sólo una vez cada treinta y seis horas: una diminuta ingesta de alimento que apenas engañaba al cuerpo para hacerle creer que le habían dado de comer. La inanición y el cansancio disminuyeron la actividad de los mineros al mínimo. Se pasaban el día durmiendo sobre cartones, conservando la poca energía que les quedaba. La comida era tan escasa, que el intestino delgado de los hombres menguó.

«Dios me dio fuerzas para combatir la angustia y el hambre que pasamos», escribía más tarde Raúl Bustos en una carta dirigida a su mujer, Carolina. «Casi nos desmayamos aquí abajo. Recé y rogué por todos nosotros, si nos iba a sorprender la muerte lo aceptaríamos».

El día 11 Sepúlveda se vino abajo. La presión y el estrés de las grandes responsabilidades que había asumido pudieron con él. Lloró. Se quedó en la cama. El mismísimo capitán de la misión estaba naufragando en un camastro hecho de retazos.

Los otros hombres corrieron a ayudarle. Lograr que Sepúlveda se recuperara era crucial para la supervivencia del grupo.

«No nos puedes dejar, Mario. Sin ti no lo lograremos», suplicó Víctor Zamora.

«Éramos como una familia», aseguraba Samuel Ávalos. «Cuando alguien se venía abajo le ayudabas a levantarse. Pero él se estaba rindiendo. Se desmoronó, tiró la toalla. El grupo entendía la presión bajo la que estaba, pero le hicimos entender que no podía abandonar el barco. Le habíamos dado el liderazgo».

El grupo de mineros lo resucitó. Zamora le contó chistes. Ávalos empezó a dar largos paseos con Sepúlveda. «Le dije, no nos jodas, Perry. Tenemos que salir de aquí».

Mientras Sepúlveda regresaba a la vida, el grupo se unió. Apreciaban más que nunca a su excéntrico líder. Alex Vega afirmaba: «Mario. Aun estando loco nos salvó».

Los treinta y tres mineros atrapados en una mina derrumbada se convirtieron involuntariamente en conejillos de indias de un cruel examen, de un desafío psicológico único que pocos seres humanos habían experimentado. Aislados del mundo, vivían en un túnel sin luz natural y —salvo por el borboteo del agua— sin sonidos naturales. Sin embargo, estaban expuestos a una banda sonora imprevisible pero constante que incluía chirridos, crujidos y fracturas de las rocas. Igual que la propia mina, los hombres vivían sometidos a un tremendo estrés.

«Lo que sucedió ahí abajo en la mina fue un conjunto de cosas que, sumadas, equivalían a una tortura. Estuvieron atrapados bajo tierra; eso por un lado; en la oscuridad, eso por otro; sin comida, con agua sucia... Si vas sumando todas esas cosas, que individualmente son insignificantes, si las sumas tienes la receta de un posible colapso psicológico», dijo Dominic Streatfield, autor de *Brainwash* («Lavado de cerebro»), un amplio estudio acerca de experimentos sobre el control de la mente y técnicas de interrogación. «La regla de oro de un interrogador es sacar provecho de la incertidumbre, del miedo a la muerte inminente, de la sensación de pérdida de referencias temporales, del aislamiento sensorial, de la falta de rutina. Estas cosas trastornan a los seres humanos y acaban con sus creencias, y muchas de ellas estaban presentes en la mina».

El joven Jimmy Sánchez continuaba teniendo alucinaciones y sufriendo pesadillas. Se imaginaba a los fantasmas de los mineros muertos merodeando por las cavernas de la mina. Las alucinaciones son tan frecuentes entre marineros, exploradores y pescadores solitarios, que han pasado a ser consideradas como leyendas o mitos. La visión seductora de una sirena en el mar es la respuesta perfecta a un deseo profundo. Los fantasmas de los mineros muertos bien podían ser también fruto de esa misma mentalidad frágil. Mientras el calor consumía el agua y la energía de sus cuerpos, muchos de los hombres empezaron a buscar a Dios.

Mario Sepúlveda mantuvo una conversación con el Diablo. «Iba a rezar a un lugar muy apartado, el mismo sitio en el que Gino Cortés perdió la pierna. Una de las veces recé muy alto y se cayó a mi lado una roca enorme. Supe que no era Dios, sino el Diablo. Venía a por mí. Se me pusieron todos los pelos de punta». Sepúlveda empezó a gritarle a la roca: «¿Cuándo lo vas a entender? Tú también eres hijo de Dios, sé humilde». Después de ese enfrentamiento, el Diablo dejó a Sepúlveda en paz.

Los hombres veían sombras, figuras y seres, que luego se desvanecían. Llamaban a esas apariciones «mineros chicos». «En esta mina ocurren un montón de cosas paranormales», aseguraba Sepúlveda con la convicción de un verdadero creyente. En lugar de llamarse los treinta y tres hombres, empezaron a referirse a ellos mismos como los 34. Dios estaba con ellos, era el minero número 34. Hasta los no creyentes empezaron a rezar.

Víctor Zamora empezó a describir apetecibles almuerzos que no hacía más que soñar que comía: filetes con tomates y cerveza.

El único que podía ponerse cómodo en cierto modo era Alex Vega. Era uno de los pocos que tenía cama, ya que había desmontado los asientos de un camión y los había convertido en uno de los mejores lugares para dormir de la cueva. Otro hombre hizo varios dominós cortando en pedazos el triángulo de seguridad que había encontrado en uno de los vehículos. Los mineros se reunían en pequeños grupos y se confesaban sus miedos, se contaban los sueños y daban largos paseos, como hacen las parejas, en la oscuridad.

Ariel Ticona sufría además su propia agonía personal. Iba a ser padre. Su primera hija, Carolina, estaba a punto de nacer ¿o ya había nacido? ¿Habría salido todo bien en el parto? ¿Y cómo estaría la madre? Mientras que la mayoría de los hombres vivían para el día en que un equipo de rescate les sacara de aquel agujero, Ariel Ticona vivía en otro calendario diferente. La vida de Ticona se reducía a una fecha concreta: el 20 de septiembre, el día en que su hija nacería. «Podía estar quince días sin comer, si hay suficiente agua puedes llenar el estómago —afirmaba—. Estaba preparado para aguantar un mes más».

«Me estaba dejando morir —dijo Richard Villarroel, que también estaba a menos de un mes de convertirse en padre por primera vez—. Perdí doce kilos y tenía miedo de no llegar a conocer a mi hijo. Estábamos flaquísimos. Cuando miraba a mi alrededor y veía el mal aspecto que tenían mis compañeros, me asustaba mucho».

Sin embargo, Villarroel luchó para salvar a sus compañeros. «No sé de dónde saqué la fuerza. Mi cabeza estaba bien. Pero cuando me levantaba de la cama todo me daba vueltas. Estaba muy mareado. Me tambaleaba de un lado para otro. Pero iba hasta el nivel 90 a buscar restos de tubos, luego subía a los otros niveles y echaba aceite sobre los restos para quemarlos y tratar de hacer señales de humo».

En los puntos más altos de la mina Villarroel se encontraba toscos mensajes en las paredes que decían «Los 33», al lado de las flechas naranjas con la palabra «Refugio». En los primeros días de desesperación, cuando los hombres imaginaban que llegarían los equipos de rescate, habían usado pintura en spray para indicar la ubicación del refugio. Ahora los mensajes parecían jeroglíficos de una era anterior.

Mientras se tumbaban en el suelo, hablando sin cesar, muriendo lentamente, Sepúlveda se dio cuenta de que los hombres estaban viviendo un sueño colectivo, una visión utópica sobre cómo vivirían si Dios y los perforadores cooperaban para darles una segunda oportunidad en la vida. El sonido de la perforadora se oía cada vez más cerca, pero su delirio les estaba robando la capacidad de soñar.

«Pasamos muy buenos ratos, hacíamos bromas y había muchos momentos de alegría —aseguraba Sepúlveda—. En un punto dijimos: "Cuando salgamos de aquí, nos van a invitar a un viaje de avión. El avión se va a estrellar y todos sobreviremos, los treinta y tres mineros vuelven a sobrevivir". Siempre nos reíamos con eso».

Sintiéndose junto con sus compañeros mineros víctima de una total injusticia, Franklin Lobos, el jugador de fútbol, empezó a hablar sobre crear una fundación benéfica, una expresión tangible de su visión colectiva, en donde podrían hacer un fondo común con sus ganancias y difundir la necesidad de un salario decente y unas condiciones laborales soportables para todos los trabajadores del planeta. Soñaban con un pacto interminable, los treinta y tres mosqueteros: uno para todos y todos para uno.

El fenómeno de que las situaciones extremas puedan despertar una actitud positiva que te cambie la vida, es algo bien sabido por los maestros religiosos que ayunan de manera deliberada. Para los mineros atrapados, los sueños colectivos de paz y unidad eran naturales, pero la realidad era mucho más frágil.

Había varias camarillas de mineros unidos por lazos familiares. A los tíos, primos y hermanos, además de los vínculos de sangre, les unía la tradición minera de la familia. Veinticinco de los hombres vivían a dos horas de la mina, por lo que compartían el mismo lenguaje del desierto: un duro código de supervivencia que, engarzado en su vocabulario, acento y valores, creaba una barrera cultural entre ellos y las personas de fuera.

Aunque los 33 se reunían para tomar decisiones, rezar y comer, había un subgrupo de cinco mineros —todos subcontratados, no contratados oficialmente por los dueños de la mina— que quedaba marginado. «Les trataban como a ciudadanos de segunda clase», manifestaba un funcionario de gobierno. Los mineros veteranos tenían poco en común, tanto culturalmente como personalmente, con los recién llegados.

A pesar de que el refugio era un lugar seguro para dormir también hacía un calor abrasador y olía como un vestuario lleno de toallas sucias. El olor era tan insoportable que Omar Reygadas encendió la excavadora y echó abajo la puerta. Lo que antes protegía a los hombres del polvo y el barro ya no parecía ser necesario. Reygadas derribó la pared y tiró los escombros a lo largo del túnel. El refugio seguía desbordado con el olor de diez hombres sucios y sudorosos, pero ahora alguna que otra corriente ocasional de aire lo hacía habitable. Para Franklin Lobos el aire se convirtió en un dulce perfume.

Día 14: jueves, 19 de agosto

Se empezaron a crear reglas individuales y reglas generales para la convivencia del grupo en cada área destinadas a dormir. Sin embargo en momentos de crisis, dichas diferencias se olvidaban por el todavía más fuerte instinto de supervivencia. El día 14 los mineros estaban seguros de que la perforadora iba a llegar hasta ellos pero ¿lo haría a tiempo? Los hombres diseñaron un complejo plan de reacción: cuando la perforadora estuviera a punto de atravesar el techo, se dispersarían por todas las esquinas del túnel, cada uno con una nota en la mano e instrucciones claras de poner la carta en el borde de la perforadora.

Los mineros estaban armados con *sprays* de pintura naranja —usados normalmente por los topógrafos— para pintar el hoyo de perforación con el fin de avisar al equipo de rescate de que en algún lugar de las profundidades, atrapados como animales, había como mínimo un hombre vivo. El equipo pesado estaba listo. Los mineros estaban preparados para usar la máquina de manipulación, conocida como Jumbo, para ensanchar el túnel y alcanzar el conducto de ventilación si fuera necesario. El vehículo de estilo *bulldozer* al que denominaban *scoop* estaba listo para mover los escombros.

A medida que la perforadora se acercaba, poco a poco el entusiasmo dentro de la mina aumentó.

A los hombres les encantaba el sonido de la perforadora. Hacía veinticuatro horas que hablaban entusiasmados sobre sus notas y planes para avisar a los rescatadores de que estaban con vida. Los hombres podían sentir el ruido del martilleo justo encima de ellos. Había llegado la salvación. Entonces los hombres se dieron cuenta de una mala señal y el nerviosismo se apoderó de ellos.

La perforación continuaba, pero ahora estaba debajo de ellos. La perforadora había excavado 700 metros en línea directa hacia los hombres y los había perdido. Se precipitaba a un nivel inferior y los hombres revivían la expectación y la desesperación. A 25 metros debajo de los mineros la perforadora se detuvo. Por encima y por debajo. Tanto por encima como bajo tierra, el silencio era ensordecedor. Los hombres se dejaron llevar por el pánico cuando la más ruidosa de las perforadoras paró de repente. El silencio era aterrador. Edison Peña empezó a gritar que todos iban a morir. José Henríquez les dijo a los hombres que confiaran en Dios.

«Los hombres empezaron a perder la noción del tiempo; cundió la desesperación. No hacían más que dormir, hablo de gente como Claudio Yáñez. Empecé a notar que el setenta por ciento de los hombres se habían contagiado de ese sentimiento. Lloré y lloré, pero nunca dejé que me vieran. El círculo estaba a punto de cerrarse. El círculo de la muerte —declaraba Samuel Ávalos—. Me destrozaba mirar a Richard Villarroel, su mujer estaba embarazada. Osman Araya tenía hijos pequeños. Pensé que aunque yo tenía un niño pequeño, al menos los otros eran mayores. Imaginé que no volvería a ver nunca más el exterior, pero estaba más preocupado por mis compañeros. Ellos tenían bebés, mujeres embarazadas. Eso me destrozaba. Ver a mis compañeros llorar y llorar. Eso era condenadamente difícil. Cualquier persona tiraría la toalla al ver aquello, cualquier persona».

«Ése fue el momento más difícil, cuando fuimos al nivel más bajo de la mina y nos dimos cuenta de que la perforadora había pasado de largo», afirmaba Alex Vega. «Muchos hombres se decidieron a morir. Empezaron a escribir cartas de despedida. Víctor Zamora fue el primero, luego Víctor Segovia y Mario Sepúlveda. "Estábamos en la antesala de la muerte". Yo esperaba la muerte y estaba tranquilo. Sabía que en cualquier momento moriría y que sería una muerte digna», aseguraba Mario Sepúlveda. «Limpié el casco, mis cosas, enrollé el cinturón, coloqué las botas. Quería morir como un minero. Si me encontraban, me encontrarían con dignidad, con la cabeza bien alta».

A Claudio Yáñez el pensar en una muerte inminente no le permitía estar en paz. Durante días sus compañeros habían estado insinuando que había llegado la hora de tomar medidas drásticas, el momento de comerse al flacucho y recién llegado Yáñez, que llevaba en la mina sólo tres días. A veces Yáñez pensaba que estaban bromeando, pero nunca lo suficiente como para olvidarse de la cruda realidad: el primer hombre que muriera, probablemente sería cocinado y transformado en comida para el resto.

Daniel Sanderson, un joven minero que trabajaba dentro de la mina San José pero que no estaba en ese fatídico turno, más tarde fue el confidente de varios mineros que le escribían cartas en las que le describían la posibilidad de morir de hambre. «Pensaron que se iban a comer los unos a los otros», dijo.

El día 15 se estaban quedando sin comida. El pastor José Henríquez instó a todos a que se cogieran de las manos y rezaran para que dos latas de atún se multiplicaran. Los hombres cooperaron y juntaron las manos sobre la caja de comida. Tenían poco que perder y todos coincidían en que Henríquez había sido una fuerza salvadora y unificadora. Algunos de los hombres sonreían y bromeaban mientras le pedían a Dios que creara latas de atún.

El 21 de agosto, el día 16, Mario Sepúlveda estaba seguro de que se iba a morir.

Sin haber comido durante dos días, ahora Sepúlveda estaba vomitando el agua contaminada. Escribió una carta de despedida, dándole consejos a su hijo Francisco de 13 años: «Recuerda *Braveheart*, el guerrero que protege a su gente. Eso es lo que tienes que hacer, cuidar y proteger a tu madre y a tu hermana. Ahora eres el hombre de la casa».

VI

Un respiro en el fondo de la mina

Día 16: sábado, 21 de agosto

En una pendiente desolada y salpicada de rocas, a unos 800 metros más o menos por encima de la boca de la mina San José, Eduardo y su equipo compuesto por seis hombres excavaban sin parar. Desde la zona de perforación podían ver las oficinas abandonadas de la mina, un par de sencillas casuchas de madera en las que, como si de un pueblo fantasma se tratase, había quedado congelado el instante del brusco abandono con los cajones abiertos y las carpetas sobre la mesa. Durante los días posteriores al accidente el suelo se llenó de polvo del desierto y los marcos de madera de la ventana se mecían perezosamente cuando se levantaba el viento, algo que lamentablemente no sucedía con demasiada frecuencia en opinión de Hurtado y su equipo, que trabajaban bajo el sofocante sol del desierto. El viento fresco se levantaba por la noche. Al amanecer una densa lengua de niebla entraba en el valle arrastrada por el océano Pacífico y añadía otra capa penetrante de frío. Nadie se quejaba. El clima era la menor de las preocupaciones mientras dirigían la perforadora hacia su objetivo, a 700 metros de profundidad.

El equipo de perforación trabajaba veinticuatro horas al día y sólo paraba para las labores de mantenimiento a las ocho de la mañana y a las ocho de la tarde, es decir, para repostar y comprobar el fluido hidráulico. La perforación que él estaba llevando a cabo era una de las nueve organizadas por Sougarret y que tenían como objetivo horadar nueve pozos de sondeo independientes en dirección a los mineros atrapados. Cada área de trabajo estaba compuesta por un equipo de siete personas, pero las técnicas y las herramientas que usaban variaban. Sourraget había apostado por diferentes técnicas de perforación. El pozo de sondeo 10B estaba siendo horadado por una máquina que utilizaba un sistema conocido como «aire reverso», que podría perforar hasta 240 metros en un solo día aunque era difícil de redirigir si se desviaba. La técnica más lenta pero más precisa conocida como «diamantina» les permitiría hacer correcciones en funcionamiento.

Como rayos de luz las nueve perforaciones estaban dirigidas desde arriba y despedían largos conductos en diagonal que trataban de interceptar un túnel, el taller o incluso el propio refugio. Los mapas de la mina engañaban constantemente a los ingenieros al mostrar estructuras que en realidad no existían o al omitir barras metálicas de refuerzo que en una décima de segundo podrían decapitar una perforadora y acabar con el trabajo de una semana. En una operación de excavación normal a 700 metros de profundidad donde la velocidad es indiferente, se suele producir un desvío de un siete por ciento y pueden tener un margen de error de 80 metros hasta su objetivo. En este caso el objetivo era un refugio de no más de diez metros de largo y de tan sólo cincuenta metros cuadrados.

No tenían mucho tiempo para comer y hacer una interrupción para ir al comedor era algo innecesario. Cada pocos días los dueños de la mina Santa Fe, un yacimiento de hierro cercano, les llevaban una caja con cien sándwiches y agua embotellada. Con las sobras alimentaban a un lagarto verde y azul que vivía en las rocas. «Normalmente comíamos carne o pollo a la brasa », comentaba Hurtado. «Pero ahora no era el momento para hacer una barbacoa, estábamos demasiado angustiados».

Hurtado, de 53 años y con casi dos décadas de experiencia en excavaciones, estaba obsesionado con el tiempo. Mientras luchaba por mantener la perforadora en funcionamiento, los días pasaban volando. ¿Habían pasado cinco días desde que habían empezado a perforar ese último agujero? ¿Siete días? Como la cuenta atrás del reloj de una bomba, cada segundo que pasaba acercaba más a los mineros —si es que alguno seguía con vida— a la muerte. Para muchos equipos de rescate con menos experiencia en la técnica de perforar un tubo de 700 metros era una idea sobrecogedora e incomprensible. El equipo de Hurtado conocía el desafío con exactitud. Habían llegado alrededor de cuarenta y ocho horas después del derrumbe de la mina y apenas habían dormido durante las semanas siguientes. «Todos teníamos una relación obsesiva, casi turbulenta con el tiempo», comentaba Hurtado. «Pensaba que si no llegábamos al día siguiente o al otro más, les encontraríamos muertos».

Día 16: dentro de la mina

Con tan sólo dos latas de atún restantes los mineros tomaron otra dolorosa decisión: en lugar de un único bocado de comida cada dos días, redujeron las raciones a un bocado cada tres. Los mineros estaban tan cansados que incluso caminar hasta el baño, a sólo treinta metros de la rampa, era una ardua tarea. Los audaces mineros, esos hombres que solían trabajar diez horas al día sudando, fumando y cavando en la montaña, ahora estaban sin fuerzas y el instinto de supervivencia se difuminaba por los efectos de la inanición y por una sensación de abandono. Ahorrar energías era algo fundamental. Alex Vega se tumbó en la pendiente pedregosa y miró a su alrededor: sus compañeros estaban echados hablando, casi ninguno estaba de pie. «Simplemente nos quedábamos tumbados», afirmaba. «Caminar era demasiado esfuerzo».

«La salud de los hombres estaba empeorando con rapidez; casi estaba al borde de caer en picado en lo que se conoce como la espiral de la muerte —dijo el doctor Jean Romagnoli, el médico chileno encargado de controlar el estado físico y nutricional de los hombres—. Si su salud estaba aquí —comentaba sosteniendo la mano en alto—, dentro de dos días caería así». Romagnoli bajó la mano, como una guillotina. Incluso una simple infección que les causara diarrea, en aquellos momentos era una potencial sentencia de muerte. «No puedo aguantar mucho más», escribía Víctor Zamora en una carta de despedida el 21 de agosto. «Lo único que le puedo decir a mi mujer y a mis hijos es que lo siento».

El sonido de las múltiples perforadoras que taladraban la roca hacia los hombres era constante. Pero los ecos y las bromas acústicas que les jugaba la mina ocultaban la posición exacta de las sondas entrantes. Lo que sonaba como un ruido directo hacia ellos podría ser que estuviera a decenas de metros de distancia. Dados los recientes fracasos de perforadoras que parecían ir en buena dirección y que luego habían fallado, el optimismo se había perdido. Sin embargo los mineros estaban en alerta máxima. Si la perforadora encontraba a los hombres, sabían lo que hacer: habían practicado y planeado las estrategias muchas veces. Se habían movilizado dos veces. Ahora se preguntaban, ¿tendrían una última oportunidad?

Día 16: operación de rescate

La tarde del sábado 21 de agosto la sonda 10B había llegado a los 644 metros y estaba a menos de cincuenta del objetivo. Que los perforadores se sintieran tan tentadoramente cerca, demostraba la precisión y la magnitud de la operación. En muchas perforaciones de rescate excavar cincuenta metros de roca sólida hubiese sido un reto, pero en ésa era simplemente el último empujón. Hurtado y su equipo sabían que, en otras doce horas de trabajo, la sonda 10B alcanzaría la profundidad programada. También sabían que la perforadora estaba un poco desviada.

Nelson Flores, el operador principal, luchaba para guiar la perforadora hacia unas coordenadas GPS precisas que provenían de un programa de software llamado Vulcan: una herramienta de primera clase que usa precisos mapas digitales y luego suma la trayectoria de la perforadora. Al proyectar la curvatura de la parábola de la perforadora, Vulcan permite a los ingenieros guiar las sondas hacia el objetivo final. Flores también le pidió ayuda al cielo. Cada día, cuando llegaba a la perforadora, abría el bolsillo con cuidado, sacaba un rosario y lo colgaba con cuidado de los mandos. El rosario había pertenecido a su hija mayor de 16 años que había fallecido el año anterior. Cuando excavaba el rosario se movía con sutileza.

Ahora Sougarret necesitaba un milagro híbrido. El equipo dirigido por Hurtado había hecho que la perforadora siguiera avanzando con rapidez y según lo planeado. La desviación era pequeña, pero las previsiones para los siguientes metros restantes decían que la perforación podría perder las coordenadas del objetivo final. «No teníamos mucha fe en acertar. Necesitábamos ir más verticales y cambiar la dirección. Y eso es lo que pasó en el último tramo, cuando era más difícil», declaraba Sougarret.

Día 17: en la superficie

A 660 metros Flores aminoró la velocidad de la perforadora. En lugar de a veinte revoluciones por minuto la bajó a cinco. El objetivo no era atravesar las paredes de un túnel sino hacer un agujero limpio. Si se operaba a la máxima velocidad la broca de la perforadora podría soltar cascos de roca en todas direcciones, una cortina de misiles capaz de herir o matar a un minero.

A las cuatro de la mañana una pequeña multitud se reunió alrededor de la sonda 10B. La noche estaba en calma, el viento y la niebla habituales brillaban agradablemente por su ausencia. A pesar de las desviaciones recientes de las otras perforadoras cercanas, la expectación era máxima. Unos focos iluminaban la escena como si de un decorado de cine se tratara, proyectando sombras sobre los montones de piedras cercanos. El ruido del motor de la perforadora se interrumpía por las frecuentes pausas.

Como por arte de magia el ángulo de perforación en esos últimos metros cambió ligeramente. Después de dos semanas en que la naturaleza había frustrado todos sus esfuerzos, Sougarret y Hurtado fueron recompensados con una grata sorpresa. La perforadora había corregido de alguna manera su trayectoria. «Durante la perforación ocurrieron cosas que no tenían ninguna lógica en términos de ingeniería. Estoy seguro de que algo pasó», aseguraba Sougarret mientras trataba de explicar la corrección del rumbo que se había producido en el último segundo. Al preguntarle si quería decir que había sido un milagro, Sougarret se volvió prudente. «Tuvimos suerte. O ayuda».

A las seis menos diez de la mañana, cuando la perforadora había sobrepasado los 688 metros, Flores notó que la broca sufría una pequeña caída libre. Ya no había resistencia; la perforadora había penetrado en un espacio vacío de 3,8 metros de profundidad.

Día 17: dentro de la mina

Con apenas energía los mineros habían abandonado hacía mucho la idea de permanecer despiertos toda la noche esperando a que llegase una de las perforadoras. Dormir nunca había sido fácil. El aire húmedo, el suelo mojado y la tensión en el ambiente impedían el sueño profundo. Pasar toda la noche jugando al dominó les servía para aliviar el insomnio y combatir el terror de morir de hambre.

A las seis menos diez de la mañana el sonido de la perforadora y de las rocas cayendo acompañadas por un chirrido rompió la tranquilidad dentro del túnel húmedo y resbaladizo. «Yo estaba despierto, jugando al dominó», afirmaba Richard Villarroel, que estaba en el refugio dentro del túnel. «Cuando la perforadora rompió el techo, fue el momento más maravilloso para todos nosotros. Miramos el taladro y nos quedamos con la boca abierta. Incluso nos llevó unos segundos entender la importancia de lo que había ocurrido. Sólo entonces empezamos a abrazarnos y a celebrarlo. Entonces entendimos la realidad. Nos iban a salvar. A continuación todo fue un caos. Era una locura, la gente corría por todas partes —comentaba Villarroel—, yo busqué algo para poder golpear el tubo».

Día 17: operación de rescate

Bajo la luz del amanecer en el centro de operaciones de perforación los trabajadores empezaron a saltar, a abrazarse y a gritar con todas sus fuerzas mientras esperaban indicaciones de Hurtado. Flores apagó la perforadora de inmediato.

Congregados en silencio alrededor del conducto de ventilación, Gabriel Díaz, un asistente de la operación de perforación, levantó un martillo de siete kilos. Golpeó el tubo tres veces. Inmediatamente Hurtado puso la oreja en el tubo. Escuchó unos ligeros ruidos rítmicos que venían de abajo «como si alguien diera golpes al tubo con una cuchara», dijo Hurtado. Momentos después se empezaron a oír una serie de sordos ruidos metálicos que procedían de abajo, signo inconfundible de vida.

Los ecos que venían del fondo eran evidentes, no cabía duda de que allá abajo alguien estaba golpeando el tubo. Pero Hurtado y su equipo estaban desanimados. Una semana antes en un pozo de sondeo que habían taladrado en San José había sucedido lo mismo: cuando llegaron a un túnel a una profundidad de 500 metros, los perforadores empezaron a oír sonidos rítmicos. Entonces, cuando bajaron una cámara de vídeo a las profundidades, los hombres no dieron crédito a lo que vieron: no había restos de vida. Ningún rastro de los mineros. ¿Se habían imaginado que había vida debajo? ¿Se estaba la mina burlando de ellos?

El ministro Golborne y Sougarret se acercaron a la perforación. Como si fuera un médico en busca de pulso, Sougarret usó un estetoscopio para amplificar los golpes lejanos. Alguien estaba dando golpes. Golborne empezó a abrazar a los rescatadores; entonces, perplejo, se quitó el casco de minero y bajó la colina, decidido a ser el primero en informar a las familias. Tienda por tienda el ministro lanzó su prudente mensaje: «Hoy tendremos noticias. Estén preparados». Todo el campamento se moría de expectación. Los periodistas bombardeaban al ministro en busca de respuestas; él permanecía hermético y decía sólo que el presidente estaba en camino. Los familiares, a los que sacaron de la cama, empezaron a ondear la bandera chilena y a vitorear «Viva Chile».

Día 17: dentro de la mina

Los mineros acudían corriendo de todas direcciones para ver la perforadora, un enjambre de hombres con pintura en *spray* decididos a pintarla. «Teníamos miedo de que se levantara y desapareciera. Teníamos que actuar con rapidez —declaraba Alex Vega, que explicaba cómo los hombres se habían olvidado de su tantas veces ensayado protocolo—. Se suponía que primero teníamos que reforzar la zona, luego, asegurarnos de quitar las rocas sueltas del techo, luego pegar los mensajes, pero todo pasó tan rápido que lo hicimos al revés: todo el mundo estaba con la perforadora y el techo seguía siendo peligroso».

Con una pesada llave inglesa del tamaño de un bate de béisbol, Villarroel empezó a dar golpes al tubo. Se oyó el eco de un gran golpe dentro del túnel. Pero ¿llegaría el sonido a la superficie? Villarroel se puso entonces a dar golpes a un tubo de hierro de una de las máquinas de la mina. Hierro contra hierro, la combinación sonaba como un gong. Los mineros hacían turnos para golpear la taladradora. Con bloques de roca pendiendo sobre sus cabezas, los hombres le ataron sus cartas y notas. Mario Gómez y José Ojeda añadieron sus mensajes: a su mujer y a los servicios de rescate respectivamente. Otros hombres ataron torpemente sus notas escritas a la ahora inmóvil perforadora. Mario Sepúlveda se agarró la ropa interior y le arrancó la goma, que usó para atar los mensajes.

Los hombres golpearon el tubo durante una hora. Lo pintaron hasta que se acabó la pintura. Entonces la perforadora se levantó lentamente. De nuevo los hombres estaban solos. Ahora el ambiente dentro de los túneles estaba imbuido de una milagrosa sensación de resurrección. Habían pasado de encontrarse al borde de la inanición, del canibalismo y de una muerte lenta y torturadora a estar a tan sólo unas horas de una respuesta divina a sus plegarias: comida.

Día 17: operación de rescate

De vuelta al pozo de sondeo 10B, Hurtado y su equipo de perforadores se entregaron a la ardua tarea de retirar los 114 tubos que juntos formaban el conducto de metálico de perforación de casi 700 metros. Divididos en segmentos de seis metros, con cada sección de 180 kilos, desarmar el conducto llevaría seis horas.

Mientras sus asistentes le ponían al día y le iban informando a lo largo de la mañana, al presidente Piñera le consumía una misión todavía más urgente: su suegro Eduardo Morel Chaigneau, de 87 años, se estaba muriendo. Junto a su mujer, Cecilia Morel, Piñera estaba a un lado de su cama, contándole al hombre moribundo que los mineros estaban mandando señales de vida. Los oficiales de las fuerzas aéreas prepararon el avión del presidente. Al mediodía Morel dejó de respirar; una hora después llevaron a toda prisa a Piñera al aeropuerto de Santiago y acompañado por su ministro del Interior, Rodrigo Hinzpeter, se dirigió en un pequeño avión a Copiapó.

Antes de que Piñera llegara, sacaron la última sección de la perforadora; Eduardo Hurtado examinó el tubo lleno de barro y vio una mancha naranja en el conducto, por encima de la broca. ¿Un mensaje? Con el fin de limpiar el lodo, Hurtado agarró una garrafa de cinco litros de agua embotellada y la volcó sobre la perforadora, empapando también a Golborne. «Lo siento, ministro —dijo Hurtado mientras limpiaba el conducto, que dejaba ver una mancha naranja—. Esa marca no es nuestra —dijo Hurtado—. Ministro, esto es una señal de vida».

A las dos de la tarde Golborne inspeccionó el tubo. Escuchar un lejano sonido metálico había animado al ministro, pero ahora había una prueba pintada a mano de los supervivientes. Segundos más tarde, en cuanto la broca de la perforadora emergió completamente, los hombres vieron una bolsa amarilla de plástico atada al final de la perforadora. Estaba envuelta en cables y en la goma de los calzoncillos de Sepúlveda. Los trabajadores desenredaron los cables y desprendieron las capas de plástico lleno de lodo del empapado paquete. Golborne abrió los pedazos desmenuzados de papel como si fueran frágiles regalos. Empezó a leer en voz alta las páginas arrancadas de un cuaderno. Un mensaje desde la profundidad. «La perforadora penetró en el nivel 44 por una esquina del techo, en el lado derecho. Cayó algo de agua. Estamos en el refugio. Que Dios les ilumine. Saludos, Mario Gómez».

Por la otra cara había más escritos. Golborne volvió a leer en voz alta a la multitud silenciosa: «Querida Lili, paciencia, quiero salir de aquí pronto». Continuó leyendo en voz baja y luego anunció: «Esto es privado». Golborne reunió con cuidado los pedazos de papel y se preparó para subirse en una furgoneta junto con Sougarret y bajar la colina. El protocolo pesaba mucho sobre los dos hombres; estaban decididos a informar a las familias antes de que se filtraran las noticias.

Francisco Poyanco, un técnico del equipo de perforación, estaba amontonando los tubos metálicos que salían del agujero. El último de los tubos, en el que Golborne había encontrado la nota, goteaba barro y tierra por abajo. Poyanco empezó a juntar las bolsas de nailon y los cables que habían sujetado la nota de Gómez. Medio enterrado entre la suciedad sobresalió un gurruño de cinta. Poyanco lo cogió y descubrió otro paquetito envuelto con firmeza: otra nota de los hombres enterrados. Poyanco estaba encantado, pensó que era un souvenir que se podría llevar a casa. Cuando desdobló la nota, sin embargo, le entraron escalofríos. «Estamos bien en el refugio los 33». En letras claras y rojas, con separación uniforme y cuidadosamente escritas, estaba la prueba de salvación: todos los hombres estaban vivos.

Poyanco corrió hacia Golborne con el trozo de papel que había encontrado entre el barro. Empezó a gritar que todos los hombres estaban vivos. Hurtado oyó los gritos. Golborne hizo un pausa y luego, al ver que Poyanco tenía una nota, le dijo que la leyera en voz alta. El ayudante de 31 años desdobló la nota y leyó en voz alta las siete palabras. «Estamos bien en el refugio los 33». El lugar donde estaban haciendo las perforaciones estalló de alegría. Como espectadores de un partido de fútbol después de un gol espectacular, los operarios con sus cascos lanzaros los brazos al cielo, dando saltos y abrazándose los unos a los otros.

La reacción de Cristian González, de 22 años, una técnica minera que trabajaba para su padre en la mina San José, fue instantánea: bajó corriendo la colina, al Campamento Esperanza, gritando: «¡Están vivos! ¡Están vivos! Han mandado un mensaje y dicen que están todos bien, pero no nos pueden decir nada». Más tarde González se defendía por haber roto el protocolo. «Conozco a esos mineros. Trabajé siete meses en esa mina y soy muy amiga de Claudio Acuña y José Ojeda —dijo—. Les prometí a las familias que en cuanto me enterase de algo se lo diría».

Día 17: dentro de la mina

Cuando la perforadora se retiró, Zamora se hizo cargo de reforzar el techo. Era la misma tarea que había llevado a cabo en aquellas angustiosas últimas horas antes del accidente del 5 de agosto, cuando sintió que iba a haber un derrumbe pero sin embargo le ordenaron que siguiera trabajando. Zamora apartaba los escombros del techo con una pasión renovada: la salvación dependía de la integridad de ese solitario agujero. Un temblor les podría volver a dejar atrapados. Todos los hombres que estaban dentro del túnel y todos los rescatadores de la superficie sabían que estaban muy lejos de ser rescatados. En este momento la misión más urgente era llevar alimentos y medicinas al fondo de la mina.

Día 17: operación de rescate

A las dos y media de la tarde llegó el presidente Piñera al Campamento Esperanza, añadiendo si cabe más presión y expectación al ya frenético escenario. Después de un breve encuentro con los familiares, Piñera se adentró en una nube de periodistas. Flanqueado por los familiares y por la senadora Isabel Allende —hija del fallecido presidente Salvador Allende—, Piñera levantó una bolsa de plástico que contenía una nota del minero atrapado José Ojeda y leyó el mensaje en voz alta: «Estamos bien en el refugio los 33». «Esto ha salido hoy de las entrañas de la montaña, la parte más profunda de la mina», dijo el presidente, apenas capaz de mantener los ojos abiertos bajo el cegador sol del desierto. «Es un mensaje de nuestros mineros que dice que están vivos, unidos, deseando ver la luz del día y poder abrazar a sus familias».

Carolina Lobos, que se había pasado diecisiete días durmiendo con la camiseta Nike blanca y negra de su padre, que estaba atrapado en la mina, contaba: «Me puse a llorar en cuanto oí que estaban bien. Todo el mundo gritaba "¡Están vivos! ¡Están vivos!" Estaba conmocionada. Llamé a mi madre y le dije: "¡Mamá, están vivos!". Lloraba de la felicidad. Abracé a Kristian Jahn (un oficial del gobierno que supervisaba a los psicólogos). Era mi paño de lágrimas».

El Campamento Esperanza se convirtió en un delirante escenario de lágrimas, sonrisas, abrazos y banderas ondeantes al viento. Como si fueran a la carga, cientos de familiares subieron en tropel la colina para permanecer de pie junto a las treinta y tres banderas que desde hacía tantos días simbolizaban su fiel vigilia. Cada bandera llevaba escrito a mano el nombre de un minero. Cada asta estaba rodeada de velas con la cera derretida. Mientras cantaban el himno nacional chileno, el presidente Piñera —que era parte de la multitud— se sumó a ellos.

En cuestión de minutos el mensaje se extendió rápidamente por todo Chile. Hasta los desconocidos se abrazaban en el metro y en las calles. ¡Los mineros están vivos! ¡Todos! Los conductores tocaban el claxon. Miles de personas inundaban las calles de Santiago, dirigiéndose a la Plaza Italia, lugar típico de las celebraciones de fútbol. Era como si la nación hubiese ganado la Copa del Mundo: un levantamiento patriótico de felicidad.

Mientras la nación lo celebraba, el equipo de rescate comenzó a determinar las prioridades a largo plazo del rescate. Ninguno de ellos estaba satisfecho con que los mineros sólo tuviesen un tubo, al que denominaron paloma. Se necesitaban tres sondas independientes. Quizá más. Un terremoto o un derrumbe podía acabar rápidamente con el frágil nexo que mantenían en ese momento: un desastre que mandaría al equipo de rescate al día 1 y a los mineros a una muerte casi segura, dado que los hombres no tenían provisiones. A la paloma enseguida se le asignó la función de entregar comida y agua. Se necesitaban inmediatamente dos sondas más. El segundo agujero serviría para mandar oxígeno enriquecido, agua y electricidad. La sonda para el oxígeno estaría destinada a bombear en la cueva aire frío, para intentar bajar la sofocante y altísima temperatura. También les enviarían un cable permanente de fibra óptica que les permitiría comunicarse con sus seres queridos cara a cara. El tercer agujero llegaría a un punto alejado de las estancias de los hombres y sería el utilizado para la evacuación final. Aunque no estaba claro cómo iban a ser extraídos los hombres, una de las ideas de los rescatadores era primero perforar un pozo de sondeo y luego ensancharlo para que así fuera lo bastante grande para que los hombres se pudieran meter y subir por él. Esa vía quedó deliberadamente al margen de las otras necesidades más urgentes. Para el conducto de rescate, el equipo fijó el objetivo en el techo del taller de vehículos, a unos 365 metros por encima de la estancia principal de los hombres. Era un blanco mayor y serviría de plataforma para el rescate final. A pesar de los planes a largo plazo, todo el mundo sabía que estaban muy lejos de ese fantástico momento. Por ahora, los hombres necesitaban medicinas, comida y un plan de supervivencia.

Si los mineros se hubieran quedado atrapados en una generación anterior, su comunicación se hubiera limitado a cartas escritas a mano y un teléfono. Ahora los ingenieros bajaron con cuidado una videocámara hasta el final del conducto para recopilar información sobre la condición de los mineros.

Día 17: dentro de la mina

Mientras esperaban señales del exterior, los hombres miraban por el conducto. Iluminaron con las linternas un túnel húmedo que enseguida se tragó la luz. No podían ver nada más allá de tres metros. El agua goteaba sobre ellos a medida que se aglomeraban alrededor, mirando continuamente hacia arriba. Una corriente de aire más fresco bajaba por el agujero, la segunda grata sorpresa que recibían de arriba. En aquel momento todos los hombres estaban unidos. Se abrazaban y se secaban el sudor, bien lejos del pánico y el terror de los días precedentes. No habían recibido comida, pero el hambre hacía mucho que había menguado o desaparecido. Ahora los hombres estaban llenos de una gran expectación, era una respuesta a sus plegarias, una fe renovada de que iban a tener una segunda vida.

Los hombres empezaron a especular qué sería lo primero que les enviarían. ¿Comida caliente? ¿Jabón y champú? ¿Cepillos de dientes? ¿Un manual de supervivencia? Cada uno de los hombres dejó volar su imaginación. Sólo la capacidad de fantasear sobre los pequeños placeres, caprichos y paquetes que les podrían enviar del exterior, ya había alimentado el espíritu colectivo de los hombres.

Tres horas más tarde empezó a descender una pequeña luz: les mandaron un objeto diminuto. Los hombres se amontonaron alrededor del agujero, mirando fijamente hacia arriba y preguntándose en voz alta sobre esa primera e histórica entrega. «Al principio creí que era una ducha», dijo Pablo Rojas al describir un tubo con una estructura protuberante al final. Cuando el objeto asomó por el techo vimos claramente que era un dispositivo electrónico de alta tecnología, pero ninguno había visto algo parecido. Bajaron esa mini cámara inmediatamente al suelo. Como si fuera un robot-insecto, la tapa del objetivo se abrió de golpe y la cámara empezó a girar y levantarse. Era una cámara guiada a control remoto pero ¿y el sonido? ¿Podría aquella máquina oír algo?

Pablo Rojas se acercó a la cámara. «¿Qué demonios es eso?». Se preguntó mientras se aproximaba para poder inspeccionar la cámara rotativa que en aquel momento se levantaba del suelo. Luis Urzúa, el jefe de turno, empezó a hablar a la máquina: «Si nos podéis oír, levantad la cámara», dijo Urzúa.

Los hombres esperaron. La cámara se fue hacia abajo. Los hombres se rieron, aturdidos por una combinación de adrenalina y excitación. Durante veinte minutos la cámara estuvo dando vueltas grabando, luego empezó a ascender lentamente. Pablo Rojas observó cómo la cámara desaparecía por el conducto de ventilación. «Tenía ganas de colgarme de ella para que tirase de mí y me sacase, pero no cabía».

Día 17: operación de rescate desde el exterior

Mientras en todo el mundo se daba a conocer la historia de los mineros chilenos, en la mina los ingenieros intentaban frenéticamente arreglar el sistema de audio de la videocámara. La delicada máquina se había estropeado al entrar en contacto con el agua y el audio no funcionaba.

Las emisión de las imágenes que llegaron a la oficina de comunicación eran confusas y díficiles de descifrar.

Se veían unas luces tenues que brillaban al fondo, eran obviamente los frontales de los mineros que se habían apelotonado junto a la cámara. Pero las malas condiciones hacían que la resolución tuviera tanto grano que los rescatadores sólo podían intuir las caras que veían. A pesar de la impotencia por la falta de audio, los hombres salían de pie y moviéndose alrededor. Por cada respuesta surgían docenas de preguntas más: ¿Qué lesiones tenían? ¿Alguno de ellos había sido aplastado? ¿Después de diecisiete días con el mínimo de comida tendrían alguna enfermedad grave?

Dos horas más tarde les pusieron el vídeo a los familiares en el Campamento Esperanza, proyectado sobre un lado de una tienda. Las imágenes en blanco y negro apenas eran descifrables. Con un ángulo extraño y dejando ver sólo parte de la cara, se vieron en la pantalla un par de ojos. Los ojos curiosos e inquietantes de Florencio Ávalos. ¿O era Luis Urzúa? ¿O Esteban Rojas? Varios familiares afirmaron que eran los ojos de su minero perdido. Además, las imágenes oscuras y borrosas eran tan genéricas que permitían que se sustituyeran por pensamientos subconscientes. Un test de Rorschach a 700 metros.

Con la angustia y la desesperación temporalmente sustituidas por una sensación de vigor el Campamento Esperanza se convirtió en un santuario dedicado a los supervivientes.

Con el brillo de las hogueras y el martilleo de la música el Campamento Esperanza cobró vida con un baile que duró hasta bien pasada la medianoche. A las dos de la mañana, mientras los familiares celebraban y danzaban sobre la pedregosa pista de baile, algunos voluntarios repartían huevos duros, salchichas y pollo a la brasa. Paul Vásquez, un cómico conocido en todo el país como El Flaco, hizo una actuación improvisada, mientras que Juan Barraza, un sacerdote local, ofrecía una sesión de oración en una tienda de campaña contigua.

A Barraza le animó la escena que tenía ante sus ojos. «Saber que estaban vivos permitió a todo el mundo expresar muchas emociones que habían reprimido. Fue como abrir una olla a presión. Ya todo el mundo decía: "No nos iremos a casa sin ellos"».

VII

Volver arrastrándose a la vida

Día 18: lunes, 23 de agosto

Pasada la alegría del primer contacto, los hombres se prepararon para comer. Tras días de bromas sobre sabrosos filetes, sufriendo alucinaciones con empanadas de carne y teniendo visiones de banquetes, los mineros estaban listos para un festín. En su lugar las dosis iniciales de líquido fueron deliberadamente minúsculas para tratar sus cuerpos hasta que se repusieran. «Nos mandaron vasitos de plástico con glucosa —comentaba Vega—, como cuando te piden una muestra de orina en el médico».

A Claudio Yáñez, como a todos los hombres más delgados, diecisiete días sin comida lo habían dejado hecho un esqueleto envuelto en una tensa capa de músculos y con el rostro demacrado.

«Esperábamos comida, pero sólo nos mandaron líquido», contaba Claudio Acuña al describir la sorpresa de los hombres cuando durante las primeras cuarenta y ocho horas no les permitieron comer nada sólido. Los hombres siguieron las órdenes, se tomaron las medicinas y fueron ingiriendo lentamente la glucosa y el agua embotellada a intervalos regulares.

Sepúlveda vivía en un extraño limbo. Le seguía fallando el cuerpo, los efectos de la inanición empeoraban. Estaba débil emocionalmente y sentía una mezcla de agitación por el primer contacto con el exterior, de expectación por hablar con su mujer Katty y de completo asombro por el hecho de que la perforadora hubiera conseguido encontrarles. Sepúlveda había desarrollado tal familiaridad con el mundo subterráneo que aseguraba que «el olor a barro y a piel humana se habían convertido en algo normal, en parte de mi vida». Pero la comunicación con el exterior no había hecho nada para disminuir la constante humedad. «Nuestra ropa estaba mojada, nos paseábamos en ropa interior», dijo. Por la noche los hombres dormían juntos en el suelo, uno al lado del otro.

Los hombres no tenían reparos en admitir que dormían acurrucados los unos con los otros en el suelo del túnel, lo que ha planteado la duda de si existió el contacto sexual. La disposición comunal a la hora de dormir daba pie a dudar que treinta y tres hombres —a pesar de su estrés y sufrimiento— pudiesen vivir durante semanas sin sexo. Sepúlveda negó los rumores sobre la actividad sexual durante esos diecisiete días de soledad e insistió en que su nivel de energía apenas llegaba al mínimo para andar y hablar. El sexo, dijo, estaba muy lejos de sus pensamientos.

Como era operario de la excavadora pesada a la que llamaban *scoop*, Sepúlveda tenía que manejar los pedales y por tanto llevaba un tipo de bota diferente a la del típico minero. Sus botas eran más gruesas y hacían que tuviera los pies constantemente húmedos, lo que le provocó un severo cuadro de hongos. Sepúlveda tenía el pecho y la espalda llenos de diminutas manchas rojas. Los hongos se le extendieron por todo el cuerpo como una enfermedad; algunas veces los bultos se llenaban de líquido y se reventaban, lo que dejaba pequeñas cicatrices. Un ambiente con el noventa y cinco por ciento de humedad era perfecto para aquellos hongos que picaban tanto y que lo volvían medio loco. El agua sucia y la constante humedad también le causaron infecciones dentro de la boca. Igual que el del resto de mineros, su aliento era nauseabundo. Echaba de menos cientos de pequeñas comodidades del exterior, pero en este momento su primera petición era simple: un cepillo de dientes.

Día 18: en la superficie

Pedro Gallo rezó para que su invento funcionara. Tras dos semanas de ajustes, Gallo, que era el dueño de Bellcom, una empresa unipersonal de telecomunicaciones, había diseñado un diminuto teléfono que cupiera en el diámetro de nueve centímetros que tenía la paloma. Golborne y otros miembros del equipo de rescate habían ignorado en un primer momento a aquel insistente empresario y su «Gallo teléfono», pero cuando los planes de alta tecnología fueron fallando uno tras otro, Gallo tuvo su oportunidad. Estaba programado que el ministro Golborne hablara con los mineros y los equipos de rescate se imaginaban el escándalo que se desataría si no había una línea teléfonica que funcionara allá abajo.

Después de haberlo ignorado y de haberse burlado de su artefacto, le pidieron a Gallo que les facilitara el teléfono inmediatamente. Corrió hasta la furgoneta y sacó la rústica invención. «Me dieron unas dos horas», dijo Gallo. Colocaron con suavidad el teléfono dentro de la paloma y, junto con 800 metros de cable de fibra óptica donado por una empresa japonesa, lo hicieron bajar hasta los ansiosos hombres.

Gallo se puso delante de un teléfono barato de plástico amarillo situado sobre una frágil mesa en la ladera de la montaña con los asesores del presidente y los ingenieros agrupados a su alrededor mientras esperaban que allá abajo Ariel Ticona y Carlos Bugueño conectaran el teléfono al cable japonés. De repente Gallo oyó voces procedentes de las profundidades de la mina que resonaban y se recibían en el exterior. Su invención, que había costado menos de diez euros, se había convertido en el elemento clave de comunicación con los mineros. Gallo estaba rebosante de alegría.

Menos de una hora después, el ministro Golborne llegó y cogió el auricular.

«Hola —dijo Golborne—. ¡Sí, os oigo!». Los rescatadores explotaron en calurosas ovaciones y aplausos, y enseguida se callaron para escuchar el altavoz del teléfono.

Se oyó una voz clara y tranquila: «Soy Luis Urzúa, el jefe de turno. Estamos esperando el rescate».

«Estamos empezando a excavar túneles y...», las palabras de Golborne se vieron ahogadas al instante por una nueva explosión de celebraciones, esa vez por parte de los mineros atrapados. La conversación siguió con los mineros preguntando desesperadamente qué había sido de Raúl *Guatón* Villegas, que conducía por la rampa de la mina cuando ocurrió el derrumbe. «Están vivos, lo han conseguido», dijo Golborne, y un coro de llantos y gritos frenéticos llenó la cueva y llegó con eco hasta el equipo de rescate. Durante semanas, mientras el mundo entero lloraba por los mineros, los mineros sufrían por el Guatón.

El jefe del cuerpo de psicólogos, Alberto Iturra, escuchó atentamente de pie justo detrás de Golborne durante toda la llamada de teléfono. Con un chaleco verde reflectante, un casco de seguridad y el estoico rostro perfilado por un elegante bigote gris, Iturra ni sonrió ni se emocionó. Los libros de medicina estaban llenos de tratamientos contra la claustrofobia y los ataques de pánico, incluso mostraban ejemplos de seres humanos atrapados durante días en espacios reducidos. Pero ¿y si estabas atrapado durante meses? Iturra sabía exactamente a quién acudir. Durante años había mantenido contacto con una red de profesionales que incluía a una gran variedad de reputados psicólogos. Ahora recurriría a ellos. Iturra mandó su propio mensaje privado de SOS.

Conseguir alimentar a los mineros para sacarlos del crítico estado en el que se encontraban era una tarea delicada. La inanición había alterado su composición química. Además de quemar la grasa y tomar la energía de los músculos, el cuerpo humano, privado de comida, establece una jerarquía química para proteger en primer lugar a los pulmones, el corazón y el cerebro antes que otras funciones en ese momento secundarias.

El doctor Mañalich, efusivo hombre con papada y ministro de Salud, les envió un cuestionario de una página a los hombres que estaban sepultados vivos. ¿Se estaban muriendo los mineros? No. ¿Estaban desnutridos y perdiendo masa muscular? Claramente. Era un misterio cuánto peso había perdido cada hombre. Debido a la euforia de proporcionarles unos niveles mínimos de comodidad, pasaron días antes de que pudieran enviar una báscula a los hombres, que iban a ser pesados como el pescado en el mercado, con los pies levantados del suelo mientras oscilaban en la báscula. Cuando entregaron los cuestionarios completados, las respuestas revelaban fragmentos de las experiencias de los hombres perdidos. El diente que perdió Mario Sepúlveda al trepar por la chimenea. El dolor de oídos de Víctor Segovia consecuencia de la explosiones de los pistones. Mario *Mocho* Gómez comentaba que estaba teniendo problemas para respirar, ya que el polvo le estaba obstruyendo sus ya de por sí débiles pulmones.

El estado médico actual de los hombres, incluida la diabetes de José Ojeda, era una creciente fuente de preocupación. Dada la ausencia de luz ultravioleta, las infecciones y las bacterias se podían extender en el grupo en cuestión de días, si no de horas. Se desarrolló un plan de emergencia de vacunación para proteger a los hombres de la difteria y la neumonía. Un diente infectado podía matarles. El doctor Mañalich empezó a investigar los historiales médicos. «Empezamos a mirar en los viejos libros de medicina —declaraba Mañalich— para ver cómo trataban las infecciones internas como la apendicitis antes de la era de la cirugía moderna».

«Teníamos la esperanza de que estuviera vivos, pero pensábamos que podría haber lesiones graves y alguna muerte. Yo sabía que los mineros eran fuertes, por eso estaba seguro de que alguno habría sobrevivido», declaraba el doctor Jorge Díaz, director médico de la Asociación Chilena de Seguridad (ACHS). Como el especialista en contratiempos a grandes altitudes y en accidentes laborales que era, Díaz estaba acostumbrado a los retos logísticos, pero en ese momento se enfrentaba al reto de su carrera: en lugar de diseñar un protocolo médico para personas situadas a gran altitud, tenía que hacerlo para los que estaban enterrados en las profundidades. Afortunadamente, Díaz había pasado treinta y dos años atendiendo mineros. Conocía la jerga, las costumbres y el duro mundo en el que vivían los 33.

Los mineros tenían una salud delicada. Habían perdido una media de nueve kilos cada uno y sobrevivido a base de agua contaminada y sin apenas comida. El equipo médico impidió los alimentos sólidos, ya que una comida normal de hecho los podía matar. Conocido como «síndrome de realimentación» la ingesta de mucha comida rica en hidratos de carbono por parte de una persona desnutrida puede provocar una serie de reacciones químicas en cadena que acabe con las reservas esenciales de minerales del corazón, provocando un paro cardiaco y la muerte súbita.

En lugar de ello rehidrataron a los hombres. Atiborraron la paloma de Fortt de agua embotellada y la bajaron con un cable. La primera entrega llevó una hora. Pero cuando subieron el tubo PVC naranja, vieron que estaba vacío: el sistema había funcionado. En ese momento la paloma era el sistema de soporte vital de los treinta y tres hombres. Cualquier cosa que les tuvieran que mandar tenía que caber en el minúsculo espacio de nueve centímetros. Mañalich hizo un círculo con las manos del tamaño de un limón y dijo: «Un mundo entero reducido a este tamaño».

A medida que las noticias inundaban las ondas de radio e Internet con los detalles del increíble suceso, el mundo descubría tanto a Chile como a los mineros chilenos. Se incorporó un nuevo léxico en el que se incluía la palabra «paloma» y la frase «Los 33».

La imagen que la mayoría de la gente tenía de Chile era la de los abusos de los derechos humanos de Pinochet en los setenta o la producción de un buenísimo —y barato— vino, asociación más moderna aunque igualmente superficial. Pero ahora las miradas del mundo entero se centraban en aquel hasta ahora recóndito rincón septentrional de Chile. No quedaban ni billetes de avión ni quedaban habitaciones libres en los hoteles. El precio del alquiler de las autocaravanas —el alojamiento preferido de los equipos extranjeros de televisión, porque les permitía estar en el lugar de los hechos— aumentó un trescientos por cien. Los traductores de inglés de toda la región tenían las agendas llenas. Cientos de reporteros se apresuraban para llegar al lugar de los hechos y presenciar un momento único: los ojos del mundo estaban fijos en una historia sin sangre ni violencia.

Cuando los chilenos entraron en contacto con los hombres estaban a una profundidad equivalente al doble de la altura de la torre Eiffel, y ahora tenían una segunda Misión Imposible: mantener a los hombres vivos durante otros cuatro meses, hasta Navidades, el momento en el que estaba previsto sacarlos de allí.

En su oficina de Berlin, Pensilvania, Brandon Fisher miró la pantalla del televisor absolutamente anonadado. Aquel hombre de 38 años con barba no podía creer lo que estaba oyendo: ¿De tres a cuatro meses? Como presidente del Center Rock Inc, Fisher supervisa el diseño, la fabricación y la entrega de sistemas de perforación que cuestan casi hasta un millón de euros. A Fisher le parecía innecesario perforar a través de la roca sólida. Su empresa estaba especializada en la manufactura de martillos neumáticos que golpeaban las rocas veinte veces por segundo, machacándolas y haciéndolas pedazos.

En 2002 Fisher había participado en un rescate en la mina Quecreek, una mina de carbón de Pensilvania donde nueve mineros se habían quedado atrapados durante setenta y ocho horas cuando 200 millones de litros de agua inundaron la mina. El agua amenazaba con ahogar a los mineros sepultados. Fisher participó en la operación de perforación que salvó a los mineros mientras el agua crecía cada vez más en los túneles inundados. Ahora volvía a revivir la operación Quecreek. El derrumbe de una mina. Hombres atrapados. Operación de perforación de emergencia. Fisher enseguida vio claro que Center Rock tenía un papel que cumplir. Quería ayudar. Empezó a buscar vuelos para Chile.

A última hora de aquella misma tarde, un millonario al volante de un flamante Hummer amarillo entró en el Campamento Esperanza. Leonardo Farkas, con su traje a medida de Ermenegildo Zegna, gemelos y su cabellera rizada rubia teñida que le rozaban los hombros, resultaba inconfundible. Para los chilenos ese propietario de minas de 43 años era un empresario ejemplar. Nunca hubiera permitido condiciones tan inseguras en ninguna de sus minas. Sus empresas mineras Santa Fe y Santa Bárbara eran minas de hierro a cielo abierto ampliamente reconocidas como empresas que priorizaban la seguridad laboral, un salario justo y planes de participación en los beneficios de la empresa. Trabajar con Farkas garantizaba una gran calidad de vida y una pensión de jubilación. «Tienes que esperar a que alguien se muera para trabajar aquí», bromeaba Mauricio, un taxista de Copiapó que había enviado su currículo para solicitar una de las dos mil vacantes que había en las explotaciones mineras de Farkas. «Es como una gran familia; todo el mundo quiere trabajar aquí».

Farkas es una leyenda en Chile por sus actos de caridad espontáneos, desde donaciones por valor de casi un millón de euros a Teletón, un evento chileno para recaudar fondos para los minusválidos, hasta la tarde que pasó por una piscina llena de estudiantes universitarios y ofreció un premio al nadador más rápido de la piscina. El primero en cruzar la piscina recibiría un cheque de un millón de pesos chilenos, el equivalente a casi 1.500 euros. «El deporte es parte importante de la educación», declaraba Farkas, quien unos minutos más tarde firmaba un cheque a nombre de Eduardo Hales, el ganador, que se había quedado con la boca abierta. Los camareros de los restaurantes que atendían a Farkas, a menudo eran recompensados con propinas de miles de dólares.

Cuando se bajó del Hummer luciendo sus rizos y con aquellos dientes de un blanco resplandeciente, Farkas parecía un cantante de algún bar de Las Vegas teletransportado al desierto equivocado. Farkas empezó a repartir sobres blancos, uno a cada familia. Dentro de cada uno había un cheque de cinco millones de pesos: alrededor de 7.000 euros.

«Mi compañía ha cooperado desde el primer día», dijo Farkas en un breve comunicado en el que insinuaba, pero sin mencionarlo explícitamente, las cajas con bocadillos que su empresa había estado enviando regularmente al equipo de rescate. «Hemos comprado parkas y gorros para el frío. No todas nuestras contribuciones son públicas ni salen en la prensa». Entonces Farkas anunció que iniciaría una campaña para recaudar un millón de dólares para cada minero. Era una llamada a los empresarios y ciudadanos para que «se rascaran los bolsillos» y consiguieran asegurarse de que los hombres no necesitarían trabajar nunca más. «No quiero que cuando salgan estos hombres tengan preocupaciones económicas —declaraba Farkas—. No estoy aquí para ofrecerles trabajo, estoy aquí para ofrecerles algo mejor que eso: que cada familia tenga un millón de dólares».

Los familiares, agradecidos, prometieron ingresar los cheques y se dieron cuenta de que el inteligente Farkas había puesto los cheques a nombre de cada uno de los mineros, para evitar disputas desagradables.

Mientras Fisher y Farkas organizaban por separado sus planes para ayudar a los mineros atrapados, Alejandro Bohn, copropietario de la mina San José, despertó una marea de críticas cuando el 23 de agosto concedió una entrevista a la emisora de radio chilena Radio Cooperativa anunciando que su empresa «estaba tranquila» por las posibles repercusiones legales derivadas del accidente en la mina.

«No recibimos ningún aviso de que podía suceder ese tipo de catástrofe. Los trabajadores estaban entrenados, tenían el equipo de seguridad necesario para hacer frente a ese tipo de suceso y se tomaban las medidas de protección necesarias —aseguraba Bohn, que insinuaba que era probable que la empresa dejara de pagar los salarios de los treinta y tres hombres atrapados y de otros doscientos trabajadores de la empresa—. Hemos hablado con las autoridades con la intención de buscar soluciones para continuar operando. Desafortunadamente, por ahora, ellos (como nosotros) están centrados en el rescate de los trabajadores».

Cuando le preguntaron si tenía pensado disculparse de alguna manera ante los mineros y sus familias, Bonh titubeó: «Es necesario ser cautos. Necesitamos continuar con la investigación y ver si se podía haber hecho algo para evitarlo». El propietario de la mina también se negó a testificar en una vista que se celebraría ante una comisión de investigación del Congreso chileno.

Minutos más tarde el ministro Golborne lanzó un enorme ataque contra Bohn. «Esas declaraciones me han parecido increíbles. Cuando las escuché me sorprendieron mucho». Golborne culpó entonces a los propietarios de la mina San José por no instalar una escalera de seguridad en el conducto de ventilación. «Podíamos haber evitado toda esta tragedia», dijo Golborne, añadiendo que el accidente ponía de relieve «una importante falta de atención a las medidas de seguridad» dentro de la mina.

El senador Alberto Espina también arremetió contra Bohn y acusó a la compañía minera San Esteban Primera S. A. de «tener una mala administración, no cumplir las leyes laborales, provocar una situación trágica y finalmente, desmarcarse y decir que no tienen dinero para pagar los salarios. Es increíble».

«Al menos podrían haber comparecido ante el comité de investigación y explicar lo que pasó», opinaba Frank Sauerbaum, diputado del Congreso, que dijo que los propietarios de la mina habían «rechazado sistemáticamente asumir sus responsabilidades». Sauerbaum también apuntaba que los mineros estaban vivos «gracias al trabajo constante y a la profesionalidad del Gobierno. Si la compañía dueña de la mina hubiese estado al mando de la operación de rescate, la historia habría sido completamente diferente».

Día 20: miércoles, 25 de agosto

Luis Urzúa estaba ahora más ocupado de lo que había estado en semanas. Todas las autoridades del exterior le mandaban los mensajes al jefe de turno, una clara estrategia para reforzar su baja autoestima. El presidente Piñera llamó a Urzúa para que le contara de primera mano cómo habían podido sobrevir los hombres. «Cómo tratamos de escapar a este infierno... Fue un día aterrador —relataba Urzúa mientras le describía a Piñera cómo habían luchado para tratar de escapar del derrumbe inicial—. Sentimos como si la montaña entera cayera sobre nosotros y no sabíamos qué había pasado». Entonces Urzúa le rogó a Piñera: «Los treinta y tres mineros que estamos aquí dentro de la mina, bajo miles de rocas, esperamos que Chile nos saque de este infierno».

Urzúa aceptó hacer un vídeo para el Gobierno. Les mandarían una cámara para que los hombres grabaran las condiciones en las que vivían e hicieran un breve recorrido por su sorprendente mundo. A medida que avanzaba la conversación telefónica, los mineros se relajaron y los diálogos se hicieron más informales. Le pidieron al presidente que les mandara un regalo especial para celebrar el Bicentenario de Chile el 18 de septiembre: «una copa de vino».

Día 21: jueves, 26 de agosto

Mientras los mineros se preparaban para irse a dormir, el Gobierno chileno emitía en Chile un vídeo de nueve minutos en hora de máxima audiencia. Se abría una ventana en su civilización subterránea. Era la primera aparición de los mineros en televisión. A medida que el vídeo se difundía alrededor del mundo, la respuesta era increíble. El mundo entero estaba perplejo.

Florencio Ávalos sujetaba la cámara mientras Sepúlveda grababa lentamente el interior de la diminuta cueva que era el refugio. Las paredes de roca irregular. El tanque oxidado de oxígeno. La bañera resquebrajada que servía como contenedor de una jarra de agua. El andrajoso botiquín, no más grande que una mochila, cuyas medicinas habían caducado hacía ya tiempo.

Apiñados como animales asustados, algunos de los hombres miraban a cámara. Sepúlveda trataba de animarles, de apelar al espíritu de grupo, pero pocos reaccionaban. Pablo Rojas intentó hablar, pero se quedó sin palabras. Otros hombres se tumbaban boca abajo para evitar la cámara. El agotamiento había calado con fuerza en el atestado refugio; unos ojos cansados miraban a la nada. Parecían viejas fotografías en blanco y negro de soldados traumatizados.

La suciedad y unas barbas demasiado crecidas ocultaban a los hombres bajo una capa de sufrimiento generalizado. Claudio Yáñez apenas tenía fuerzas para mantenerse en pie, con las costillas sobresaliendo del pecho. Como un destacamento de guerrilleros agotados, los hombres emanaban un aura de un trauma profundo. La muerte, o la sensación de que la muerte estaba cerca, dotaba al vídeo de un inquietante sentido de humanidad.

Algunos hombres llevaban puestos cascos mineros naranjas, pero sólo algunos llevaban el torso cubierto con camisas. Ríos de sudor les caían por el cuerpo. Apretujados en un refugio de 50 metros cuadrados, los mineros parecían destrozados. Sepúlveda continuó entreteniendo con su actuación, bromeando con que un minero había encontrado un *boxspring* nuevo con un colchón y tratando de convencer a los hombres para que dijeran unas palabras a sus seres queridos. Zamora reunió fuerzas para darles las gracias a las familias. «Sabemos cómo habéis luchado por nosotros —Zamora hizo una pausa para secarse las lágrimas—. Y todos os aplaudimos». El agradecimiento fue breve.

Al final del vídeo los mineros empezaron a cantar el himno nacional chileno, sus voces resonaban a pesar del evidente agotamiento.

Fueran cuales fueran las conclusiones que el mundo pudiera extraer de las primeras imágenes de los mineros, de lo que no cabía la menor duda era de que estaban unidos.

El vídeo era un recorrido virtual por el mundo secreto de los mineros. Mientras que muchos de ellos aparecían tumbados boca abajo y se mostraban tímidos ante la cámara, Sepúlveda, con humor, elocuencia y rebosante de seguridad en sí mismo, había hecho la actuación de su vida. Animaba a los hombres uno por uno para que se dirigieran a sus familias, para que les enviaran unas breves palabras de esperanza y les mandaran recuerdos. El vídeo era una combinación increíblemente positiva de la frágil existencia de los mineros y una orgullosa declaración de supervivencia.

El papel de Sepúlveda no había sido casual, sino una estrategia de los medios: el gobierno de Piñera había acordado con los mineros que Sepúlveda fuera el presentador. «Le tuvimos que pedir a los mineros que no pusieran a Florencio Ávalos sino "al artista" (Sepúlveda) —explicó el doctor Mañalich, ministro de Salud—. Fue una negociación dificilísima». El Gobierno de Piñera quería mostrar a los mineros al mundo como héroes, como trofeos de carne y hueso que reflejaban el espíritu emprendedor e inspirador del presidente. Pero aquella estrategia de los medios requería un montaje selectivo y cuidadoso. Censuraron minuciosamente el vídeo, eliminando las imágenes de los hongos de los hombres y de los sollozos de los mineros.

Día 22: viernes, 27 de agosto

Una marea de cartas subía desde las profundidades, notas escritas a mano que detallaban el mundo único en el que vivían los hombres. Los familiares y los psicólogos ahora podían enterarse de las rutinas y reglas que había establecido aquella sociedad en miniatura. Los mineros detallaban las tareas de los tres grupos de trabajo compuestos cada uno de ellos por once hombres. Contaban que cada grupo hacía turnos de ocho horas en una incesante lucha para sobrevivir bajo tierra. «Tenemos tres grupos: Refugio, Rampa y 105 (metros sobre el nivel del mar)», escribía Omar Reygadas en una carta a su familia. «Yo dirijo el primero (Refugio)». Cada grupo tenía un capataz que informaba directamente a Urzúa.

A medida que los hombres iban recuperando las fuerzas, se fue fijando una agenda diaria de actividades. Los jefes de rescate tenían miedo de que ahora que el agua y la comida ya no eran una preocupación y ninguna estricta agenda se les imponía desde la superficie, los hombres se pasaran el día sin hacer nada y se desintegrara la cohesión social en un ejemplo de libro del dicho aquel de que «la pereza es la madre de todos los vicios». Liderados por el capataz, cada grupo tenía sus tareas diarias. Para los del turno de mañana el día empezaba a las siete y media, hora en que se levantaban. Desayunaban a las ocho y media y a continuación tenían la mañana repleta de tareas. Algunas de ellas se las encomendaban los ingenieros desde minas del exterior y otras simplemente obedecían al sentido común.

Para sorpresa de los profesionales tanto de Chile como de la NASA, los mineros habían desarrollado un protocolo de rutinas y tareas que habían convertido aquellos diecisiete días en una prolongación de su rutina diaria. En lugar de abandonar los puestos que tenían cada uno dentro de la mina, muchos de ellos habían adaptado y usado sus habilidades mecánicas o eléctricas para construir inventos nuevos que habían sido claves para la supervivencia. El continuar con las rutinas había permitido a los hombres esquivar la sensación de impotencia. «Nuestro objetivo es ayudarles para que se ayuden a sí mismos, no tratarles como a enfermos», manifestaba el doctor Llarena.

Una vez recuperadas la energías, los mineros empezaron a reforzar los muros más frágiles, a apartar los escombros y a desviar los riachuelos de agua que se estaba filtrando en las zonas destinadas a los dormitorios. Como lubricaban con agua las tuberías de la paloma que conectaba a los hombres con la superficie, se había originado un riachuelo de lodo mugriento que goteaba constantemente en su mundo. Las cartas de los hombres estaban manchadas con gotas de sudor y manchas de lodo, recordatorios constantes del noventa por ciento de humedad y los 32 grados de temperatura dentro de la mina. Pero ahora estaban recibiendo champú, jabón, pasta de dientes y toallas: una mejora de cinco estrellas en comparación a sólo unos días antes.

Los hombres organizaron patrullas de seguridad a lo largo del perímetro de las zonas en las que dormían y vivían, estaban en vela constantemente en busca de cualquier atisbo de que la mina San José, famosa por su inestabilidad, pudiera volver a derrumbarse y dejarles atrapados en un espacio todavía más reducido. Los mineros temían que se pudiera producir un pequeño desprendimiento de rocas que luego se agrandara y formara una avalancha, provocando un derrumbe total. Los hombres pasaban horas «acunando» el techo de la mina con picos de mango largo para sacar las rocas grandes.

«Se esconderán como ratas y buscarán refugio en cuanto se produzca cualquier movimiento notable de las rocas —opinaba Alejandro Pino, gerente de coordinación de la operación de rescate de la Asociación Chilena de Seguridad (ACHS)—. Estos hombres son mineros con experiencia. A la más mínima señal de movimiento importante, sabrán donde esconderse».

Recibían entregas a través de la paloma cada cuarenta minutos, lo que implicaba una atención constante por parte de los hombres atrapados. Asignaron a seis mineros el puesto de «palomeros». Los palomeros eran los encargados de recibir el tubo de metal de unos tres metros de largo, desenroscar la tapa, verter o sacudir lo que hubiese en su interior, meter las últimas cartas y mensajes de los mineros dentro y esperar a que el tubo, que era como un torpedo, saliera disparado y desapareciera de su vista.

«Les damos muy poco tiempo, tienen que hacer la operación de la paloma en noventa segundos —comentaba el doctor Mañalich, ministro de Salud—. El tubo podría estar allí diez minutos, pero les damos menos de dos minutos para que sigan con las tareas rutinarias. Ayer nos dijeron: "No hemos trabajado así de duro en nuestra vida". Eso es una buena señal. No deberían detenerse en ningún momento. Tienen que estar trabajando un mínimo de ocho horas diarias».

Incluso cuando no era su turno, los mineros empezaron a esperar en la estación de la paloma, bien con la esperanza de recibir alguna de las tan deseadas cartas, bien por simple curiosidad hacia los artilugios, los productos y el interminable aluvión de paquetes. Gracias al sistema de entrega, cada vez más eficaz, a los cuatro días de haberse puesto en contacto los mineros tenían un proyector, frontales nuevos y todo un alijo de agua mineral en el refugio. Los rescatadores instaron a los mineros a que almacenaran comida para catorce días. «Están empezando a crear una reserva estratégica», declaraba Pino, de la ACHS.

Las entregas de alimentos y las comidas ocupaban parte del día. El envío de la comida empezaba al mediodía y pasaba ni más ni menos que hora y media hasta que llegaban todas las raciones. «Cuando terminan de comer tienen una reunión general, en la que inician sus oraciones», informaba el doctor Díaz.

José Henríquez guiaba, como de costumbre, las plegarias diarias. «Don José» vivía entregado a Jesús y a sus sermones diarios.

Lo que empezó como un pequeño grupo de oración se había convertido en toda una conversión evangélica. Veinte hombres asistían regularmente a la misa, a veces más. Ahora Henríquez contaba con Florencio Ávalos, el cámara oficial del grupo, que grababa los sermones. Pedro Cortez y Carlos Bugueño fueron nombrados técnicos de sonido y se les encomendó el mantenimiento de las líneas telefónicas para las teleconferencias que se llevaban a cabo a primera hora de la tarde.

Jimmy Sánchez, el más joven del grupo, con 19 años, se convirtió en el «técnico medioambiental» y, junto a Samuel Ávalos, recorría la caverna con un dispositivo informatizado en la mano para medir el oxígeno, los niveles de dióxido de carbono y la temperatura ambiente. Cada día Sánchez y Ávalos apuntaban los datos del Dräger X-am 5000 y mandaban el informe al equipo médico que estaba en la superficie.

Con las necesidades básicas como la comida o la dormida cubiertas, los hombres empezaron a asumir roles burocráticos o culturales. José Ojeda, ahora conocido a nivel mundial como el autor de la famosa primera nota, fue nombrado secretario oficial. Víctor Segovia continuó con su papel de cronista oficial del grupo, escribiendo todos los días informes en un diario sobre las penurias de los hombres.

Durante los primeros días de contacto los rescatadores nombraron a Yonni Barrios médico del grupo, reconociéndole un papel que Barrios ya había asumido de motu proprio durante los primeros diecisiete días. Enseguida reclutó a Daniel Herrera, al que le pusieron el título de «técnico paramédico».

De todos los hombres a los que les asignaron tareas para mantener el grupo activo, Barrios fue quizá el más crucial. Vacunó al grupo entero contra la difteria, el tétanos y la neumonía y, dado que las infecciones micóticas y los problemas dentales eran las principales afecciones de los mineros, Barrios se convirtió en el centro de un experimento sin precedentes de telemedicina.

Aparte de las rondas médicas diarias Barrios tenía una teleconferencia de una hora cada tarde en la que recibía mensajes del equipo médico.

«Yonni, ¿me puedes oír?», gritaba el doctor Mañalich en una de las teleconferencias médicas llevadas a cabo mediante un teléfono que estaba conectado a un cable de 700 metros. «Yonni, ¿has sacado alguna vez un diente?».

Desde las profundidades, la voz entrecortada de Barrios llegó a la superficie. «Sí..., uno mío».

Los médicos se miraron los unos a los otros, impresionados por la humilde realidad del minero. «¿Si te pedimos que saques un diente y te mandamos el material esterilizado, podrías hacerlo?», le preguntó Mañalich, quien prometió mandar un vídeo con las instrucciones sobre la mejor manera de extraer una muela infectada. Mañalich le mandó un aviso amistoso: «Recuerda Yonni, diles a los hombres que si no siguen cepillándose los dientes, pronto vas a tener que sacárselos».

Barrios también tenía otra tarea importante. «Necesitábamos que les tomara las medidas a los hombres. Necesitábamos saber su perímetro para averiguar si cabrían por el pequeño agujero que estaban perforando para el rescate», comentaba el doctor Devis Castro, un cirujano experto en nutrición.

En la superficie Barrios tenía una misión aún más complicada: mantener las distancias entre su amante y su mujer, que se peleaban por él y discutían públicamente, lo que tenía a la prensa en un sinvivir.

Los hombres no paraban de tomarle el pelo a Barrios sobre la polémica, señal de que no había secretos. En el mundo enclaustrado de los mineros, las bromas y el humor eran incesantes. Nada era sagrado. En lugar de respetar la delicada disyuntiva a la que se enfrentaba Barrios, los mineros hacían exactamente lo contrario: lo pinchaban y lo hostigaban sin malicia, pero no con crueldad, sino como parte de las conversaciones diarias.

Día 24: domingo, 29 de agosto

Siete días después del primer contacto con el exterior a través del rudimentario teléfono de Pedro Gallo, el principal medio de comunicación con los mineros, las reclamaciones de los hombres aumentaron. Los mineros querían, necesitaban, rogaban hablar con sus familias. Los jefes de rescate programaron un breve contacto telefónico: cada familia disponía de sesenta segundos con su ser querido, tal y como recomendó el psicólogo Iturra.

Los mineros estaban indignados. Después de haber hablado con el presidente Piñera y con el ministro Golborne durante más de una hora, ¿ahora recibían treinta y tres minutos en total para lo que era su llamada más importante hasta el momento? Con las llamadas llegaron nuevos problemas.

«Estaba hablando por teléfono e Iturra me decía: "Cuelga, cuelga, cuelga" y yo: "Pero ¿qué dices? Aún no llevo un minuto". Entonces él dijo: "Cuelga o cuelgo yo por ti". Pensé que era un imbécil; eso me dio una idea de su mentalidad». Samuel Ávalos acusó a Iturra de ser demasiado estricto y posesivo con los mineros. «Quería imponer sus reglas en el grupo. Nunca íbamos a aceptar... Éramos un grupo para lo bueno o para lo malo, una familia».

En un principio los mineros aceptaron mantener una teleconferencia diaria de dos horas en la que Iturra y los médicos les atosigaban a preguntas, un intento de hacer un perfil psicológico del grupo y de los miembros individualmente. A medida que los mineros recuperaban peso y fuerza, sin embargo, aumentó su hostilidad hacia dichas sesiones diarias. «Dicen que no están enfermos y que no quieren hablar con los médicos ni con los psicólogos», declaraba el doctor Díaz.

El nuevo nivel de comunicación también empezó a sembrar controversias y conflictos. Las disputas entre las familias amenazaban con colarse en las cartas y en las llamadas telefónicas a los mineros. Nadie sabía cuánto estrés mental podrían soportar; si un minero perdía el juicio podía ser capaz de contagiar al resto del grupo. Los rescatadores temían que los ataques de pánico o la violencia pudieran llevar a los mineros a un estado colectivo en el que desapareciera la razón o el orden.

Con docenas de cartas circulando en ambas direcciones cada día, el equipo de psicólogos dirigido por Iturra instauró una política estricta. Todas las cartas de los mineros serían leídas antes de ser entregadas a los familiares. Del mismo modo, cualquier carta dirigida a los mineros también sería leída por un equipo de psicólogos, que se pasaron los días analizando montones de cartas escritas a mano bien dobladas.

Nick Kanas, desde hacía tiempo asesor de la NASA, criticó dicha censura y mentalidad a lo Gran Hermano. «Yo no filtraría nada. Están sentando las bases para la desconfianza. Los mineros empezarán a preguntarse: "¿Qué más cosas nos están ocultando?". Sabrán que no están conociendo toda la historia y querrán saber por qué».

Efectivamente las tensiones aumentaron enseguida. José Ojeda no se creía que se perdieran cartas o que se retrasaran, tal y como trataban de explicar los funcionarios del Gobierno. «Esto es como una cárcel; nos censuran todo —escribió—. Estábamos mejor antes de poder comunicarnos». Esa carta nunca llegó a su familia porque fue confiscada por los psicólogos.

«A veces añadían líneas o reescribían las cartas —aseguraba el minero Carlos Barrios—. Conozco la letra de mi abuela». Barrios empezó a hablar de una huelga. Los mineros se enfrentarían unidos a los comandantes invisibles de la superficie. Para Barrios, todo el incidente ponía de relieve la actitud condescendiente del psicólogo Iturra, una actitud que unió a los hombres. «Pensaban que éramos unos ignorantes —dijo Barrios—. Nunca nos entendieron».

VIII

La maratón

DÍA 26: MARTES, 31 DE AGOSTO

A medida que la furgoneta gris se abría paso entre la multitud de cámaras y fotógrafos del Campamento Esperanza los familiares de los mineros atrapados bordeaban la carretera entre aplausos y ovaciones. Dentro de la furgoneta seis especialistas de la NASA miraban maravillados al exterior. Habiendo sido entrenados en el programa espacial estadounidense, relativamente aséptico y con una burocracia muy reglamentada, la imagen de docenas de mujeres gritándoles en español mientras cientos de periodistas daban empujones para sacarles una fotografía era como aterrizar en otro planeta.

La noticia de la supervivencia de los mineros atrapados bajo tierra durante diecisiete días había conmocionado al mundo, al igual que lo había hecho la habilidad de los chilenos en perforaciones y en conseguir equipo de minería, que había permitido que se estableciera el contacto con los hombres atrapados. Pero ahora que los hombres empezaban a recibir comida y medicinas, tenían un reto completamente nuevo: mantener su equilibrio mental. Los jefes de rescate de todos los niveles estaban deambulando por zonas recónditas de la psique humana. Dadas las características particulares de la mina San José, el presidente Piñera mandó a sus asesores buscar consultores expertos altamente cualificados. Volvieron al presidente con dos sugerencias: astronautas y submarinistas.

El programa espacial de Chile se limitaba a un hombre, Klaus von Storch, de las Fuerzas Aéreas de Chile. Von Storch era un hombre extremadamente optimista que había pasado más de una década en la lista de espera de la NASA antes de darse por vencido.

A pesar de que el desierto de Atacama situaba a Chile al frente de la astronomía mundial, los vuelos espaciales tripulados estaban a años luz de la realidad económica de la nación. Así que, sin poder recurrir a ningún estudio local, la embajada chilena en Washington D.C. contactó a funcionarios de la NASA, que recibieron encantados la idea de compartir sus décadas de estudio del comportamiento humano en situaciones estresantes en espacios reducidos. El equipo de especialistas del Campamento Esperanza incluía al doctor Al Holland, un psicólogo con amplia experiencia en condiciones de vida extremas, empezando por las misiones al espacio exterior del Apolo y los lugares más fríos de la Antártida.

Los especialistas de la NASA se sumaron al equipo recién formado en Chile, que incluía psicólogos, nutricionistas, ingenieros de minas y a Renato Navarro, capitán de navío de la flota submarina chilena al que habían traído para que compartiera su experiencia de dirigir a hombres en espacios reducidos. «El submarino está rodeado de agua; los mineros tienen una montaña de roca de 700 metros —dijo—. La sensación de confinamiento es la misma».

Conocidas por los psicólogos como «situaciones de confinamiento extremo», las condiciones de vida de los treinta y tres mineros presentaban tantas cuestiones logísticas y sobre su salud mental que el personal de ayuda de la mina había crecido hasta llegar a un total de trescientos profesionales que incluía a un profesor de física, a un cartógrafo y al superviviente de una avalancha. Entre el personal también se encontraba Edmundo Ramírez, un cocinero al que habían traído para que preparase la comida que se le mandaba a los mineros. Los expertos de la NASA fueron los últimos de un sinfín de profesionales extranjeros, pero incluso con diez profesionales por cada minero atrapado, había muchas preguntas que no podían ser respondidas.

«Ésta es una situación y un esfuerzo sin precedentes —aseguraba Michael Duncan, un psicólogo de la NASA, desde el interior de una tienda de campaña en la mina San José—. Que yo sepa, nunca antes se han encontrado a tantos hombres en un lugar tan profundo bajo tierra. El hecho de que los encontraran vivos tanto tiempo después del derrumbe es sorprendente».

Los empleados de la NASA elogiaron el esfuerzo chileno para el rescate y sugirieron mínimos cambios en el protocolo, incluyendo vitamina D adicional y mejor luz artificial para simular las reacciones del cuerpo a los ciclos del día y de la noche.

El equipo de la NASA también remarcó que simples actividades diarias como jugar a las cartas, leer y ver películas eran cruciales para evitar una monótona existencia. Los oficiales de la NASA se negaron a hacer públicos muchos detalles de la última reunión de cinco horas, pero otros participantes de dicha reunión con la NASA dijeron que la agencia espacial norteamericana había incentivado enérgicamente la importancia de organizar a los mineros en una estricta —casi corporativa— jerarquía. Las votaciones y las decisiones tomadas en grupo habían funcionado bien durante diecisiete días, pero ahora, recalcó la NASA, los hombres necesitaban estar preparados para una carrera con diferentes etapas: en palabras de la NASA, «una maratón».

Los oficiales de la NASA también les dijeron a los jefes de los rescatadores que se prepararan para una rebelión. «Dijeron que durante una de las misiones de Skylab los astronautas habían tenido una discusión con sus comandantes y que les había afectado tanto que habían cortado la comunicación con ellos —contaba el doctor Jorge Díaz—. Durante todo un día, los astronautas giraron alrededor de la Tierra y nadie pudo contactar con ellos».

El doctor Figueroa, psiquiatra chileno, apoyaba esta teoría: «Después de la euforia de ser rescatados, la reacción psicológica normal es que los hombres se derrumben por una combinación de fatiga y estrés», explicaba.

El doctor Figueroa había sido contratado por el ministro chileno de Interior para informar de los tratamientos en salud mental que les habían facilitado a los mineros y a sus familias. «Aproximadamente un quince por ciento de los mineros podrían desarrollar daños psicológicos a largo plazo debido a este suceso. Es por eso por lo que el Gobierno está muy entregado en ayudarles a prevenir dichos problemas psicológicos a largo plazo. Lo más importante es abrir un canal de comunicación, que les concedan un espacio de tiempo en el que los mineros puedan mandar mensajes».

Las cartas habían demostrado ser un gran empuje psicológico tanto para las familias como para los mineros. Entre las primeras peticiones de los hombres atrapados estaban bolígrafos y papel. Los chilenos también habían introducido un sistema telefónico con los mineros. Pero una comunicación libre también significaba una pérdida de control. ¿Qué pasaría si una esposa de un minero decidiese pedirle el divorcio a su marido? ¿Era en realidad ése el momento de discutir por las facturas o por la economía familiar?

Día 27: miércoles, 1 de septiembre

Vista desde lejos el área de rescate de la mina de cobre San José parecía un terreno en obras que se hubiera vuelto loco. Grúas inmensas repiqueteaban veinticuatro horas al día, transportando tubos de metal del tamaño de un mástil con toda facilidad. Camiones enormes de cemento, *bulldozers*, retroexcavadoras y máquinas robotizadas merodeaban como insectos en la ladera. Los aparcamientos estaban llenos de suministros, desde un campo de brocas hasta veintiocho palés abarrotados de carbón. Lo usaban para ponerlo en bidones de aceite y prenderlo de modo que el carbón incandescente servía como lámpara y estufa a los alrededor de veinte policías que estaban estacionados a lo largo de la ladera como centinelas.

Los turnos de hombres equipados con cascos, con las manos sucias y a los que les costaba sonreír, daban fe de la ardua tarea que había reunido a cientos de rescatadores en las últimas cuatro semanas. Dentro de la tienda de campaña principal había hombres de Brasil, Sudáfrica, Estados Unidos y Canadá que se habían sumado a cientos de chilenos altamente capacitados. Esos trabajadores de los equipos de rescate se habían perdido los cumpleaños de sus hijos y se habían separado de sus familias para volar al desierto de Atacama y ayudar. Trabajaban como voluntarios en turnos de doce horas para tratar de salvar a unos hombres que no conocían y que podía que nunca llegasen a conocer.

Caravanas de todoterrenos llegaban con comida, maquinaria y donaciones. «Estamos aquí para ayudar a las familias y a los niños. Cada cuatro o cinco días traemos leche y yogures a esas ciento ochenta personas», comentaba Adolfo Durán, director de distribución de Soprole alimentos, apuntando hacia los montones de paquetes de yogures y cajas con botellas de leche. «El sentimiento de fraternidad ha aumentado enormemente este año; primero ocurrió lo del terremoto y ahora esto. Personalmente creo que nuestra nación se ha hecho mucho más fuerte este año».

En la falda de la montaña, antes de llegar a los puestos de control de la policía, se producían disputas familiares que se convirtieron en parte del circo mediático. Cientos de reporteros estaban atrapados detrás de las barreras de seguridad y no tenían nada que hacer, salvo entrevistar o especular. ¿Cuántos mineros casados tenían una amante? ¿Estaban los hombres atrapados manteniendo relaciones sexuales? ¿Estaba yendo la operación de rescate tan bien como la pintaba el Gobierno de Piñera?

A pesar del flujo de ayuda y refuerzos en el Campamento Esperanza no todo era amor y alegría. Empezaron a surgir riñas familiares y las lágrimas inundaban las discusiones. «Yonni no quiere salir de la mina», bromeó un médico que trabajaba en el Campamento Esperanza mientras describía el triángulo amoroso que tenía atrapado al minero Yonni Barrios en una segunda encerrona. Su mujer de siempre y su amante de siempre seguían peleándose: incluso rompieron las fotos que estaban colocadas en el santuario. Familia tras familia la historia era la misma: hijas e hijos perdidos acudían para ver al padre que nunca había ejercido como tal, una demostración dolorosa y emotiva de que los lazos de sangre aunque estén deshilachados llegan al corazón.

Los funcionarios del gobierno local se dieron cuenta de que el Campamento Esperanza iba a seguir creciendo. Ahora la población era de quinientas personas y cada semana crecían nuevos «barrios» a medida que los periodistas llegaban para asegurarse un trozo de terreno y buscaban una oportunidad de encontrar algo suculento en una historia que en esos momentos estaba viendo todo el mundo.

En el año 2000 cuando el *Kursk*, un submarino ruso con una tripulación de ciento dieciocho miembros se hundió en el fondo del océano, los medios informativos tenían una fijación con los marineros atrapados, que murieron lentamente, en una historia medida por los cada vez más débiles «tap, tap, tap», mensaje en código Morse que realizaban con el armazón del submarino. Una década más tarde, casi el mismo día, el drama de los mineros se convirtió, podría decirse, en la mayor tragedia mediática del mundo. Al lograr establecer una conexión con los hombres por medio de fibra óptica, mandaron cámaras de vídeo digitales a través de la paloma y aparatos de entretenimiento como un proyector y reproductores de MP3. Los treinta y tres mineros estaban empezando a estar entre las víctimas de desastres de la historia mundial más mediáticos y conectados con los medios. A los dos meses de la tragedia el número de entradas en Google con las palabras «chilenos» y «mineros» alcanzó los 21 millones.

El drama de los mineros chilenos se estaba convirtiendo rápidamente en el alimento básico de la dieta de entretenimiento mundial.

El Campamento Esperanza ahora tenía zonas infantiles, tablones de anuncios y servicios de transporte programados a ciudades cercanas, además de un estrado para el predicador, con viejos altavoces para amplificar el sonido colocados a tan sólo tres metros de la tienda de campaña de los equipos de prensa internacional. Mientras los reporteros y productores cubrían las noticias, a menudo eran sermoneados con llamadas de fe, promesas de salvación y recordatorios de no olvidarse del «minero número 34», Jesucristo.

Mientras los oficiales chilenos seguían advirtiendo de que se presentaban enormes desafíos logísticos y técnicos para sacar a los hombres de la mina, las familias reían y preparaban barbacoas, satisfechas por saber que los mineros estaban vivos.

Lleno de fogatas y rebosante de energía positiva, el campamento cada vez se parecía menos a un campo de refugiados y más a un festival de música chileno en miniatura. Las actuaciones en directo abundaban. Al piano, el famoso pianista chileno, Roberto Bravo, rodeado de un círculo de familiares, realizó lo que él mismo describió como la actuación de su vida.

«Ahora puedo respirar tranquilo. Ya no hay más incertidumbre —decía Pedro Segovia, hermano del minero Darío Segovia de 38 años—. Antes no sabíamos si realmente la maquinaria podría encontrarlos a 700 metros». Mientras chupaba un limón, bañándolo cada cierto tiempo con sal, Segovia describió la mina San José como una trampa mortal. «Trabajé ahí durante un año. Siempre ha sido un lugar peligroso para trabajar. Todos lo que estábamos ahí nos preguntábamos si saldríamos de ésa. Una vez, un trozo de techo, cien kilos de roca, me cayó encima. Afortunadamente se hizo pedazos contra una mampara de seguridad y sólo me magulló la espalda».

Pedro Segovia hacía turnos con otros familiares y amigos para vigilar la tienda de campaña asignada a su familia, donde una solitaria vela se consumía entre las imágenes de Jesús y la Virgen María. La vigilancia de la tienda no era por miedo a que les robaran. El Campamento Esperanza era el tipo de lugar donde los móviles perdidos se devolvían cordialmente a sus agradecidos dueños. La familia Segovia decidió que un miembro de la familia permaneciera despierto por respeto a Darío. Él estaba justo debajo de ellos, atrapado. ¿Cómo podrían dormirse todos?

Junto a la tienda de campaña de Segovia, un grupo de niños jugaba con las velas en el santuario de su abuelo Mario Gómez. Con lápices y ceras de colores dibujaron sencillos coches y amontonaban solemnemente los dibujos junto a la foto antes de salir corriendo a jugar en las piedras que salpicaban la ladera estéril.

El Campamento Esperanza se estaba convirtiendo en una comunidad. A pesar de que cada familia había montado su propio hogar y establecido sus rutinas diarias, el hecho de compartir el mismo objetivo y la misma causa común hizo que naciera un aire de civismo entre la multitud. Entre los familiares había pocos secretos. La combinación de mucho tiempo libre y el mismo deseo significaba que las noticias viajaban muy rápido en el pequeño campamento.

Carolina Narváez, la mujer de Raúl Bustos, estaba empezando a familiarizarse con las tragedias, que le empezaban a parecer algo familiar. Seis meses antes Narváez y Bustos se quedaron atrapados en el epicentro de un terremoto de 8,8 grados de magnitud y vieron cómo un tsunami destrozó el astillero en el que él trabajaba. Trabajar en la mina San José siempre estuvo previsto que fuera algo temporal, hasta que volvieran a reconstruir la ciudad natal de Bustos, Talcahuano, a 1.200 kilómetros al sur. «Nunca nadie ha vivido tanto tiempo bajo tierra. No puedo ser más débil que él», declaraba Narváez, sentada sobre una roca y fumándose un cigarrillo. Detrás de ella un cartel mostraba a Raúl, con la mirada fija y la cara seria. Narváez no se hacía ilusiones de que sobrevivieran ilesos a esa traumática experiencia. «Sé que el Raúl que entró ahí no es el mismo Raúl que va a salir».

En un campamento cercano, a sólo 20 metros de distancia, Nelly Bugueño estaba prácticamente celebrando que su hijo Víctor Zamora se hubiese quedado atrapado. Bugueño siempre había criticado a su hijo por estar tan ocupado y sufrir estrés diario, así que aseguraba que el accidente había obligado a Víctor a reflexionar. Leía y releía sus cartas asombrada. Víctor, minero de toda la vida, nunca había exteriorizado su talento y sensibilidad al escribir. Ese Víctor definitivamente no era el mismo que ella había criado y al que más tarde había visto convertirse en minero de por vida.

«Encontró una segunda parte de sí mismo ahí abajo. Ha descubierto que es un poeta. ¿De dónde salen todos esos bellos sentimientos? ¿Le han nacido de repente?». Bugueño sonrió y su escasa estatura se vio inundada por un orgullo inmenso. «No quiero que trabaje en las montañas nunca más. Debería escribir canciones, escribir poemas».

En el país natal de los poetas ganadores del Premio Nobel de Literatura Gabriela Mistral y Pablo Neruda no sorprende que los hombres llamaran a Zamora el poeta oficial de los mineros. Las composiciones rítmicas de Zamora eran a menudo sermones de una página dirigidos a los rescatadores. La combinación de esperanza, gratitud y humor enseguida hizo que fueran de los mensajes más leídos de la mina. Incluso después de múltiples lecturas, los poemas de Zamora hacían que cayeran lágrimas de los ojos de Pedro Campusano, un paramédico que trabajaba en la Estación Paloma. «Cuando subió el primero lo leí y sólo pude llegar hasta la mitad; no podía... —los ojos de Campusano se llenaron de lágrimas—. Es que me emociono».

A pesar de la euforia inicial de encontrar a los mineros vivos, sacarles de la mina —lo que los ingenieros chilenos bautizaron como «El asalto final»— era un reto gigantesco. Perforar un agujero de 700 metros hasta los hombres atrapados implicaba un esfuerzo de tres a cuatro meses y tenían que diseñar un sistema para transportarlos uno por uno desde el refugio. Reconociendo que era un desafío de una naturaleza sin precedentes, el Gobierno de Piñera optó por establecer estrategias múltiples de rescate, usando deliberadamente diversos sistemas tecnológicos. Los dos planes de perforación, tremendamente complicados, tenían aparentemente nombres simples: Plan A y Plan B.

El Plan A giraba alrededor de una de las perforadoras más grandes del mundo, una sofisticada máquina australiana conocida como Raisebore Strata 950. La Raisebore era capaz de horadar un agujero de 66 centímetros de diámetro y de 3,2 kilómetros de profundidad con un coste de entre 2.000 y 3.700 euros por metro excavado. Sólo existían seis máquinas como ésa y por casualidad una de ellas tenía que estar en Chile. Para rescatar a los mineros atrapados, el plan de ingeniería requería que la Raisebore perforara en vertical hacia los hombres. En un primer momento, la máquina haría un agujero de 45 centímetros y luego con una broca más ancha se ensancharía el conducto para así poder sacar a los hombres en una cápsula de rescate. La perforación era lenta pero segura. En cuatro meses —para las Navidades— el túnel estaría terminado. Todos los expertos estaban de acuerdo en que la Strata 950 podría terminar el trabajo. Pero ¿después de un confinamiento tan largo estarían los mineros cuerdos, o incluso vivos?

Las autoridades chilenas estaban desbordadas por los cientos de propuestas para salvar a los mineros. Sin apenas un momento para hacer una pausa, las autoridades se decidieron por la estrategia que se usó para salvar a los mineros en la mina de Quecreek en Pensilvania. El plan requería usar una de las perforaciones iniciales y ensancharla a través de una potente perforadora americana conocida como Schramm T-130. Ese plan, al que llamaron B, ofrecía la posibilidad de rescatar a los hombres en menos de dos meses. Sin embargo, no había ninguna garantía de que las técnicas que habían funcionado a 70 metros pudieran ahora aplicarse para salvar a los mineros atrapados a una profundidad diez veces mayor.

Día 29: viernes, 3 de septiembre

Brandon Fisher llegó al Campamento Esperanza con una única misión: ayudar a dirigir el Plan B. El infatigable ingeniero ahora estaba reunido con los miembros del mismo equipo que ocho años antes habían salvado a los mineros en la Pensilvania rural. ¿Podría repetir el milagro?

James Stefanic, gerente de operaciones chilenas de la empresa chileno estadounidense Geotec Boyles Brothers, localizó el mismo modelo de perforadora que la que habían usado en Quecreek —la Schramm T-130— en la mina Doña Inés de Collahuasi en el Chile septentrional. La máquina de 45 toneladas se podía trasladar con facilidad y se dividía en cinco ejes, lo que significaba que era fácil de transportar y que podía montarse casi instantáneamente. Organizaron el traslado de la máquina a la mina San José.

El Plan B también podía haberse llamado «ciego», ya que no había manera de guiar a esa perforadora. Fisher fue la clave. Con su fábrica, Center Rock, disponible en Berlin, Pensilvania, él y su empresa de ochenta personas encontrarían una solución. Fisher estaba seguro de que su equipo podía diseñar y manufacturar una broca con un pequeño morro en el borde que se ajustara bien al pozo de sondeo y que lograra, básicamente, que la broca ahora mayor mantuviera el rumbo.

Sin embargo en muchos aspectos el plan B tenía calidad de experimental. En primer lugar, la perforadora nunca se había usado para un rescate tan profundo. «Una de las cuestiones más importantes cuando se perfora, es saber exactamente cuánto va a pesar la broca —advertía Mijail Proestakis, uno de los ingenieros del Plan B—. Bajar es fácil, pero tienes que recordar que hay que ser capaz de subirlo todo». Los ingenieros se mantenían prudentemente optimistas ante el hecho de que la máquina pudiera soportar el peso de toda la broca, estimado en 48 toneladas.

La embajada chilena en Washington convenció a United Parcel Service, la gigantesca empresa de envíos con base en Sandy Springs, Georgia, para coordinar un gigantesco envío urgente. 12 toneladas de equipo de perforación volaron desde el cinturón del hierro de Pensilvania al remoto desierto de Atacama. La Fundación UPS, una sección filantrópica del gigante de los transportes que obtiene 36.000 millones al año de ganancias, corrió con los gastos.

En el Plan B aún faltaba una pieza clave: el operador de la perforadora. A pesar de los avances técnicos en sistemas de perforación y la tecnología GPS, la Schramm T-130 seguía necesitando un capitán que guiase la misión. Stefanic sabía perfectamente a quien quería al timón.

Jeff Hart, un reputado perforador de 48 años de piel curtida por el sol y empleado de una petrolera de Denver, Colorado, era un experto en encontrar tesoros enterrados. Hart viajaba con regularidad a rincones inhóspitos del planeta para operar las perforadoras.

En ese momento Hart se estaba haciendo cargo de la perforadora del ejército estadounidense en Afganistán. En un país repleto de minerales, petróleo y gas, contrataron a Hart para encontrar el filón subterráneo más valioso de todos: agua dulce, el nuevo oro afgano.

El mensaje inicial que le mandaron a Hart era escueto. Se había producido un derrumbe en Sudamérica. Treinta y tres mineros estaban vivos pero enterrados a 700 metros de profundidad, en el fondo de una mina de oro y cobre. ¿Estaría dispuesto a venir y tratar de perforar para salvarles? Hart aceptó y, como un personaje en una película de James Bond, le «sacaron» del Afganistán más rural y voló hasta Dubai, luego a Ámsterdam y luego a Chile. Cuando le preguntaron por qué había elegido a Hart, Stefanic fue claro: «Simplemente es el mejor».

Una vez que Hart estuvo listo para tomar el control del Plan B, la competitividad entre los dos equipos aumentó. Los ingenieros que estaban allí empezaron a hacer apuestas sobre qué operación de rescate llegaría hasta los mineros antes. Glen Fallon, un gigante canadiense que estaba a cargo del Plan A, dijo que aceptaba de buen grado la competición. «Esto ha provocado una llamada de socorro mundial. Ahora recibo emails cada día de gente que quiere ser voluntaria, viajar a Chile y ayudar —aseguraba—. Incluso mis oponentes se ofrecen a ayudar. En esta carrera sólo hay un equipo».

Día 35: jueves, 9 de septiembre

Jeff Hart se sentía como en casa con los mandos de la perforadora Schramm T-130, una máquina que había manejado durante miles de horas. Hart trabajaba de pie, usando palancas y pedales. Apenas se quitaba las oscuras gafas de sol y llevaba las orejas tapadas con abultados sistemas de protección amarillos. Un trapo que colgaba de la parte trasera de su casco le protegía el cuello del sol de Atacama. Después de viajar alrededor de medio mundo, en aquel momento Hart se disponía a alcanzar su objetivo más valioso: un grupo de preciados humanos. Durante días apenas se movió de su puesto de trabajo en la perforadora del Plan B. Taladraba durante diez horas al día y el paso de tiempo se medía por la colección cada vez mayor de manchas de aceite y barro que le cubrían el *overall*. Entonces, el 9 de septiembre, justo al quinto de perforación, el Plan B se quedó en punto muerto.

Mientras tanto el Plan A continuaba horadando lentamente la ladera. La inmensa máquina giraba y rompía la roca a 149 metros. Aunque el Plan B perforaba mucho más rápido, primero tenía que hacer un agujero pequeño y luego volver a perforar para agrandarlo lo suficiente para que un humano pudiese caber y salir por el agujero. El Plan A era una tortuga —lento pero seguro— que continuaba perforando un conducto lo bastante ancho para rescatar a los hombres.

Hart observaba confundido cómo fallaba la presión, de modo que la perforadora rodaba pero ya no perforaba la roca. A 267 metros, la operación se quedó estancada. Hart intentó descifrar las señales que venían de abajo. Los ingenieros no tenían más opción que dejar de perforar y sacar la broca, segmento a segmento, hasta que pudieran inspeccionar el martillo. Los indicios eran obvios: la cabeza de la broca estaba triturada. Al cilindro de acero y tungsteno le faltaban trozos del tamaño de un balón de fútbol. Hicieron bajar una cámara de vídeo por el agujero y comprobaron que los trozos que faltaban se habían enganchado en algo de hierro. Los mapas incorrectos de la mina habían llevado a los ingenieros a diseñar una ruta de perforación que pasaba a través de una capa de barras que reforzaban la mina. Ahora aquellas barras habían saboteado el túnel del rescate.

Día 36: viernes, 10 de septiembre

Los ingenieros bajaron imanes enormes a través del túnel de perforación para intentar retirar los trozos de metal, pero el esfuerzo fue en vano. Su esfuerzo por golpear y soltar los cascotes que se habían desprendido también fracasó. El metal estaba atascado. La roca tenía bien sujetos los fragmentos del martillo, como un anzuelo atrapado en el fondo de un lago.

A Igor Proestakis, un ingeniero chileno de 24 años, le había llevado a la zona de rescate su tío Mijail, uno de los ingenieros jefes de la operación de rescate. Aunque era uno de los ingenieros más jóvenes que había allí, Proestakis empezó a idear y dibujar una solución. Proestakis recordaba de sus clases de la universidad la técnica que se usaba hacía décadas para recuperar material perdido en las profundidades de una mina: descender una tenaza de metal con dientes afilados al final del conducto y colocarla alrededor del objetivo: en este caso trozos de tungsteno. Entonces se hacía una presión extrema sobre la tenaza de metal, como si se tratara de un pie gigante aplastando una lata de aluminio. La presión externa obligaba a los afilados dientes a cerrarse poco a poco, atrapando así a la «presa». Conocida como «la araña», la técnica era rudimentaria pero de eficacia comprobada. Sin embargo, ignoraron las continuas sugerencias de Igor de usar «la araña».

Dado que el Plan B se había atascado, los jefes de rescate se pusieron muy nerviosos al enterarse de que el Plan A se había visto obligado a dejar de perforar. Uno de los conductos hidráulicos tenía una fuga y requerían atención urgente.

Con las dos perforadoras estancadas, a los mineros les acompañaba el sonido más temible de la mina: el silencio. Ninguna máquina se estaba acercando a ellos.

Día 37: sábado, 11 de septiembre

Dado que el Plan A avanzaba más lento de lo esperando y el Plan B estaba atascado —quizá fatalmente— una oleada de tristeza y miedo pululaba por el campamento. ¿Estaban los mineros bajo una maldición? ¿Todo aquel esfuerzo no era más que el preludio de la inevitable muerte de otro grupo de mineros? El Gobierno estaba decidido a seguir esforzándose en el rescate y ya había invitado a un tercer equipo de rescate a la mina San José: era el Plan C.

La incorporación del Plan C, una operación enorme con una perforadora petrolera, desencadenó una ráfaga de ovaciones y el ondeamiento de banderas en el Campamento Esperanza. Los periodistas —frustrados en ese momento porque eran incapaces de ver los trabajos de rescate en primera línea— se apresuraron a grabar el convoy de cuarenta y ocho camiones que avanzaban lentamente por las carreteras de gravilla abarrotados de tubos, torres de control, generadores y tanta maquinaria que la plataforma que los tranportaba medía 100 metros de largo, el tamaño de un campo de fútbol.

La máquina la donó Precision Drilling, una compañía canadiense especializada en perforaciones profundas para encontrar petróleo. La máquina había estado parada durante dos años en un almacén en Iquique, una ciudad puerto a 1.600 kilómetros al norte de Copiapó.

Como la chatarra de cobre estaba alcanzando el precio récord de 4,5 euros el kilo, los robos de dicho material aumentaban en todo el mundo. En algunas zonas de Estados Unidos, los dueños de las casas habían empezado a pintar mensajes con *spray* para disuadir a los ladrones potenciales en los que decían que no habían usado cobre, sino PVC. Algunos emprendedores llevaban fundiendo peniques acuñados desde antes de 1984. El valor del cobre era mucho mayor que el de un penique, lo que incitó al *Financial Times* a publicar un artículo titulado: «Las monedas derretidas podrían empezar a hacer céntimos». Los ingenieros del Plan C se quedaron consternados al descubrir que unos ladrones habían entrado en el almacén de Iquique y se habían llevado el cobre de los cables de la máquina, acabando con el sofisticado circuito. «Resultó un poco frustrante volver a Chile. Habían robado algunos cables eléctricos —relataba Shaun Robstad, el ingeniero jefe—. Se habían llevado todos los cables, así que mi electricista cogió el teléfono y empezó a pedir cable. Se organizó todo desde Houston. Muchas personas trabajaron fines de semana y noches para conseguirlo».

Día 38: domingo, 12 de septiembre

Al amanecer del día 38 Golborne y el equipo Codelco empezaron a considerar lo impensable: abandonar el Plan B.

El plan original de rescate requería perforar tres pozos de sondeo diferentes que llegaran hasta los hombres: uno para la palomas con comida y provisiones, una para las telecomunicaciones y una tercera para agua y aire fresco. El Plan B había acabado con una de las tres sondas iniciales, lo que obligaba a los rescatistas a combinar las telecomunicaciones con el agua y el aire enriquecido. En ese momento sólo quedaban dos tubos. Ninguno de los ingenieros estaba dispuesto a arriesgarse a perder otra sonda para que tuvieran cabida los planes experimentales de «los gringos» de Pensilvania. Si la perforadora de tungsteno no se podía sacar, se tendría que empezar a hacer otro conducto desde el principio. Sería como dar palos de ciego, una perforadora sin una sonda que la dirigiera hacia el interior de la mina.

Al timón del Plan B Jeff Hart se estaba inquietando. Había atravesado volando medio mundo para ayudar en el rescate de los mineros atrapados y ahora, por tercer día consecutivo, la perforadora estaba atascada. Los fragmentos de los trozos metálicos de la perforadora en las profundidades de la mina estaban completamente atrancados. Los repetidos intentos para sacarlos, tirar de ellos o extraerlos habían fallado. Hart estaba frustrado. En su cabeza, un reloj hacia una cuenta atrás. Cada día de retraso significaba otro día de sufrimiento para los treinta y tres mineros.

Mientras tanto André Sougarret trabajaba en la coordinación de la instalación del Plan C, la gigante perforadora petrolífera que se estaba montando en un tiempo récord. En lugar de en las habituales ocho semanas, el Plan C iba a estar instalado en menos de la mitad. Sin embargo parecía de una lentitud angustiante en el marco de la Operación San Lorenzo.

Mientras el tiempo para encontrar una solución se agotaba, Igor consiguió tener una breve audiencia con Galborne por la tarde. El agotado ministro escuchó la descripción del joven ingeniero de «la araña» y aprobó la idea inmediatamente. Hicieron bajar la araña: la presión del exterior cerró la tenaza. Lentamente subieron la araña. En la superficie un metalúrgico con un soplete cortó el armazón de la araña, que extirpó los dientes uno a uno. Entre una nube de chispas, extrajo el último diente y sacó la presa de la araña: una cabeza de martillo de tungsteno. Los ingenieros reunidos lo celebraron. El Plan B todavía tenía una posibilidad de éxito. No tendría que empezar de cero, sin una sonda que guiara a la perforadora, como habían temido. Sin embargo el Plan B había perdido tiempo y el enemigo no era sólo la montaña; cada hora contaba. En ese momento los rescatadores estaban perdiendo horas de sueño y tenían también cada vez más barba. Desde las entrañas de la tierra los mineros notaron el caos de la superficie. Cada vez que la perfradora paraba, el silencio inundaba su mundo, un vacío aterrador que les volvía a despertar la duda de que fueran a llegar a ser rescatados alguna vez.

IX

Telerrealidad

DÍA 41: MIÉRCOLES, 15 DE SEPTIEMBRE

Con comida caliente, ropa limpia, camas separadas del suelo y un mini proyector con el que podían ver la televisión y películas, los hombres pasaron de estar al límite de la resistencia física a un estado más nebuloso: la monotonía de esperar sin un final claro. A través de una tubería les enviaban 100 litros de agua dulce al día. Bombeaban 113 metros cúbicos de aire limpio y fresco directamente a la mina cada hora, pero la temperatura dentro de la mina no bajaba, fija en 32 grados centígrados con un noventa y cinco por ciento de humedad.

Veinte días después de la llegada de la comida, los hombres tenían un nuevo problema: «Antes de eso no teníamos basura; más bien lo contrario, buscábamos basura», declaraba Samuel Ávalos. Los hombres llenaban contenedores de basura y luego usaban maquinaria pesada para volcar los desperdicios en los niveles más bajos de la mina. La falta de baños en condiciones se estaba convirtiendo cada vez en un problema mayor. Una ligera brisa empezó a emerger y a inundar las estancias con el olor a orina rancia. Se convirtió en algo tan insoportable que los hombres empezaron a orinar en botellas de agua de plástico vacías, a las que luego les volvían a poner el tapón para finalmente depositar los ahora rellenados recipientes en el contenedor de basura. El olor mejoró de manera espectacular.

Mientras los ingenieros del rescate y los psicólogos trabajaban horas extras para mantener a los hombres ocupados con tareas, los mineros sin embargo empezaron a vaguear. Las tareas quedaban desatendidas. La disciplina se estaba perdiendo.

«Lo que lo fastidió todo fue la televisión. Cuando llegó la televisión destrozó la comunicación; era un gran problema —contaba Sepúlveda—. Algunos de los hombres se quedaban mirando fijamente la pantalla; estaban hipnotizados y se pasaban el día viendo la tele».

Los mineros empezaron a ver las noticias de la noche y empezaron a descubrir el impacto mundial de su tragedia. La retransmisión mundialmente conocida de Sepúlveda del primer vídeo de la mina le había hecho ganarse millones de fans en el exterior, pero en el fondo de la mina tanta adulación encendió la mecha de los celos. Para evitar la tensión, Sepúlveda empezó a desaparecer del área principal en la que vivían los mineros. Durante horas vagaba por los túneles, deteniéndose para rezar.

«Cuando perdíamos el control o la humildad yo me adentraba solo en la oscuridad —contaba—. Encontré mi sitio. No tienes idea de lo que estar solo ahí dentro. Me sentía en paz».

Se desencadenaban peleas y discusiones por la constante batalla sobre el canal que querían ver. Urzúa les llamó y se quejó de que la televisión «estaba destrozando la organización» y les pidió que redujeran los programas a las noticias, algo de fútbol y alguna película de vez en cuando.

Muchos de los rituales que habían seguido durante los primeros diecisiete agotadores días ahora estaban desapareciendo. Gracias a los alimentos y a las comodidades que les llegaban a diario desde el exterior, los lazos de solidaridad que habían mantenido a los hombres vivos en los momentos más desesperados empezaron a romperse. «En cada turno, algunos de los hombres caminaban por la mina y comprobaban el pulso de los que estaban durmiendo. Le ponían la mano sobre el pecho a cada uno de los hombres que dormían para asegurarse de que respiraban. Había monóxido de carbono en la mina y querían asegurarse de que estaban vivos —declaraba Pedro Gallo, el técnico de comunicaciones, que hablaba con los hombres por teléfono de manera diaria—. Les llamaban "Los ángeles de la guarda". Estaban atentos para proteger a los que estaban durmiendo, pero cuando llegó la televisión dejaron de hacer las rondas. Preferían ver la televisión».

Ahora el correo les llegaba a los mineros de manera regular. Cada hombre esperaba con optimismo a que un envío llegase por la paloma con su nombre escrito y con una carta dentro. Pero enseguida se hizo obvio que no enviaban todas las cartas de manera puntual. «Era imposible mantener una conversación. Las respuestas siempre iban cuatro o cinco cartas por detrás», decía el minero Claudio Yáñez.

Los familiares empezaron a preguntarse sobre el destino de las cartas que los miembros de los equipos de rescate describían como «perdidas». «Algunas de las cartas simplemente las arrugaban y las tiraban a la papelera —aseguraba el doctor Romagnoli, que era sincero y no estaba de acuerdo con la medida—. Eso lo hacían en el edificio en el que trabajaban los psicólogos».

Los psicólogos más jóvenes supuestamente ya habían mandado cartas al Ministerio de Salud, en señal de protesta de que lo que habían visto era una censura inmoral.

Durante las conversaciones telefónicas, los familiares de los mineros empezaron a acusar al Gobierno de sabotear las relaciones familiares. Empezaron a fantasear con la idea de meter a Iturra, el psicólogo, en la cárcel. «Me preguntaron si había algún policía en la paloma que pudiera encerrar a Iturra. Dijeron que mandarían rocas con oro incrustado como premio. "Claro que sí. Dadlo por hecho" —había dicho el doctor Romagnoli mientras describía el intento desesperado de sacar a Iturra de sus vidas. Los hombres creían que su plan podía funcionar—. Mandaron las rocas al exterior».

A medida que pasaban los días, la frustración que sentían por el retraso de las cartas y por las cartas que se habían perdido llegó finalmente a su tope cuando Alex Vega, uno de los mineros más callados y más reservados, explotó mientras hablaba con Iturra sobre la censura. Entre palabrotas e insultos, Vega dejó sin palabras tanto a éste como a sus compañeros. Amenazó a Iturra y le dijo que si tenía que trepar por la montaña para hablar con su familia, lo haría. Vega le contó a sus compañeros cómo iba a intentar subir por una serie de grietas y de cámaras estrechas de la ladera de la montaña que los hombres estaban convencidos de que serpenteaban y llegaban a la superficie. Era una misión que todos reconocían como una muerte casi segura. Pero al final, sin equipo profesional de escalada, comida ni luz a largo plazo, ni siquiera Vega estaba dispuesto a cumplir con su amenaza.

En la superficie, a pesar de los enfrentamientos, Iturra prosiguió con su polémico sistema de recompensas y castigos. «No les deberían haber dado una televisión, se la deberían haber cambiado por otra cosa», dijo el psicólogo barbudo con frustración en su voz. Cuando los mineros se comportaban bien les dejaban ver más televisión y escuchar más música ambiente. Otros regalos, incluidas imágenes en directo del mundo, las tenían prohibidas. Si los mineros se merecían una recompensa o si se ponían demasiado agresivos, Iturra estaba listo con el palo y la zanahoria. Los mineros empezaron a rebelarse contra lo que ellos consideraban un tratamiento opresivo. En un alarde de fuerza, empezaron a rechazar las sesiones psicológicas diarias.

Cuando les mandaron unos juegos de dados de piel personalizados, los hombres protestaron. Tres de los dados tenían errores tipográficos en sus nombres. Los hombres mandaron los dados y los cubiletes a la superficie con una carta de enfado.

«Los mineros son como niños —comentaba el doctor Díaz, el director médico, que aseguraba que después de satisfacer sus necesidades básicas, incluida la comida, los mineros estaban aumentando sus exigencias—. Ahora que tienen comida, agua y hacen la digestión, piden ropa, y les estamos viendo llegar a un tercer nivel: exigen que la comida esté rica. El otro día mandaron de vuelta el postre —melocotones— porque a uno de ellos no le gustaba el sabor».

Como respuesta, el equipo de Iturra les puso más castigos. «Cuando pasa esto tenemos que decir vale, ¿no queréis hablar con los psicólogos? Perfecto. Ese día os quedáis sin televisión ni música porque nosotros administramos esas cosas. ¿Y si quieren revistas? Bueno, tendrán que hablar con nosotros. Es un pulso diario —dijo el doctor Díaz—. La NASA nos ha dicho que tenemos que ser nosotros el blanco para que no empiecen a lanzarse puñales los unos a los otros. Así que estamos sacando pecho; ahora pueden apuntar a los médicos y psicólogos».

El doctor Figueroa, el psiquiatra al que habían contratado para observar la operación, criticaba abiertamente lo que él veía como una estrategia provocadora y acusó al equipo de salud mental de tratar a los mineros como a ratas de laboratorio. «Primero probaron con protocolos inusuales —denunciaba—, luego estudiaron los resultados como si fuera un experimento. Es peligroso implementar una intervención psicológica sin el consentimiento de los mineros —manifestaba Figueroa—. Se están entrometiendo en sus vidas. Esto es un ataque a la dignidad de los mineros. El hecho de que lo puedan resistir no significa que sean invencibles o especialmente resistentes. Son muy frágiles».

Iturra no se inmutó ante las crecientes críticas. «Les quitamos la primera página del periódico y los mineros se volvieron locos y empezaron a gritar» decía en defensa de la censura. El artículo del periódico trataba sobre un accidente minero en la región de Copiapó donde cuatro mineros habían volado en pedazos por la detonación accidental de explosivos. Iturra decía: «Uno de los mineros muertos tenía el mismo nombre que uno de los hombres que están aquí abajo, tal vez fuera familiar suyo. No tuve tiempo de comprobarlo y no podíamos permitir que se enterara de aquella manera, leyendo el periódico».

«La desinformación y la incertidumbre son dos de las peores agresiones psicológicas para el ser humano —escribía Figueroa en una crítica feroz al equipo de psicólogos de San José—. Es esencial que la información sea certera, oportuna y realista. Las ventajas de restringir la información de manera deliberada por miedo a darles a los hombres malas noticias no están demostradas empíricamente y puede hacer que pierdan la confianza en los rescatadores». Pero Figueroa también sabía que Iturra tenía una tarea casi imposible. Se sabe que los mineros están entre los grupos de personas menos receptivos a los consejos psicológicos. «Tendían a ocultar su debilidad», aseguraba Figueroa, quien subrayó la dificultad de conseguir el equilibrio psicológico de un grupo que se oponía con terquedad no sólo a Iturra sino a todo lo que Iturra representaba.

Durante las videoconferencias con los familiares, la alegría del contacto cara a cara ahora se había nublado por la amarga sensación de que los psicólogos estaban impidiendo cualquier cosa parecida a una comunicación normal. Mientras los familiares de Víctor Zamora le aseguraban que le habían escrito quince cartas, él sólo había recibido una y empezó a pensar que su familia le estaba ocultando algo. «Víctor está muy disgustado porque no están mandando las cartas —dijo el sobrino de Zamora—. Está a punto de explotar. Todo esto es vergonzoso. No está llegando ninguna de las cartas».

Inevitablemente, los medios de comunicación empezaron a cuestionarse la censura. Durante una entrevista con un presentador chileno, Iturra defendió los métodos que empleaban. «Dijo que la opinión de las familias no contaba, que los mineros eran sus "hijos", dijo Pedro Gallo, parafraseando la conversación.

Esa misma noche un grupo de doce mineros se reunió a ver las noticias. Como siempre Pedro Gallo, el inventor de las telecomunicaciones, conectó la cámara para ver a los hombres atrapados. También estaba sentado enfrente del monitor, controlando el mundo subterráneo. Se quedó perplejo por la reacción de los mineros ante los comentarios de Iturra. «Les vi la cara cuando empezaron las noticias y escucharon a Iturra. El teléfono empezó a sonar».

Furioso, Sepúlveda llamó y exigió hablar con Iturra, que se había ido a casa. Gallo sabía que una batalla campal iba a desatarse de manera inminente. «Mario no me dijo nada, pero se le notaba en la voz que estaba muy ofendido».

Gallo explicó que Iturra había roto un código sagrado para los mineros: se había metido con sus familias.

La unidad de los mineros se estaba debilitando por las prioridades diferentes de cada minero, los turnos de trabajo y de sueño. Los mineros seguían con sus actividades diarias en grupo, incluyendo las oraciones y la reunión del mediodía, pero participaban menos hombres. La necesidad de supervivencia había disminuido debido a las relativas comodidades que les había facilitado el equipo de rescate. En momentos cruciales, sin embargo, como el rechazo de la censura, los mineros seguían siendo una sola voz.

Día 42: jueves, 16 de septiembre

Por la mañana Sepúlveda llamó y solicitó hablar con Iturra. Era una petición urgente. Iturra se puso al teléfono. Gallo estaba de nuevo en primera fila y sabía que estaban a punto de saltar chispas. Sepúlveda acusó a Iturra de violar los derechos de los mineros. Después de defenderse con desgana, Iturra se quedó callado. Sepúlveda volvió de nuevo al ataque. «Si nos sigues dando problemas, haremos que te echen. Ésta es tu última oportunidad», dijo Sepúlveda. Dejó claro que iba a informar del incidente a Golborne, el ministro de Minería.

A través de una sucesión de llamadas telefónicas a las autoridades políticas durante el resto del día, los mineros lanzaron un contraataque. «Nos trataba como a niños pequeños —aseguraba el minero Alex Vega—. Claro que teníamos que protestar en contra de la censura».

Con las fuerzas apenas recuperadas, los hombres dijeron que no iban a aceptar comida ni provisiones. «Les explicamos que si no abandonaban la censura no íbamos a abrir la paloma y que dejaríamos de comer», dijo el minero Carlos Barrios. «Todo el mundo estaba en contra del psicólogo, hizo un trabajo pésimo. Si no le quitaban del puesto no pensábamos comer. Dejaríamos las palomas llenas de comida —comentaba Samuel Ávalos—. Como buenos mineros, hicimos una huelga».

Después de casi morir de inanición, ahora los hombres amenazaban con una huelga de hambre.

Con los mineros quejándose al Gobierno, sólo había una cosa que éste podía hacer. Iturra había sido contratado por la compañía médica de ACHS. «Tratamos de despedir a Iturra, de echarlo —recordaba un oficial de alto rango del Gobierno de Piñera que pedía que no se desvelara su nombre—. Pero nos amenazaron, nos dijeron que si ellos no llevaban el control del asesoramiento psicológico no cubrirían los partes médicos del rescate. Estábamos acorralados».

Iturra, por su parte, calificó la batalla de catártica. «Les he dicho que iba a ser como su padre; si quieren enfadarse conmigo, que se enfaden, pero voy a ser su padre y no les abandonaré. Estoy aquí y soy digno de confianza».

Las tensiones con Iturra se estaban volviendo incontrolables. El doctor Díaz animó a Iturra a tomarse un descanso y le recomendó una semana sabática para acabar con la dura rutina. Después de más de un mes en la zona de rescate, Iturra, agotado por la presión de los mineros, la falta de sueño y la responsabilidad de mantener la cordura de las treinta y tres vidas, aceptó y volvió a casa en Caldera, un puerto pesquero a menos de una hora en coche de la mina.

Claudio Ibáñez, un psicólogo de Santiago que había estado ayudando a Iturra, se encargó de las sesiones diarias.

Los mineros se mostraban rebeldes y se sabían conscientes de su poder, por lo que eran momentos tensos. Teniendo por delante semanas —quizá meses— de cautiverio, era crucial hacer que los hombres continuaran sanos y tranquilos. Los trabajos de rescate iban muy lentos. Las perforadoras estaban avanzando, pero veían su trabajo obstaculizado por dificultades técnicas. Ibáñez, un hombre muy tranquilo con una gran experiencia en lo que él llamaba «psicología positiva», rompió las reglas. La censura sería mínima. No investigarían los contenidos de la paloma ni revisarían las cartas.

Ahora que se habían levantado las restricciones, las familias empezaron a llenar la paloma de regalos secretos. Para el minero Samuel Ávalos, el cambio fue una bendición del cielo. Como lector voraz, Ávalos estaba aburrido de los panfletos de los Testigos de

Jehová y de los textos de psicología sobre cómo sentirse bien enviados por Iturra. Ávalos quería acción, algo tan impactante que le transportara de la mina. «Me leí El Tila, una biografía de un psicópata asesino de la La Dehesa [un barrio rico de Santiago]. Fue fantástico. Lo leí tres veces», comentaba Ávalos.

«Yo creo que fue un error. Estaba a favor del control», dijo Katty Valdivia, esposa de Mario Sepúlveda. «Una mujer logró pasar una carta a su amante secreto de la mina, a uno de los mineros. Le dijo que estaba embarazada —dijo Valdivia—. Entonces la esposa de éste se enteró y fue muy tenso para todo el mundo. Ese tipo de mensaje no debería enviarse».

Gracias a la relajación de las reglas, a los mineros les llegaban más que simples cartas. Valdivia describió cómo las familias «empezaron a meter cigarrillos, pastillas e incluso drogas en la paloma. No debería haber estado «tan descontrolado». Algunos mineros empezaron a estar irascibles y creció el resentimiento».

Según se dice, les mandaban anfetaminas a los hombres. Según Valdivia, Ibáñez era consciente del contrabando pero hacía la vista gorda. Mientras tanto el caos continuaba en las profundidades. «La apertura de puertas creó conflictos en la mina entre los hombres —recordaba Valdivia—. Pasaron de los estrictos controles a de repente no controlar nada».

«Antes de que nos diéramos cuenta, las familias se las habían apañado para mandarles las cosas de contrabando —dijo el doctor Romagnoli—. Los mineros tenían prohibidos los caramelos por sus problemas dentales, pero de todas maneras los familiares pasaban a escondidas patatas fritas, chocolate y golosinas».

Incluso una mera infección, como la inflamación dental de Zamora, o una subida en los niveles de insulina de Ojeda, el diabético, podía convertirse rápidamente en una crisis. Los médicos del exterior estaban decididos a evitar la situación más extrema: tener que dirigir a Yonni Barrios en una operación. Pero la estela del temor de que Barrios tuviera que operar estaba siempre presente. La entrega de comida no autorizada incrementaba las posibilidades.

Ávalos se dio cuenta de que algunos de sus compañeros se comportaban de manera sospechosa. Se alejaban en grupitos, caminando hacia el baño, para fumar porros, sospechaba. «Nunca me ofrecieron ni siquiera una calada —comentaba Ávalos—. Cuando veías a cinco irse al baño, sabías lo que estaban haciendo». Ávalos se moría por una calada que le calmara el estrés de casi un mes bajo tierra. «Fuimos a la zona en la que los hombres usaban las *bulldozers*; sabíamos que fumaban marihuana. Trabajaban dentro de cabinas de plástico que les protegían, así que podían fumar porros y luego fumarse un cigarrillo y nadie se daría cuenta. Buscamos colillas de porros por todas partes». No lograron encontrar ninguna.

La salud a largo plazo del grupo y la convivencia en armonía eran factores claves para la supervivencia del grupo y, por tanto, la tentación de placeres a corto plazo —alcohol, cocaína, marihuana— entraban en conflicto directo con las necesidades del grupo. El hecho de que circulasen cantidades pequeñas de drogas entre la comunidad generaba más tensiones en vez de aliviarlos, despertaba celos y amenazaba con alterar los principios básicos de la vida comunal. Los oficiales del Gobierno chilenos estaban tan preocupados que discutieron el poner un perro detector de drogas en la estación de la paloma. «Íbamos a convertirlo en un paso fronterizo», declaraba un funcionario, solo medio en broma.

Pero la principal necesidad de los hombres no cabía por el tubo: mujeres. Dado que el estado físico mejoró rápido, el sexo pasó a ser tema de conversación tanto para los mineros como para el equipo de rescate. Los impulsos sexuales de los hombres estaban volviendo a surgir, aunque todavía estaban lejos de la normalidad. «Estoy seguro de que nos echaban algo en la comida, algo que evitaba que pensáramos en el sexo», afirmaba Alex Vega. De hecho, el equipo de psicólogos ya estaba trabajando en otro plan: cómo mitigar el esperado aumento de deseo sexual.

«Un hombre les ofreció muñecas hinchables a los mineros, pero sólo tenía diez. Yo dije que treinta y tres o ninguna. Si no, se pelearían por ellas: "¿A quién le toca ahora? ¿Quién ha quedado con la novia de quién? ¿Quién ha sido visto con la novia de qué otro minero? Estás ligando con mi muñeca hinchable"», comentaba el doctor Romagnoli. «La intención era que fuese una herramienta de relajación. Los mineros tendrían un lugar especial para acostarse con la muñeca y nos pidieron que les mandáramos cuatro o cinco muñecas y preservativos. Se pensaban turnar. Lo tenían todo planeado. Si hubiéramos tenido treinta y tres muñecas no hubiese habido ningún problema, porque cada uno podría haber hecho lo que quisiera con su muñeca, pero yo no les podía pedir que las compartieran».

Nunca mandaron las muñecas. En su lugar, los hombres recibieron pornografía y pósteres de chicas desnudas de *La Cuarta*, un periódico chileno famoso por la sección de chicas conocida como *Bomba 4*. Cuando los mineros necesitaban privacidad, tapaban el objetivo de la cámara del Gobierno con una de las chicas.

Día 44: sábado, 18 de septiembre

El día de la independencia de Chile brindaba la oportunidad a los rescatadores, mineros y familias de hacer un descanso del día a día. Ese año, el 18 de septiembre era también el día del tan esperado bicentenario de la nación. En lugar de pelear por las cartas censuradas o por muñecas de plástico, los mineros estuvieron de acuerdo en celebrar un evento nacional: celebrarían la fiesta de su nación, comerían la comida típica y cantarían el himno de su país.

El tan esperado bicentenario de Chile se vio eclipsado por los 33. En el exterior, el comandante Navarro de la flota submarina chilena presidió la ceremomia de izamiento de bandera en la zona allanada destinada a las conferencias de prensa diarias, en un esfuerzo de dotar de simbolismo institucional a tan histórica fecha. Junto a la bandera se levantó un estandarte con las caras de los hombres.

A 700 metros de profundidad se puso en marcha una sencilla ceremonia. Omar Reygadas tiró de una cuerda que izaba una banderita chilena. Dentro del túnel Reygadas levantó la bandera lo más alto posible, casi un metro por encima de su cabeza. Entonces Sepúlveda empezó su interpretación genuina de la «cueca». Con el casco minero en una mano y una toalla blanca en la otra, Sepúlveda empezó a bailar. Dio vueltas con entusiasmo y con el arte de un «huaso», el típico cowboy chileno. Una cueca tradicional es un baile de cortejo en el que el macho lleva un sombrero de ala ancha y da pisotones en el suelo con unas botas que lucen unas llamativas espuelas plateadas mientras la mujer hace giros, movimiento coquetamente el cabello y la falda. Ella da saltitos a un lado, no para esquivar las insinuaciones sexuales del hombre, sino para fomentarlas. La cueca de Sepúlveda era un baile en solitario.

Los mineros habían construido un pequeño escenario y habían colgado una lona de plástico naranja de la pared en la que habían escrito a mano su lema: «Estamos bien en el refugio los 33». Pegaron una bandera chilena en el medio de la lona y colgaron del techo una serie de telas patrióticas con los colores de la bandera chilena: azul, blanco y rojo. En el borde de la lona estaban escritos los nombres de los tres grupos: el Refugio, la Rampa y 105. La inhóspita cueva ahora estaba iluminada de manera chillona, como un decorado. Con unos zapatos con la suela de goma, largos calcetines blancos y piernas peludas, Sepúlveda taconeaba sobre las cortantes rocas mientras sus compañeros le observaban con un aburrimiento evidente. En la estrofa final se dejó caer de rodillas, abrió los brazos como un devoto peregrino rebosante de felicidad y mandó su energía hacia el cielo, a través de 800 metros de roca. «¡Gracias a todos, a todos nuestros compañeros que están ahí fuera trabajando por nosotros! Estamos agradecidos por todo lo que se ha hecho y queremos daros las gracias». La voz de Sepúlveda se entrecortó, muestra de las dificultades del liderazgo. La cámara recorrió los rostros de los hombres: tenían una expresión impasible, muy pocos esbozaban sonrisas y el interés que mostraban era escaso. En lugar de víctimas de un accidente, los hombres empezaban a sentirse como actores.

Día 46: lunes, 20 de septiembre

El ministro de Minería Golborne se mostró optimista durante la conferencia de prensa. «Los tres planes están avanzando como se esperaba», dijo. El Plan A, la primera operación de rescate que había empezado el 29 de agosto había alcanzado los 324 metros, casi la mitad de la distancia a la que se encontraban los mineros. Tanto el plan B como el Plan C estaban avanzando a la velocidad de casi un metro por hora.

A medida que el circo mediático del Campamento Esperanza se transformaba en un perfecto zoo, el experto en medios Alejandro Pino empezó a diseñar una estrategia para ayudar a los mineros a convivir con su nuevo estatus de celebridades. Pino, un hombre larguirucho de 77 años con cinco décadas de experiencia como periodista y conferenciante, les dio a los hombres una clase de cinco horas sobre estrategia de comunicación. El curso abreviado incluía técnicas de entrevista, oportunidades de marketing, cómo hacer frente a preguntas complejas y orientación general sobre cómo sobrevivir a una manada de *paparazzi*.

A Pino, un periodista con años de experiencia y gerente regional de ACHS, ni le pagaron ni le obligaron a dar un curso sobre medios de comunicación a aquellos hombres, pero se sentía responsable de su bienestar. Deseaba con todas sus fuerzas ayudarles a enfrentarse a la inminente avalancha de micrófonos y cámaras.

Las clases de Pino a primera ahora de la tarde eran un grato descanso de las conversaciones técnicas sobre el diseño del conducto de rescate o de los vilipendiados consejos psicológicos. Los mineros se reunían en el improvisado escenario al fondo de la mina. Pino, micrófono en mano, emitía desde un contenedor marítimo que había sido decorado con un sofá blanco, algunas plantas y una pantalla de televisión grande en la que podía ver a los mineros que estaban allá abajo.

En lugar de advertir a los mineros de los peligros de la sobreexposición en los medios, como mucha gente especulaba, Pino fue directamente al grano. «Si no miráis a la cámara, si vuestra entrevista es aburrida, nunca más os volverán a invitar a otra —les decía Pino a los hombres—. Esto es una oportunidad, y debéis aprender a usar el lenguaje corporal, a emocionaros». Pino tenía una personalidad desbordante con su voz grave muy profunda, hacía un esfuerzo casi evangélico para convertir a los mineros, tímidos y confusos, en estrellas mediáticas.

Los mineros se reunían para las clases diarias de Pino. Aunque muchos continuaban siendo invisibles para la cámara, lo bombardeaban a preguntas, ideas y comentarios a medida que crecía la confianza y la buena comunicación con Pino.

Dado el rencor y la desconfianza que sentían hacia Iturra, algunos de los mineros se negaron a aceptar a Pino, entre ellos Samuel Ávalos. «Después de los problemas con el psicólogo no queríamos hablar con ese tipo de personas —comentaba Ávalos—. La idea no nos hacía gracia».

Otros mineros, que necesitaban hablar casi desesperadamente, convirtieron a Pino en su psicólogo oficial. En mitad de una charla sobre estrategias de comunicación, uno de los mineros mayores se salió del tema y le hizo una confesión a Pino: «Si hay algo que he aprendido aquí abajo es que he estado perdiendo el tiempo los últimos veinte años de mi vida. Cuando salga, me divorcio».

También empezaron a surgir divisiones dentro del grupo. A Luis Urzúa no le hacía gracia que algunos de los mineros, incluido Víctor Zamora, se hubieran hecho con una cámara y estuvieran grabando a los demás. Y cuando llegó un ejemplar de la revista *Ya* con una entrevista en la que Sepúlveda fanfarroneaba de ser «el líder» del grupo, se desataron más disputas.

«Había discusiones y pequeñas peleas. Se estaban poniendo muy gallitos y se peleaban verbalmente, no a puñetazos. Ninguno perdió la cabeza —manifestaba el doctor Romagnoli, que admitía que las mayores peleas las tenía con los ingenieros del exterior—. Yo tenía problemas con los hombres de fuera. Ellos no entendían la importancia de cuidar de la salud de los hombres. Ellos podían tener su Plan A, Plan B y Plan C o Plan lo que fuera pero ¿qué pasaría si los hombres morían? Entonces esos planes de perforación no servirían de nada».

Día 47: martes, 21 de septiembre

Durante años el profesor Nick Kanas había estudiado a los astronautas. Conocía de sobra el modelo de comportamiento del ser humano cuando estaba en espacios reducidos y sometido a un gran estrés durante largos periodos de tiempo. «El síndrome del tercer cuarto», como él lo denominaba, consistía en el que los hombres confinados se ponían cada vez más nerviosos e irascibles a medida que se acercaba el final de la misión, en este caso, el día del rescate. «Después de seis semanas, la gente tiende a volverse territorial. Se reducen los chistes o las bromas, aunque lo intenten. Empezarán a formar subgrupos —informaba Kanas, que trabaja en la Universidad de California, San Francisco, y ha sido durante mucho tiempo asesor de la NASA—. Después de seis semanas, la situación se vuelve improductiva y agobiante. Lo que en su momento fue algo gracioso y divertido —como los chistes de un compañero— se convierte en algo molesto y cansino».

Los hombres llevaban bajo tierra cuarenta y siete días. Todo su encierro estaba siendo filmado. Grababan desde el momento en el que un minero desenroscaba la paloma y sacaba comida, hasta cuando izaban la bandera y cantaban el himno nacional. Los reporteros de televisión trataban constantemente de meter a escondidas cámaras por la paloma para que los mineros pudieran empezar a rodar un documental subterráneo.

Cuando los detectives chilenos que trabajaban para la Policía de Investigaciones de Chile (PDI) necesitaron pruebas para documentar los pormenores del proceso penal contra los dueños de la mina, les enseñaron a los mineros los pilares de la fotografía forense. Durante una semana los mineros fueron como estrellas de *CSI*, documentando y grabando la escasas medidas de seguridad dentro de la mina. Florencio Ávalos fue hasta los rincones más alejados de la mina para grabar las paredes resquebrajadas, las cañerías oxidadas y las enormes rocas desperdigadas por lo que en su momento había sido la carretera principal de la mina. Los mineros grabaron alrededor de cuarenta y ocho horas de pruebas del delito y luego las enviaron a la superficie.

Día 48: miércoles, 22 de septiembre

El 22 de septiembre los mineros recibieron un envío sorpresa del exterior. Cuando el Plan B alcanzó los 85 metros, la broca se partió y una de las cuatro cabezas de la perforadora cayó en picado por dentro del tubo aterrizando en el suelo de la mina. No hubo heridos cuando el martillo de metal se estrelló en el barro, pero eso hizo que se detuviera el Plan B.

Mario Sepúlveda llamó a los rescatadores. «Creo que tenemos algo vuestro aquí abajo —dijo bromeando—. Creo que le llaman broca. Sí, es la broca de una perforadora. Pero ¿ que está haciendo aquí?».

Juan Illanes, uno de los mineros, sacó la broca del barro. Los mineros tenían mucha experiencia en maquinaria pesada. La realidad que vivían cada día estaba llena de piezas que se rompían, improvisaciones de última hora y contratiempos. Pero aquello era insostenible. La frustración dio paso al enfado y caldeó el ambiente. «¿Están trabajando para rescatarte y tienen este tipo de fallo? Era deprimente —opinaba Samuel Ávalos—. Eso significaba dos días más, cinco días más. Recibíamos comida de la paloma pero estábamos encerrados. ¡Atrapados! Eso nos estaba matando».

Día 49: jueves, 23 de septiembre

Abajo, en la mina, las tensiones continuaban aumentando.

Ibáñez, el psicólogo, tenía una relación cordial con los mineros y a muchos de los hombres les gustaba su actitud positiva y calmada. Sin embargo era incapaz de mantener el control.

La desaparición de la autoridad, la televisión a todas horas, las drogas que mandaban a escondidas... Muchos mineros consideraron todo aquello un grave error. Los hombres dejaron de escuchar los consejos del exterior y empezaron a inventarse sus propias actividades.

Edison Peña empezó a explorar los túneles. Antes del accidente era un gran aficionado al ejercicio, montaba en bici todos los días durante una hora y luego salía a correr. Ahora empezó a trotar en un circuito de cinco kilómetros dentro de los túneles.

Sus botas mineras, rígidas y por encima del tobillo, le hacían rozaduras en las piernas, así que cogió un par de cizallas y las cortó. Las rocas punzantes y el terreno accidentado empeoraban la actual lesión de su rodilla, pero Peña seguía corriendo, como si quizá pudiera escapar del terror de los túneles o de las pesadillas de su cabeza. Pablo Rojas, Mario Sepúlveda, Franklin Lobos y Carlos Mamani se sumaron a Peña. Los hombres resoplaban y sudaban, luego descansaban en la parte más alejada de la mina. Con los trajes de protección blancos de plástico, capuchas y gafas parecían astronautas.

Empezaron a llegar por medio de la paloma libros y juegos. Dentro del refugio, los hombres organizaban maratones de dominó y de cartas.

En muchos aspectos las cartas eran una mera excusa para abrir paso a las bromas y a los constantes chistes, monólogos y juegos de palabras con doble sentido. Entre los mineros, la habilidad de vencer a un adversario —ya fuera en la mesa de juego o en la reunión diaria— era fundamental para infundir respeto. Aunque las discusiones eran cada vez mayores, los puñetazos eran extremadamente excepcionales, algunos mineros aseguran que hasta inexistentes.

«Le tuve que dar un golpe a Ariel (Ticona) en la cabeza con mi frontal», admitió Sepúlveda, quien aclara que ese incidente fue un caso aislado de violencia física entre los hombres. Ticona supuestamente había insultado a la madre de Sepúlveda, explicó un minero que fue testigo de la pelea. «Si hubiésemos dejado que la violencia llegase a ese nivel, habríamos acabado con unos cuantos hombres muertos».

Cuando Ibáñez intentó llevar a un reportero de un canal de televisión chilena a la sala de teleconferencias para entrevistar a los mineros, se desató otra tormenta. Escoltaron al reportero al pequeño contenedor que estaba en lo alto de la colina, en una zona prohibida a todo el mundo a no ser que tuviera un pase del equipo de rescate. Ibáñez les preguntó a los mineros si el reportero podía entrevistar a algunos de los hombres atrapados. Urzúa, Sepúlveda y los demás se pusieron hechos una furia. Inmediatamente, el teléfono de la superfice empezó a sonar y sonar. Los mineros estaban indignados. Gallo tuvo que soportar la consiguiente charla.

Urzúa reprendió a Ibáñez, diciendo: «Oye, deja de cabrearnos, ¿vale? ¿Por qué metes a un periodista aquí? ¡No queremos a ningún periodista aquí! No queremos que nos graben. Aquí abajo estamos sufriendo, así que nada entrevistas. Vamos a informar sobre esto. Informaremos sobre esto».

Los mineros llamaron a René Aguilar, el número dos del equipo de rescate y mano derecha de Sougarret. Aguilar, psicólogo de profesión y alto ejecutivo de Codelco, había estado al frente durante semanas. Ahora estaba furioso. «Vino a hablar con Ibáñez y tenía la cara de un rojo encendido. Estaba enfadado —dijo Gallo, que fue testigo de la escena—. Y ésa fue la última vez que vi a Ibáñez. Se fue a Santiago. Nunca le volvimos a ver».

Una vez que Ibáñez se hubo ido los mineros enseguida se volvieron a reunir con el psicólogo anterior, Iturra. «Ésta era la versión 2.0 de Iturra, la versión suavizada —dijo Gallo, cuyo trabajo incluía monitorizar las imágenes en directo de los mineros—. Entró con una actitud completamente diferente y les cedió su sesión de dos horas al día de orientación psicológica a los hombres. Dijo que podían usar ese tiempo para hablar con sus familias».

Ahora que los mineros habían acabado con la censura, las cartas censuradas aparecieron de repente. «Era como una lluvia de cartas. Las mandaron todas. Yo diría que unas trescientas cartas, todas a la vez», informó Gallo.

X

Línea de meta a la vista

DÍA 50: VIERNES, 24 DE SEPTIEMBRE

El 24 de septiembre se cumplía el quincuagésimo día de reclusión bajo tierra de los mineros. En los siglos de historia de la minería, ningún minero que hubiera quedado atrapado bajo tierra durante tanto tiempo había sobrevivido. Nadie celebró tan funesto récord en el Campamento Esperanza. Sin embargo en lugar de desesperación, ahora había un rayo de luz. Las familias veían posible el rescate. Tres perforaciones que costaban millones de euros se dirigían por separado hacia sus seres queridos. Se les enviaba comida cada pocas horas. El correo seguía sufriendo retrasos y, en ocasiones, censura, pero al menos funcionaba. El servicio de lavandería era impecable, si bien tenían que enrollar y arrugar las prendas para que cupieran por la estrecha paloma. Muchas de las esposas lavaban y planchaban la ropa sucia de sus maridos. A veces impregnaban las camisas con su perfume favorito, anticipando un próximo encuentro sexual.

El sueño de volver a reunirse se acentuó aún más en la tarde de la llegada del Fénix. La cápsula de rescate con forma de misil —construido específicamente para la operación de rescate de San José por la Armada Chilena, siguiendo instrucciones de la NASA y guiándose por la operación de rescate que se había llevado a cabo con éxito en Quecreek, Pensilvania—, estaba pintada con los colores de la bandera chilena: azul, blanco y rojo. Con un peso de 420 kilos y una cámara interior de dos metros de alto, la cápsula de rescate se convirtió en un personaje por sí misma. Ministros y rescatadores posaban dentro del tubo circular. Los familiares se acercaban al artilugio y tocaban la cápsula con cuidado, como si se tratara de un tótem sagrado.

Mientras los planes de rescate avanzaban sin problemas, el doctor Romagnoli, que se había ganado la confianza de los mineros gracias a su mediación en los contratiempos con Iturra e Ibáñez, comenzó entonces a preparar a los hombres para la misión de escape. Romagnoli sabía que si la cápsula fallaba o se atascaba, los rescatadores podrían verse obligados a sacar a los mineros mediante un método mucho más simple y peligroso: sujetos y atados a una larga cuerda. En cualquiera de los dos casos, los hombres necesitaban estar en la mejor forma física posible: podrían verse obligados a subir escaleras, a descender por cuerdas o, si la cápsula se atascaba, a permanecer de pie durante una hora en el reducido espacio.

Romagnoli, que trabajaba como asesor tanto para las Fuerzas Armadas de Chile como para deportistas profesionales, empezó por enseñar a los hombres ejercicios suaves, una preparación previa a las sesiones de educación física más intensas. Les aconsejó que corrieran juntos por un túnel de dos kilómetros de extensión. Tomando el entrenamiento físico del Ejército de Estados Unidos como modelo, cantaban mientras corrían. Romagnoli explicó que cantar era una medida de precaución para mantener sus ritmos cardiacos bajo control, «si su ritmo cardiaco se sitúa por encima de 140 pulsaciones al minuto, no pueden cantar y correr al mismo tiempo».

Romagnoli dijo que los hombres estaban entusiasmados con la nueva rutina. «Una de las ventajas que tenemos es que estos chicos son fuertes; están acostumbrados a trabajar con los brazos y el torso. No estamos hablando de personas con hábitos sedentarios. Responderán con rapidez».

Mediante un sofisticado dispositivo adherido al pecho, conocido como BioHarness, Romagnoli conocía el estado de salud de los mineros. Aquellos hombres estaban proporcionando datos reales a los expertos de la NASA sobre situaciones extremas. «Los chilenos están prácticamente escribiendo el manual de instrucciones de cómo rescatar a tantos hombres a tanta profundidad, después de tanto tiempo bajo tierra», comentaba Michael Duncan, uno de los expertos de la NASA que visitó Chile.

Además de su hábil manejo de los psicólogos, Romagnoli se ganó a los mineros muy pronto cuando les apoyó en su petición de cigarrillos. Él también fumaba y se había preguntado si el momento de mayor estrés en la vida de los mineros era el más adecuado para pedirles que dejaran de lado la nicotina. Romagnoli era un heterodoxo: creía en las soluciones que dictaba el sentido común, aún a expensas de lo que dictaban los manuales.

Sentado tras una mesa en lo alto de la montaña, en la estación de la paloma, las tareas diarias de Romagnoli de expedición de medicinas, de revisión de las constantes vitales de los mineros y de conversación con ellos, ocupaban sólo parte de su turno de doce horas. Ahora que los hombres estaban relativamente cómodos, en lugar de oír hablar de urgentes problemas de salud, a Romagnoli lo bombardeaban con peticiones de las mayores nimiedades para mejorar su calidad de vida. En una carta llegada desde el subsuelo los mineros se quejaban de que se habían quedado sin edulcorante artificial. Otro minero envió a Romagnoli su reproductor de MP3 quejándose de que había demasiado reggaeton y muy pocas cumbias. Romagnoli empezó a descargar música, borrando primero la que ya había para meter después una lista de canciones personalizada. «Estos chicos ya no están enfermos —dijo riéndose—, ahora piensan que esto es un servicio de habitaciones y que yo soy su puto Dj».

Día 52: domingo, 26 de septiembre

A medida que los mineros continuaban mandando vídeos, Sepúlveda y Urzúa empezaban a ganar protagonismo y comenzaban a ser conocidos en todo el mundo como el carismático animador y el implacable jefe de turno, respectivamente. La mayoría del resto de los mineros continuó en la sombra. No se trataba sólo de que no aparecieran en los vídeos, sino de que no se les veía el pelo cuando llegaba el momento de trabajar. Los mineros habían comenzado a dividirse entre aquellos que estaban deseando colaborar para avanzar en las tareas de rescate y aquellos que hacían el vago esperando a que les salvaran. A pesar de los constantes esfuerzos para mantener a los hombres ocupados, sus vidas se reducían ahora a matar el tiempo. Era exactamente la situación que la NASA consideraba peligrosa: tiempo libre en un ambiente estresante y muy poco habitable, lo cual era un foco de problemas.

Se producían discusiones entre los hombres que trabajaban y llevaban a cabo las tareas y los que no hacían nada. Había media docena de hombres que se quedaban tumbados en cama, mirando embobados el techo de roca, escuchando música en sus radios particulares o tirados en la sala de la televisión. «Eran unos vagos, no hacían nada», aseguraba Franklin Lobos al hablar de la actitud de dos de los mineros.

Primero había sido la llegada de la televisión lo que había distraído a los hombres, y ahora el aburrimiento y una relativa sensación de seguridad estaban amenazando la armonía del grupo. Samuel Ávalos —cuyas tareas oficiales eran medir cada día la temperatura, la humedad y los niveles de gases potencialmente nocivos dentro de la mina—, se quejaba de que su trabajo era un constante ejemplo de monotonía. «La temperatura nunca cambiaba, siempre estaba en torno a los 32 grados, y la humedad en el noventa y cinco por ciento», decía mientras relataba cómo el calor les estaba volviendo locos a todos. Víctor Segovia, el cronista infatigable, comenzó a tener pesadillas en las que se veía atrapado en un horno.

Día 54: martes, 28 de septiembre

Tras semanas de retrasos técnicos, las tres operaciones de rescate avanzaban lentamente hacia los hombres. El Plan C estaba al fin en pleno funcionamiento. La altísima plataforma, con una altura de 50 metros, se alzaba imponente sobre sus «competidoras». Los ingenieros no paraban de hablar del Plan C, que usaba unas brocas enormes semejantes a las garras de dinosaurio. Estimaban que, en menos de veinte días, la perforadora petrolífera llegaría hasta los hombres. Se hacían apuestas sobre qué día la perforadora se encontraría con los mineros que estaban allá abajo. Aún tardarían una semana en darse cuenta de que la piedra de San José era tan maciza —más del doble de dura que el granito— que la potente perforadora petrolífera avanzaría mucho más despacio de lo que los ingenieros esperaban y de lo que los mineros imaginaban.

Sougarret se enfrentaba ahora a una delicada decisión. ¿Sería necesario reforzar cada uno de los túneles con cubiertas de acero? La ventaja de las cubiertas era que proporcionaban una superficie uniforme para las ruedas retráctiles y regulables de la cápsula Fénix. Nadie se atrevía a imaginar los problemas que supondría que la Fénix se quedara atascada en el tubo y hubiera que organizar el rescate de los rescatadores o, peor aún, de un minero a punto de ser liberado. Se estaban analizando minuciosamente todas las vías para que ese último empujón hacia el exterior se produjera sin incidentes. Sougarret, sin embargo, sabía que instalar tubos añadiría entre tres y siete días más a la operación de rescate. El peso de los tubos se estimaba en 400 toneladas y, además, implicaba traer una grúa especial desde Santiago para instalarlos. Las repetidas inspecciones de los túneles mostraban una superficie casi perfecta, cristalina y muy parecida al mármol en algunas partes. Sin embargo los primeros cien metros eran mucho menos uniformes y propensos a despedazarse o desintegrarse. Sougarret se negó a hacer la evaluación final; por el momento, su atención estaba centrada en llegar hasta los hombres. La presión de mantener a salvo la salud mental y física de los mineros era constante.

Día 55: miércoles, 29 de septiembre

En el Campamento Esperanza, el nivel de actividad era también exasperantemente escaso. Miles de periodistas se estaban poniendo ansiosos. El acceso a la verdadera operación de rescate estaba limitado a las cámaras del Gobierno y a algunos afortunados periodistas que habían obtenido acceso ahí dentro, entre los cuales se encontraban miembros de Discovery Channel, el equipo de rodaje de un documental chileno y el autor de este libro.

En respuesta al hambre voraz de los medios de comunicación, que ansiaban imágenes y fotografías, el equipo periodístico de Piñera montó un puesto de mando apostado en la boca de la mina San José. Los asesores de Piñera trabajaban en una unidad conocida como «Secretaría de Comunicaciones» revisando los vídeos para determinar si eran apropiados para emitirlos en público. Se enviaban algunos fragmentos a la prensa, pero cientos de horas de grabación nunca llegaron a mostrarse en cuanto se inició el debate entre la Fiscalía del gobierno sobre la legalidad de sacar a la luz más vídeos. Si la mina era de verdad el hogar de los mineros, ¿cuáles eran los derechos de estos hombres sobre esos vídeos que grababan las cámaras del Gobierno? ¿Era aquél un rescate público, o la vida en los túneles era algo privado? ¿Se podría llevar al Gobierno a juicio por invadir la privacidad mediante la difusión de esos vídeos?

Mientras el Gobierno de Piñera luchaba por entender los derechos de privacidad, los medios de comunicación de todo el mundo continuaban arremolinándose en torno al Campamento Esperanza hasta niveles jamás vistos antes en Chile, y rara vez en otras partes del mundo. El número de periodistas registrados superaba los dos mil. A lo largo de varias hectáreas la ladera de roca cerca de la mina estaba cubierta de autocaravanas, tiendas, antenas parabólicas, estaciones de televisión temporales y, cada vez más, la flor y nata de la prensa mundial. Los fotógrafos comenzaron a encadenar sus trípodes en puntos clave para tratar de garantizar una buena instantánea de las perforadoras. Los equipos de televisión discutían sobre quién había solicitado primero una enorme roca que servía como base para transmisiones vía satélite. Todos los días llegaba a San José un procesión de caras nuevas que arrastraban trípodes, se peleaban con los nuevos prefijos telefónicos y observaban boquiabiertos aquella escena surrealista.

En cuanto se pasaba la atestada zona cercana a la mina, el desierto estaba vacío en todas direcciones. No había ni un árbol en el horizonte, sólo algunas dunas de color dorado alteradas por las ocasionales huellas de los corredores de *motocross* del clásico Rally París-Dakar que, tras decidir abandonar el continente africano por una combinación de inestabilidad política, temor a la seguridad y el desagradable incidente de la muerte de un peatón, aplastado bajo una multitud de motoristas y ciclistas extranjeros, en 2009 el rally se trasladó a este recóndito rincón de Chile. Cientos de periodistas habían cubierto el rally y acampado en las colinas cercanas. Ahora volvían a cubrir otra competición: la carrera contra el tiempo.

Los fotógrafos comenzaban a pelearse y empujarse los unos a los otros. Con tantas cámaras y micrófonos, era casi imposible sacar una foto nítida. El polvo causaba estragos en las carísimas lentes. Y, lo que era aún peor, las mejores fotos ya se habían tomado miles de veces antes. Un periódico local denominó a la escena como «el festival Woodstock de los medios de comunicación». Se desató una guerra cuando la TVN, la televisión nacional chilena, construyó una plataforma televisiva justo enfrente de la que tenía la CNN de Chile, lo que obligó a éstos a añadir un piso más en la suya. Ramón Vergara, un carpintero de la zona que estaba haciendo su agosto a costa de la competición entre televisiones, estaba sacándole provecho. Vergara construyó tres plataformas en tres días. «Cobro ciento veinte mil pesos por cada plataforma (180 euros) —contaba Vergara al periódico The Clinic—. Intento hacer una por día».

Aunque los mineros gozaban de buena salud, según todos los informes, las ambulancias de la ACHS que estaban aparcadas en lo alto de la colina y que formaban parte del rescate de los mineros, ahora bajaban regularmente por la ladera de la colina haciendo sonar la sirena en misiones de salvamento de periodistas heridos. Ya se había informado de diez incidentes diferentes relacionados con los periodistas y los coches.

Con toda una legión de payasos y de monjes franciscanos errantes con sus hábitos religiosos, el lugar comenzaba a parecerse a un circo. «Sólo faltan los leones», dijo Vinka Ticona, familiar de Ariel Ticona, uno de los mineros atrapados. Ver a niños jugando disfrazados de súper héroes era tan habitual que ya no resultaba extraño contemplar un grupo de niños pequeños disfrazados de Spiderman escalando por las rocas como monos.

Las fogatas nocturnas se convirtieron en un punto de encuentro para las ahora eclécticas amistades entre periodistas, policías, políticos y familiares. A Isabel Allende, hija del fallecido líder de Chile, Salvador Allende, se le podía ver concediendo una entrevista a la CNN, después compartiendo un sándwich de pescado y charlando con la otra Isabel Allende, la novelista chilena y prima lejana del antiguo presidente. De los puestos ambulantes de tacos de pescado salían largas filas serpenteantes de personas. Pescado a la brasa gratis, sopas caseras y kilos de galletas alimentaban a la gente. Oficialmente, en toda el área de la mina no se podía beber alcohol. Pero las montañas de cervezas vacías, botellas de vino y de pisco, por las mañanas constituían pruebas más que fehacientes de que si en la zona no había alcohol era porque se lo habían bebido todo.

En todo el mundo millones de telespectadores estaban pegados a la pantalla: ¿Lograrían salir los mineros? ¿Quién sería el primero en hacerlo? La historia se había convertido en una mezcla de *reality show* y desastre natural, editada y entregada a los medios de comunicación con la invisible pero hábil edición del equipo de comunicación de Piñera. En lugar de satisfacer las expectativas de caos, violencia y desesperación al estilo de *El Señor de las Moscas*, los mineros estaban ofreciendo un raro ejemplo de unidad global centrada en la alegría, la esperanza y la solidaridad. El lema tradicional de la televisión «si hay sangre, vende» se daba la vuelta, sustituido por un drama sin violencia, protagonizado por un reparto de desamparados.

En el Campamento Esperanza una rápida ola de cazatalentos y de productores de televisión comenzaron a luchar por los derechos de la historia de los 33, sobre todo por los de un diario de ciento cincuenta páginas del minero Víctor Segovia, que había estado relatando el día a día, incluyendo los momentos más duros, durante los diecisiete días que permanecieron sin comida. La familia de Segovia comenzó a negociar con las editoriales. El precio de partida por esas memorias únicas era de 18.000 euros. A los periodistas se les empezó a hacer la boca agua pensando en cubrir una entrevista en exclusiva con un minero y empezaron a fichar a las familias y a ofrecerles viajes con todos los gastos pagados a lugares como Los Ángeles o Madrid.

Pese a que los mineros seguían atrapados, ya estaba en marcha una película sobre su experiencia. En una mina abandonada cercana, actores chilenos y mexicanos estaban reconstruyendo el drama, añadiendo algo más que imaginación a la historia, ya que muchos detalles del día a día de la rutina de los mineros seguía siendo un misterio. El director chileno Leonardo Barrera también anunció sus planes de rodar una película porno basada en los mineros atrapados bajo tierra. Barrera declaró que su película no sería ninguna «orgía colectiva», sino una amable y novelada versión de los mineros practicando sexo con «minas», palabra utilizada en el argot chileno para referirse a una mujer *sexy*. Estaban a punto de que los sacaran del oscuro y húmedo mundo de la minería para convertirles en estrellas de Hollywood. Prácticamente no habría tiempo para una transición.

Día 57: viernes, 1 de octubre

El 30 de septiembre Edgardo Reinoso, el abogado de los mineros, inició un pleito contra el Gobierno reclamando 20 millones de euros por daños y perjuicios, acusándolo de negligencia por la reapertura y la continuación del trabajo en la mina San José. Reinoso representaba ahora a todas las familias, excepto a tres. Un mes antes había logrado con éxito el embargo de un pago de ciento ochenta mil euros a la compañía minera de San Esteban. Inicialmente reclutado por el alcalde de Caldera, una ciudad costera cercana a la mina, Reinoso esperaba que dicha cantidad volviera a manos de los mineros como parte de la indemnización multimillonaria que él consideraba que los hombres merecían.

Aquel hombre *bonvivant* y lleno de confianza era famoso por haber ganado en 2007 un juicio contra el ayuntamiento de la ciudad costera de Valparaíso cuando un paso elevado para peatones se desmoronó, matando a dos personas, durante la celebración de Fin de Año. Oponente confeso de Piñera y de la derecha chilena, ahora estaba decidido a obtener una indemnización del Gobierno. «Nosotros, las familias, queremos que nos paguen por todos los daños causados y queremos justicia», decía Katty Valdivia, esposa de Mario Sepúlveda, que apoyaba el proceso.

El ataque de Reinoso al Gobierno fue considerado un golpe bajo por parte de los ayudantes de Piñera, que no se cansaba de señalar que los peligros de la mina San José se conocían desde hacía una década y que la Concertación, la coalición progresista de centroizquierda que había gobernado en Chile de 1990 a 2010, en realidad había hecho muy poco por proteger a los trabajadores, permitiendo una y otra vez que la peligrosa mina permaneciera abierta.

Las encuestas de opinión mostraban que el nivel de popularidad del nuevo presidente —el termómetro más sencillo y menos fiable para medir el éxito en la política contemporánea— había subido del cuarenta y seis por ciento antes del desastre al cincuenta y seis por ciento a medida que el rescate progresaba. En agosto el presidente Piñera había depositado su credibilidad en manos del equipo de rescate de los mineros. Ahora, con el pleito interpuesto por Reinoso, se arriesgaba a perder todo ese enorme capital obtenido.

El presidente Piñera estaba recibiendo asimismo críticas desde la mina, donde varios rescatadores estaban horrorizados por algunas de las actuaciones del presidente. Le acusaban de utilizar el rescate para sacar rédito político. El doctor Díaz, jefe médico de la ACHS, criticaba a Piñera y a Golborne por alterar los protocolos médicos y técnicos para ganar protagonismo. «Estos tipos quieren aparecer ante las cámaras como los grandes salvadores», opinaba molesto porque la operación de rescate se estaba viendo comprometida por la impostura mediática que, como él lo veía, estaba diseñada para beneficio del presidente. «Va a llegar un momento en el que me resulte muy difícil morderme la lengua».

En un artículo de la versión latinoamericana de la CNN, titulado: «Familiares acusan al presidente chileno de utilizarlos», Nelly Bugueño, madre del minero atrapado Víctor Zamora, criticaba a Piñera. «Todo esto es pura política. Es algo sucio. Es fraude y propaganda. Están jugando con los sentimientos de nuestras queridas familias».

Otros familiares confesaron que no sentían especial cariño por Piñera ni por su política, pero que su Gobierno había hecho todo lo posible para salvar a los mineros. «Personalmente, no soporto a ese hombre y tenemos opiniones muy diferentes. Pero ha tomado grandes decisiones —reconocía Cristian Herrera, sobrino del minero atrapado Daniel Herrera—. ¿Me preguntas si debería estarle agradecido? Desde luego. Si hubiera estado en el poder el anterior Gobierno, los mineros habrían muerto».

El 1 de octubre, el ministro Golborne acabó con un mes de rumores y especulaciones, confirmando lo que era ya un secreto a voces: la operación de rescate estaba avanzando mucho más rápido de lo que se había hecho público. «Las buenas noticias son que, gracias a un análisis que hemos realizado junto con el equipo técnico, podemos estimar que el rescate de nuestros mineros comenzará en la segunda mitad de octubre». Golborne señaló que las perforadoras habían atravesado el estrato más flexible de la roca y que estaban ahora en una sección de la montaña geológicamente más sólida. «Esto nos permite ser ligeramente más optimistas», dijo Golborne, que además anunció que ya había comunicado a los mineros las buenas noticias.

Con la operación de rescate de los mineros avanzando a toda máquina, comenzaron a surgir preguntas de mayor calado y un debate mucho más amplio estalló en Chile. En primer lugar ¿por qué estaban los mineros atrapados? ¿Por qué permanecía todavía operativa una mina tan peligrosa? En agosto comenzó una investigación en el Congreso que sacó a la luz un terrible historial de accidentes fatales en las minas de San Esteban, el holding empresarial dueño de las minas San José y San Antonio, un yacimiento colindante.

Las cifras que proporcionó la ACHS al Congreso chileno demostraron que la media de accidentes en la mina San José era un trescientos siete por ciento superior a la media del sector. «Las compañías suelen destinar el 1,65 por ciento del salario del trabajador para el seguro; ellos pagaban el 5,37 por ciento», aseguró Martín Fruns, de ACHS, que señalaba que los dueños de la mina San José no habían pagado el seguro de los trabajadores en los últimos cinco meses.

Testificando ante el comité María Ester Feres, antigua miembro de la cúpula del Ministerio de Trabajo del Gobierno, dijo que ella había tratado de cerrar la mina San José hacía casi una década, en 2001, pero que no había sido posible por lo que denominó «presiones del sector de la minería», así como por la preocupación por los puestos de trabajo que se perderían. «Se realizaban arreglos menores en la mina, pero la percepción en el Ministerio de Trabajo era que esa mina era una bomba... y que no había salidas de emergencia».

La investigación del Congreso también puso sobre la mesa el hecho de que, dentro de la mina San José, una lluvia de piedras constante caía sobre los trabajadores. Algunos accidentes no muy graves no requerían hospitalización. Otros acababan en funerales.

El dueño de la mina, Alejandro Bohn, aseguraba que las mejoras en seguridad eran «un principio sagrado para nuestra compañía». Cuando le preguntaron por el accidente que le seccionó la pierna al trabajador Gino Cortés, Bohn acusó a los trabajadores de no reemplazar una red de seguridad diseñada para retener los trozos de roca que caían del techo.

Muchos observadores se quedaron anonadados por sus crueles observaciones. Era como acusar a alguien de que le cayera un rayo por no utilizar zapatos con suela de goma. «Casi todo el techo carecía de malla metálica, sólo el veinte por ciento estaba recubierto por ella», declaraba Samuel Ávalos, indignado al escuchar la versión de Bohn. «¿Por dónde debíamos caminar? ¿Por dónde?».

La nueva secretaria de Trabajo de Piñera, Camila Merino, admitió que el gobierno de Piñera era consciente de la peligrosidad del trabajo. «Teníamos constancia de los problemas de seguridad y deberíamos haber actuado con anticipación. Por eso es muy importante que todas las medidas de seguridad que estamos proponiendo ahora se tengan en cuenta, para que no tengamos más accidentes en el futuro», manifestaba Merino.

Sus declaraciones causaron indignación en Chile. Parlamentarios de la oposición reclamaron más detalles. ¿Había encubierto el Gobierno los graves problemas de seguridad de San José? Si había sido así, ¿podrían contener el escándalo? Merino se retractó, asegurando que no poseía información muy fiable al respecto.

Javier Castillo, líder sindicalista de Copiapó que había luchado contra los dueños de las minas y contra el servicio nacional de mantenimiento de las minas, conocido como Sernageomin, durante más de una década, estaba eufórico por el nuevo interés que había despertado la seguridad de los trabajadores. En cientos de documentos presentados en las Cortes, a políticos locales y a propietarios de minas, Castillo había advertido que tanto San José como San Antonio eran terriblemente peligrosas y que estaban al borde del derrumbe.

Mientras el mundo se preguntaba por qué se había derrumbado la mina San José, Castillo estaba decidido a demostrar que las medidas del Gobierno también se habían venido abajo. Un vídeo grabado en 2002 por el sindicato de mineros sacaba a la luz prácticas mineras nada seguras en las minas, así como la posibilidad del derrumbe de ambas. En documentos que había facilitado a los investigadores del Congreso, Castillo demostraba que a los dueños de la mina San José se les había advertido de que la mina era peligrosamente frágil. En 2003, la mina San Antonio —situada en la misma montaña que la San José— sufrió un enorme derrumbe. Más tarde, en 2007, San Antonio volvió a derrumbarse y se cerró. No hubo bajas pero sólo porque el derrumbe se produjo a la una de la mañana, cuando no había trabajadores en la mina.

Los abundantes detalles presentados por Castillo sobre toda una serie de fatales accidentes, llevaron a miembros de seguridad del Gobierno a cerrar la mina San José durante 2007 y parte de 2008. Ahora la investigación del Congreso estaba centrada en un asunto fundamental: ¿Debió reabrirse la mina?

Según las leyes chilenas la mina San José debía estar provista de dos salidas independientes: la ruta normal empleada a diario y una de apoyo para las emergencias. Tras la investigación el Congreso chileno concluyó que en la mina San José jamás había existido una salida de emergencia y que incluso las medidas obligatorias provisionales, como la instalación de escaleras dentro de los conductos de ventilación, jamás se habían llevado a cabo.

En las semanas y los meses anteriores al derrumbe final, la mina San José había dado señales de inestabilidad. En junio de 2010, un bloque de piedra se había desprendido golpeando a Jorge Galleguillos en la espalda. Una investigación organizada por ACHS advertía del riesgo de posteriores accidentes. Alejandro Pino, de ACHS, aseguraba que habían alertado a los propietarios de la mina del peligro inminente. «Le pedimos a la compañía que cerrara la mina», afirmaba.

Día 59: domingo, 3 de octubre

A medida que la investigación del Congreso continuaba, el rescate se acercaba cada vez más. La ladera que rodeaba la mina San José se fue abarrotando de obreros que construyeron una pista de aterrizaje para helicópteros, un hospital provisional y gradas para los periodistas.

Ahora que los mineros estaban preparados para tratar con los medios de comunicación y brillaban como estrellas de televisión bajo el aura de la recién adquirida fama, comenzaron a llegar al Campamento Esperanza familiares lejanos. Llegaron tantos «familiares» desconocidos que cuando el periódico chileno *The Clinic* publicó un mapa del Campamento Esperanza, incluía una flecha señalando la sección llamada «Familiares», y una segunda flecha indicando el campamento de los «Supuestos familiares».

Los psicólogos del Campamento Esperanza comenzaron a preparar a las familias para los efectos desconocidos causados por el trauma. ¿Estarían los hombres alegres o apagados? ¿Jurarían amor eterno a sus esposas o les pedirían el divorcio inmediatamente? Y en el caso de Yonni Barrios, el médico oficial de allá abajo, ¿se quedaría con su amante, o con su mujer? Se sospechaba que muchos de los mineros sufrían depresión. ¿Cuáles podrían ser los efectos a largo plazo de semejante trauma?

Después de su larga batalla de un mes con los mineros, ahora Iturra ejercía más bien de animador y conserje. Evitaba enfrentamientos con los mineros y se volvió más diplomático, solucionaba los problemas familiares, entregaba mensajes y repetía el mantra de que estaban «un día más cerca del rescate», tratando de conseguir que los mineros permanecieran unidos el tiempo suficiente hasta que les sacaran de ahí.

Mientras Iturra se preocupaba por el débil estado de salud mental de sus hombres, Sougarret y su equipo se enfrentaban a enormes obstáculos.

Una nueva serie de contratiempos hizo que el Plan A se estancara. Aunque los técnicos se afanaron en cambiar lo más rápidamente posible los martillos y la cabeza de la broca, perdieron otros tres días. A pesar de que el Plan A estaba a menos de cien metros de los mineros, muy pocos ingenieros apostaban que el plan de rescate al que más bombo se le había dado fuera a ganar la carrera. La lenta pero segura operación original de perforación parecía que se quedaría con el tercer puesto, ya que los otros dos taladros habían demostrado ser más rápidos en las condiciones que se daban en la mina San José.

El Plan C también se enfrentó a un percance cuando una broca descontrolada desvió considerablemente a la perforadora de su camino. Con una broca más pequeña, los ingenieros idearon un plan para hacer una curva en el túnel y corregir la desviación, antes de continuar taladrando con la broca de mayor tamaño, que generaría un túnel lo suficientemente ancho para el Fénix. En total, se perdería casi una semana. Con todo, la velocidad del Plan C se veía ahora comprometida por la incapacidad de mantener la gigantesca perforadora en la dirección correcta.

Ahora todos apostaban por el Plan B, que el día 59 había alcanzado los 426 metros y parecía ser el equipo más fiable en aquella operación épica. Dado que el Plan A y el Plan B se enfrentaban a enormes desafíos, la decisión del presidente Piñera de usar tres máquinas con tecnología diferente había resultado ser todo un acierto.

XI

Últimos días

Día 62: miércoles, 6 de octubre

Con la perforadora Plan B a menos de 50 metros de distancia, los hombres oían los golpes y martilleos tan cercanos, que parecía que en cualquier momento la perforadora fuera a atravesar el techo del taller. ¿O sería aquél un nuevo fiasco? Los rumores invadían el túnel: la taladradora llegaría en un día. O en ocho.

Súbitamente, la comida se volvió menos importante para los mineros que su ración diaria de información. «A las nueve menos cuarto siempre se oía a alguien golpeando una lata a modo de campana y gritando: "¡Noticias en diez minutos. Noticias en diez minutos!"», recordaba Samuel Ávalos.

El informativo de las nueve de la noche era ahora el momento más importante del día. En su estudio subterráneo, sudando profusamente y vestidos únicamente con calzoncillos blancos y zapatos de suela de goma, los hombres se congregaban para observar y escuchar los últimos progresos. Las noticias del rescate de la mina eran el eje del informativo; los primeros veinte minutos estaban dedicados a la Operación San Lorenzo, la misión de rescate de la mina.

«Sabíamos lo que estaba ocurriendo minuto a minuto —explicó el minero Samuel Ávalos—. Seguíamos el rescate y empezamos a hacer cálculos sobre cuándo terminaría. Estábamos demasiado bien informados, lo que nos provocaba una gran ansiedad y ganas de gritar: "¡Acabemos con esto de una vez. Sáquenme ya de aquí!". Si no hubiésemos tenido tanta información, no habríamos sabido cuando se suponía que íbamos a salir».

Los responsables del rescate, incluyendo a Sougarret, se negaron a proporcionar a los mineros una fecha concreta. Golborne había ordenado prudencia y Sougarret estaba de acuerdo. Había muchas cosas que aún podían ir realmente mal. Al perforar el túnel las máquinas se habían desviado ligeramente del trazado en algunos momentos. Aunque después habían corregido la trayectoria, como resultado de ello el túnel tenía leves curvas y resaltes; ¿se atascaría la cápsula? Había una curva en particular, cerca del final del conducto, que preocupaba especialmente a los ingenieros. Los rumores en el puesto de mando apuntaban a que el Fénix pasaba muy justo por la sección en curva. Además era necesario calcular cuidadosamente la pequeña carga de dinamita que ampliaría el orificio por donde el Fénix debía atravesar el techo hasta el taller. Aquél era un tema que también provocaba noches de insomnio al equipo de rescate. Si la carga explosiva era demasiado grande, se arriesgaban a derrumbar el propio conducto. Por otra parte nadie podía prever cómo resistirían las paredes del túnel la fricción provocada por el roce de los múltiples viajes del Fénix. En pantalla el conducto parecía tan sólido como el mármol, pero no habría forma de saberlo hasta que la cápsula se pusiera en marcha. Otra terrible posibilidad era la eventualidad de un terremoto. Chile había sido el epicentro de dos de los cinco mayores terremotos del mundo, incluyendo el seísmo de febrero de 2010, que aún permanecía fresco en la memoria.

Y como bien sabía ahora el mundo entero, debido a la caótica extracción de oro y cobre, la totalidad de la ladera que rodeaba a la mina San José se hallaba en unas condiciones muy frágiles, era un caparazón vacío sostenido por los restos de la montaña. Los geólogos habían sido claros en su diagnóstico: la montaña era frágil.

Como parte del rescate Codelco había llenado la ladera de sensores capaces de medir el más ligero movimiento geológico. Si iba a producirse otro derrumbe, los ingenieros esperaban saberlo al menos con una breve antelación.

Pero para los hombres atrapados el mensaje resultaba contradictorio. El rescate era inminente, pero sin fecha concreta.

«Nadie podía dormir. Estábamos todos demasiado nerviosos —comentaba Ávalos al hablar de la creciente tensión—. Había mucho ruido de las máquinas que iban de un lado a otro. Todo el mundo estaba intranquilo. Anímicamente estábamos desesperados. Era mucho peor que los primeros días».

Un ejemplo del aumento de la tensión era el número de cigarrillos que se solicitaban desde abajo. En vez de nueve fumadores, ahora eran dieciocho. En vez de dos a cuatro cigarrillos por día, los hombres tenían, prácticamente, acceso ilimitado al tabaco. Cuando éste empezaba a escasear y los hombres acababan las provisiones, las tensiones afloraban. Faltaba poco para que llegaran a las manos.

Se les recetaron calmantes que fueron enviados abajo. Para algunos las drogas eran una ayuda para dormir. Para otros significaban un medio de rebajar el exceso de adrenalina. En algunos casos concretos las drogas suponían un radical intento de detener lo que parecía ser el principio de una leve psicosis. Aunque nunca se dio a conocer públicamente, en las reuniones privadas de médicos y enfermeros la salud mental de los mineros era descrita en términos de bipolaridad, conducta maníaco-depresiva y tendencias suicidas.

Para evitar el aumento de la ansiedad, los hombres inventaron una ingeniosa forma de distraerse. Puesto que para las operaciones de perforación necesitaba utilizarse una continua corriente de agua, los hombres idearon un sendero que, gracias a un tosco sistema de canales, reconducía el agua lejos del espacio en que vivían, hacia los niveles inferiores de la mina. Al principio el agua recogida no era más que una masa de fango prácticamente inservible como zona de baño. Los chicos se impregnaban de más barro del que podían quitarse. Sin embargo según fue avanzando el rescate y mejoraron los canales, el fondo de la mina comenzó a llenarse de agua. Al final la charca llego a medir 7 x 3 metros y más de un metro de profundidad. Hacia principios de octubre los hombres habían apodado a esa piscina La Playa, pues tenían suficiente agua para nadar y retozar. «Me hacía unos cuantos largos —contaba Mario Sepúlveda—. Lo pasábamos bomba».

Durante horas los mineros se recreaban en la piscina, flotando y riendo.

Pedro Cortez, un experto en conducir el Manitou, un camión minero con una plataforma hidráulica ajustable, llevaba el vehículo hasta la piscina, encendía los faros e iluminaba lo que resultaba ser una escena surrealista: media docena de hombres desnudos a 700 metros bajo tierra, divirtiéndose en una piscina.

Durante breves instantes los hombres olvidaban su tragedia. Contaban chistes, imaginaban una vida de libertad en la superficie y se prometían unos a otros no abandonar nunca su excepcional camaradería. Ninguno de ellos ponía en duda que sacrificaría su vida por el otro. Incluso las relaciones más tirantes tenían en el fondo un lazo fraternal. «Podía mirarle a los ojos y saber exactamente lo que estaba pensando; a veces ni siquiera necesitábamos hablar», contó Samuel Ávalos describiendo su conexión con Mario Sepúlveda.

Los hombres poseían una lealtad forjada sobre el agudo filo del hambre y la muerte. Habían sido condenados a morir juntos, no de forma súbita, sino a lo largo del agonizante curso de los días. «En aquel momento no hablábamos en grupo del canibalismo —aseguraba Richard Villarroel—. Después, en cambio, se hicieron muchos chistes».

Las bromas sobre comerse unos a otros suponían un reconocimiento imperceptible de lo cerca que habían estado de un espantoso y atroz final. El hecho de que afloraran poetas, promesas y corredores compulsivos, puede ser interpretado como los intentos desesperados de los mineros por recuperar su humanidad, por apartar la lúgubre sombra de la barbarie y la muerte y mantenerlas lo más lejos posible.

Día 63: jueves, 7 de octubre

Durante los dos meses de cautividad, los mineros acumularon una ingente cantidad de regalos, incluyendo fotos de mujeres desnudas, biblias en miniatura, cientos de cartas, ropa limpia y alguna chocolatina furtivamente enviada.

Cada hombre se creó su propio espacio para dormir, torpemente decorada. Fijando tela metálica a la pared rocosa, colgaban la bandera chilena, fotos de familiares, cartas y dibujos. «Me hice una zona propia con Dios y el Demonio —dijo Ávalos—. Tenía a Luli (una modelo chilena rubia y pechugona) con ese gran culo suyo y a la Madre Teresa de Calcuta. Son mis ídolos y me dieron fuerza». Mientras echaba un vistazo a su improvisada «habitación», Samuel Ávalos se dio cuenta de que estaba viviendo como una rata de alcantarilla. Sin muebles ni estantes, sus pertenencias se amontonaban en el suelo húmedo y rocoso del túnel.

Incluso en las profundidades de la mina, los ecos de su celebridad eran claramente apreciables. Con cada paloma llegaban ahora banderas y peticiones para que los treinta y tres hombres las firmaran y las devolvieran lo más rápido posible —banderas del club de fútbol de la Universidad Católica, del club de fútbol Cobresal, de Geotec (la compañía perforadora) y, sobre todo, docenas y docenas de banderas chilenas. Los hombres les complacían. Firmar autógrafos y sufrir calambres por escribir a 700 metros de profundidad era un leve presagio del enjambre de medios y de la fama que les esperaba allá arriba. Pero, en su inocencia, muchos de los hombres eran incapaces de entender el grado de fascinación que el mundo sentía por su mundo subterráneo.

Con la operación de perforación encarrilada los hombres comenzaron a creer en su traslado a la superficie. ¿Qué se llevarían con ellos? ¿Qué dejarían atrás? El tiempo —que había sido su eterno enemigo— se acababa. Había llegado el momento de hacer las maletas.

Con el paso de los días los mineros empezaron a invertir el sistema de entregas. Esta vez era un río de objetos el que subía en la paloma, una parafernalia aparentemente interminable, que incluía colecciones de piedras, diarios, banderas y camisetas de fútbol firmadas por las estrellas europeas, incluyendo al héroe español de la Copa del Mundo, el delantero David Villa, cuyo padre y abuelo eran mineros.

Al menos dos veces al día, en ocasiones con más frecuencia, a Luis Urzúa le informaban de los progresos, contratiempos y protocolo del rescate. La totalidad de la operación requería que los de abajo les facilitaran constantemente numerosos datos. A veces la petición era tan simple como que movieran una cámara para proporcionar una imagen a los planificadores del rescate que estaban arriba. En otras ocasiones exigían que los hombres pusieran el equipo pesado en un sitio determinado para reforzar un techo débil, o que cortaran la roca desprendida o repararan los daños del equipo de comunicaciones.

Los mineros empezaron a trasladar cientos de botellas de agua vacías, envoltorios de plástico de comida y equipos estropeados hasta una hondonada que habían horadado en el fondo de la mina. El suelo fangoso, los remolinos de polvo y la tierra levantada por las máquinas, hacían la limpieza imposible; aun así los hombres trataban de dejar las zonas que habitaban organizadas. «Era como salir de viaje —bromeaba Sepúlveda con los operarios del rescate—. Quieres dejar la casa bien limpia antes de marcharte».

Pero las tareas del hogar también incluían enfrentarse a la recién adquirida fama. Aunque Sepúlveda había resultado ser el perfecto anfitrión para grabar los vídeos allá abajo y había sido muy positivo para la moral del grupo, los hombres comenzaron a especular que, una vez arriba, necesitarían a alguien con unas aptitudes totalmente diferentes, a alguien más serio, más familiarizado con la jerga legal. «Tuve la oportunidad de hablar con Mario sobre la sensación del grupo de que intentaba hacerse cargo del espectáculo. Le dije: "Tienen razón. Debes quitarte de en medio. Estás tratando de ser la estrella. A lo mejor no te das cuenta, pero estás siempre, siempre, delante de la cámara" —comentaba Ávalos—. Era un secreto a voces que todos tenían ganas de partirle la cara».

El último viernes, todas esas preocupaciones se concretaron en una propuesta para votar a un nuevo portavoz. ¿Era Mario la persona adecuada para esa nueva etapa de frenesí mediático? Algunos de los hombres comenzaron a pensar en un hombre más tranquilo, una voz que sonara más oficial y madura. Cuando la idea ganó adeptos, se hizo necesario someterla a votación. Sepúlveda perdió. La tarea de portavoz oficial recayó en Juan Illanes, un hombre culto lleno de confianza, elocuencia y un ligero conocimiento de la propiedad intelectual y la ley. A Sepúlveda aquella decisión debió de sentarle como una bofetada, ya que era como si rechazaran su liderazgo. Inmediatamente se retrajo y empezó a dedicar sus energías a organizar su viaje en solitario hacia los medios de comunicación.

DÍA 65: SÁBADO, 9 DE OCTUBRE

Los operarios del rescate informaron a los hombres de que la perforadora estaba ya a menos de 10 metros del túnel. Sepúlveda les envió un mensaje: «Vamos a subir todos por el túnel para ver la taladradora. Cuando aparezca, vamos a bailar y celebrarlo toda la noche. Dígales que dejen de bajar las palomas. No habrá nadie para recibirlas».

La paloma de comida nunca quedaba desatendida. Hasta en los momentos de mayor tensión, los hombres se aseguraban de que aquello que les mantenía con vida estuviera bajo estricta vigilancia. Pero ahora habían decidido trasladarse unos 300 metros más arriba por los túneles, hasta el taller, donde la perforadora estaba a punto de aparecer.

Los hombres se congregaron con ansiosa expectación. Habían salido tantas cosas mal: brocas rotas, barrenas pérdidas, incluso el propio hundimiento en sí. Apenas podían creerlo. ¿Estaba su salvación tan cerca como parecía? El grupo se amontonó en el túnel, a 50 metros de donde esperaban que el taladro apareciera. Una mezcla de barro y agua cayó sobre la rampa.

Alex Vega empezó a escribir. Protegió el cuaderno de notas del agua que se filtraba y se dedicó a describir ese momento histórico, un relato minuto a minuto dirigido a su mujer. El remolino de polvo, el agudo sonido de los martillos golpeando, los escombros volando que inundaban el aire. Los mineros contemplaban absortos, como niños que aguardaran a que Papá Noel bajara por la chimenea. Mantenían la mirada fija mientras, empapados en sudor, con los cascos puestos y las manos cubiertas por gruesos guantes de trabajo, se preparaban para la misión final.

Había poco que pudieran hacer además de mirar. Pedro Cortez hablaba por teléfono con los ingenieros de arriba, proporcionándoles información puntual que era traducida y, después, transmitida a Jeff Hart, el perforador, que ajustaba la velocidad y la presión del taladro. Los cascotes que salían disparados y el estridente ruido impedía que se acercaran demasiado.

Los mineros escucharon cómo la perforadora reducía las revoluciones a medida que se acercaba. Entonces, el sonido se transformó en un chirrido de metal chocando contra metal, un arrítmico crujido que hizo rechinar los dientes de los hombres. Jeff Hart no tenía más solución que intentar perforar a través de él. A todo el mundo le vino a la mente el incidente previo en el que el martillo se había partido, provocando cuatro días de retraso.

La perforación se reinició y de nuevo el taladro se atascó. Otra vez sonó el chirrido. Los pernos metálicos del techo del interior de la cueva se enredaron en la cabeza del martillo. Pedro Cortez mantuvo el contacto telefónico con los ingenieros de arriba. Éstos le explicaron que la perforadora se hallaba a menos de un metro de distancia.

Arriba Jeff Hart aminoró un poco la velocidad de la taladradora. Si avanzaba demasiado rápido, la máquina pasaría directamente a través del techo y se quedaría atascada; desviarse lo más mínimo podría destrozar las secciones más frágiles del túnel. Los últimos centímetros fueron horadados a conciencia. Con Sougarret, Golborne y una creciente multitud de técnicos del rescate, además de las autoridades del Gobierno apiñadas alrededor, Hart se detuvo repetidas veces para comprobar las imágenes retransmitidas por la cámara de abajo. Como un controlador aéreo guiando un vacilante vuelo, los mineros rezaron por la aparición con éxito de la perforadora.

Bajo tierra el sonido era ensordecedor. Incluso con tapones y una segunda capa de protección en forma de auriculares, el rugido de la perforadora masticando y demoliendo la piedra era dolorosamente estridente. Esta vez la perforadora pudo con los pernos y, a las ocho de la mañana, consiguió abrirse paso.

Cuando la punta de la perforadora apareció a través del techo del taller, una enorme nube de polvo inundó la cueva. Muchos de los hombres revivieron el primer derrumbe cuando el polvo cegó su visión. Esta vez, sin embargo, la tormenta de polvo era un maravilloso augurio de libertad. Los mineros se abrazaron dando gritos de alegría.

Entonces la noticia llegó de abajo: ¡la perforadora lo había conseguido! A los operarios del Plan B les costó asimilar que la misión había sido completada. Golborne y Sougarret empezaron abrazarse. A continuación se escuchó el estallido de una botella de champán al descorcharse. La bocina de un camión rugió. Y, finalmente, la plataforma del Plan B se llenó de abrazos y saltos de operarios con casco. Los hombres se abrazaban pasando los brazos alrededor de los hombros del de al lado. Bailaban en círculos. Una cacofonía de bocinas, campanas y gritos inundó el valle. Después de dos meses, el túnel de rescate había llegado hasta los hombres.

Hart empezó a recoger sus cosas rápidamente. Su trabajo había terminado. Ahora era el momento de dejar que los chilenos se hicieran cargo de todo. Deambulando por el Campamento Esperanza, con su mono de trabajo lleno de manchas de grasa, contemplaba maravillado el orificio que había perforado hasta el remoto refugio de los mineros atrapados. Parecía desorientado por su repentina condición de famoso. Las mujeres lo abrazaban; los reporteros se empujaban y lo agarraban para grabar cada una de sus palabras. Y, sin embargo, Hart se sentía incapaz de explicar cuál era su habilidad. Con una expresión que decía: «Nunca lo entenderíais», miraba a los reporteros y declaraba: «Soy perforador. Si no se es perforador, no se puede entender. Es una vibración que aflora desde el suelo. Lo siento en los pies, y entonces sé donde está la broca». De haberse desviado 50 centímetros, la perforadora de Hart no habría encontrado el túnel. Había dado en el blanco. Igual que un francotirador de larga distancia, había estado impecable.

Hart describió con detalle cómo los últimos momentos de la operación de perforación se habían llevado a cabo conjuntamente con los mineros de allá abajo, que le daban indicaciones como si fuera una retransmisión en directo. Al preguntarle qué pensaba decirles a los mineros, Hart sonrió y contestó: «Hace dos días les mandamos un mensaje: "Llegaremos hasta ahí". Ahora les diría: "¡Seguidnos!"».

El Campamento Esperanza estalló de júbilo. Los participantes en el rescate, todavía con los cascos puestos, iban de tienda en tienda abrazando a las familias. Los parientes de los mineros atrapados daban ahora rienda suelta a su esperanza. «Le mando tranquilidad y consuelo. Lo peor ha pasado», deseó Alonso Gallardo, de 34 años, sobrino del minero atrapado Mario Gómez.

«Vamos a celebrar una gran fiesta en el barrio —aseguraba Daniel Sanderson, de 27 años, que había dormido tan sólo una hora durante la noche, mientras aguardaba el destino de sus dos mejores amigos que se hallaban atrapados. Sanderson, que también trabajaba en la mina San José explicó que, a pesar de los peligros y del enorme trauma de quedarse atrapados bajo tierra durante semanas, sus amigos continuarían trabajando como mineros—. Ya me han escrito diciendo que piensan buscar trabajo en nuevos yacimientos. Todos somos mineros».

«Esto es para todos —anunciaba Juan González, de 39 años, mientras descargaba las cuarenta cajas de aguacates frescos en la tienda de su familia dentro del Campamento Esperanza—. Yo sólo quiero abrazarlos —comentaba refiriéndose a Renán y Florencio Ávalos, sus dos hermanos atrapados—. Les diría que estuvieran tranquilos, que todos les estamos esperando aquí».

«Da igual que sea el martes, el miércoles o jueves —declaró el presidente Sebastián Piñera—. Lo que importa es rescatarlos con vida y rescatarlos sanos y salvos. Y para ello no vamos a escatimar esfuerzos». Lo que Piñera no especificó fue si ese plan de rescate incluía también recubrir por entero el conducto con tubería metálica o tan sólo algunas partes de éste. La tubería se había considerado durante casi todo el tiempo una parte esencial de la operación de rescate, una garantía de que las paredes del conducto estarían lo suficientemente lisas para proporcionar el tránsito ininterrumpido y fácil de las ruedas del Fénix por él. Ahora, la instalación de tubería estaba siendo reconsiderada. Los ingenieros temían que los leves desvíos y curvas del conducto pudieran complicar su colocación. ¿Qué sucedería si un solo segmento cedía y se quedaba atascado? ¿Era arriesgado revestirlo o no? Ésa era la pregunta.

El ministro Golborne había recomendado precaución. «Éste es un logro importante, pero todavía no hemos rescatado a nadie. El rescate no terminará hasta que la última persona haya abandonado la mina».

Incluso mientras hablaba, los miembros de las familias congregados alrededor de las brasas de las hogueras desayunaban entre grandes sonrisas y compartían café y abrazos con desconocidos. Cientos de periodistas extranjeros se habían apresurado a dar la noticia de que los 33 habían dado un paso más hacia su libertad.

Bajo tierra, en el fondo de la mina, Claudio Yáñez fotografió el conducto de rescate, aunque resultara imposible divisar más allá de unos pocos metros, antes del que la oscuridad se tragara cada detalle. Junto con Samuel Ávalos, grabaron un vídeo doméstico subiendo la cámara por el conducto, como si, simplemente con el esfuerzo y un poco de imaginación, pudieran trasladarse instantáneamente a aquel mundo perdido de allá arriba. El conducto de rescate tenía 72 centímetros de ancho, un espacio lo suficientemente grande para dejar pasar una agradable corriente de aire frío por el túnel. Los hombres se maravillaron ante el placer del aire casi fresco y frío. El conducto actuaba como un primitivo sistema de aire acondicionado. Los hombres no podían saber que el mismo orificio de rescate que estaba tan cerca de ponerles a salvo, era también una trampa mortal.

El aire frío que se filtraba al interior cambió la temperatura interior de la frágil mina y el descenso provocó que las paredes de la montaña se contrajeran. El brusco cambio en la temperatura, tan agradable para los hombres, tuvo el efecto de desestabilizar la mina entera.

Día 66: domingo, 10 de octubre

Los hombres se sentían más atrapados que nunca. El tiempo parecía haberse detenido. Sin sol, sin amanecer, sin posibilidades de medir el tiempo, se preguntaban constantemente unos a otros si ya era de día.

Entonces a las seis de la mañana la temprana paz matinal fue interrumpida primero por un enorme y estruendoso rugido, seguido de otro y otro más. «Richard (Villarroel) me dio una patada en los pies y me despertó. Dijo que la montaña venía a por nosotros —recordaba Samuel Ávalos—. Pensé que estábamos perdidos. Toda esta mole se está derrumbando. Si lo hace, estamos listos. Nunca me rendí, pero aun así tenía mis dudas. La montaña entera era tan inestable que podía pasar cualquier cosa. Hasta ahí habíamos llegado. No se acababa nunca. ¡Pum! ¡Pum! ¡Pum! ¡Pum, pum, pum! Seguía explotando».

Luis Urzúa llamó a Sougarret. «La montaña está crujiendo, haciendo un montón de ruido», informó Urzúa quien, junto con el resto de los hombres, se sentía cada vez más inquieto a medida que el polvo y un extraño viento entraban a través de los túneles. Sougarret intentó tranquilizarles, explicando que el derrumbe había tenido lugar muy lejos de ellos, que no corrían ningún peligro directo.

Cuando Samuel Ávalos escuchó el desplome de la montaña, tuvo la convicción de que aquél era el acto final, que todo el tiempo que llevaban atrapados no había sido más que un inevitable camino hacia la muerte. Ávalos estaba seguro de que la mina se vendría abajo, de que era un ser vivo lleno de venganza y decidido a atrapar a los hombres entre sus entrañas.

Omar Reygadas, un minero de 56 años líder sindical, estaba convencido de que el crujido y la explosión de roca eran un mensaje del cielo. En sus oídos esa cacofonía de chasquidos y rugidos furiosos mientras las piedras se desprendían no era otra cosa que la voz de Dios. «Soy cristiano. Pensé que era una advertencia, que Dios había hecho un milagro para nosotros y que teníamos que seguir creyendo en él. Darle gracias por darnos la vida y gracias por dejarnos salir. La montaña estaba explotando. Teníamos promesas que cumplir y habíamos jurado que íbamos a ser mejores personas, y creo que la montaña estaba recordándonos que mantuviéramos nuestra palabra». Otros decían: «La mina no quiere que nos vayamos. La mina no quiere dejar salir a un solo minero».

Richard Villarroel permaneció tranquilo. Continuó tumbado en su lecho, reuniendo fuerzas para el viaje de ascenso, confiado en que ahora nada podría detenerles. Estaba decidido a ver cómo su mujer daba a luz a su hijo Richard Jr. Faltaban menos de dos semanas para la fecha prevista. Habiendo sobrevivido al derrumbe, al hambre, al calor y la humedad, Villarroel se sentía invencible. Ni siquiera los numerosos chasquidos y rugidos de la montaña podían alterar su sensación de que el destino le había llevado tan lejos porque iba a sobrevivir.

Por la tarde, los rugidos se redujeron hasta cesar por completo. Pero incluso el silencio era un aterrador recordatorio de que la montaña sólo estaba tomándose un respiro.

Pocos hombres durmieron esa noche.

XII

Últimos preparativos

Los mineros empezaron a prepararse para la llegada de la cápsula. Los focos acotaban la zona, haciendo que esa sección del taller pareciera un escenario en miniatura. El conducto en sí mismo era, a la vez, insignificante y milagroso. A primera vista, el túnel de rescate era apenas visible, tan sólo otro borrón oscuro entre los pliegues y los desiguales cortes geométricos del techo. Pero los hombres visitaban el orificio como un altar sagrado, haciendo peregrinaciones diarias, e incluso, a veces, a cada hora. Esta sección de la galería se hallaba muy por encima de la zona que habían acondicionado para vivir, y solía estar vacía. Con la perforación completada, el silencio inundó el aire y el único sonido perceptible era el de las gotas de agua que caían incansablemente al suelo.

Los hombres charlaban nerviosos, fumaban e intentaban hacer que el tiempo pasara más rápido. Discutían sobre su pacto: un voto de silencio. Todos y cada uno de los hombres habían prometido no hablar sobre los detalles de su vida allá abajo. Todos y cada uno de los mineros habían prometido no criticar a ningún otro. Eran libres para hablar sobre su propia experiencia, pero no para compartir con los medios ningún detalle sobre sus, en ocasiones, difíciles relaciones. Eso, habían decidido, se lo guardarían para su película colectiva.

Franklin Lobos había encabezado las discusiones. Lobos recordó a todos que debían mantenerse unidos. Pretendía crear una fundación sin ánimo de lucro que divulgara, de modo elogioso, los logros de los hombres, hiciera de su supervivencia un ejemplo y tuviera una sede en un museo dedicado a su drama. Todos los beneficios de la película con la que soñaban, serían divididos en treinta y tres partes, asegurando que cada uno se beneficiara de su explotación en los medios. Conocido más tarde como el «pacto de secretismo», el acuerdo estaba pensado para proteger su privacidad y ocultar incidentes embarazosos; corrían abundantes rumores de que los hombres habían tenido relaciones homosexuales, abusado de drogas blandas y participado en peleas ocasionales. Pero el meollo del pacto era, sobre todo, económico. Los hombres veían su experiencia como un sufrimiento colectivo que exigía que las ganancias se dividieran equitativamente. El pacto no sobreviviría ni siquiera a las primeras veinticuatro horas.

Mientras las últimas horas críticas transcurrían lentamente, los mineros solicitaban más y más cigarrillos.

«Éste no es un programa para dejar de fumar —dijo el doctor Romagnoli, mientras llenaba la paloma con paquetes de cigarrillos. Al preguntarle por la ironía de que un facultativo enviara provisiones de cigarrillos a sus pacientes, Romagnoli insistía—: Ésta es una misión de rescate. No me siento capaz de quitarles los cigarrillos». Los mineros estaban nerviosos pero con buen ánimo y le pidieron a Romagnoli que les bajara pisco, ron y refrescos para mezclar.

Asimismo, se les envío ropa especial para el agua. Unos monos de trabajo verdes, hechos a medida para cada hombre con tejido importado de Japón, fueron enrollados y enviados abajo en la paloma, junto con calcetines limpios, vitaminas y un par de gafas de sol negras Oakley Radar.

Una muestra significativa de la humildad de los hombres, fue que pidieran abrillantador para el calzado. Habían vivido como animales durante semanas. Bacterias y hongos habían invadido sus vidas, colonizando su piel. Ahora, con el mundo observándoles, los hombres querían recuperar el nivel más elemental de dignidad humana: una cara fresca, el pelo limpio y unos zapatos brillantes.

Aunque se esperaba que fueran liberados de noche, las gafas de sol servirían para protegerles los ojos del resplandor de los focos que ahora rodeaban la zona de rescate. Las familias de los mineros expresaron su temor ante otro tipo de focos diferentes, refiriéndose al bombardeo de *flashes* de la prensa. En un sondeo realizado por el periódico chileno *La Tercera*, publicaban que las familias confesaban estar más preocupadas por la «sobreexposición» a los medios que por la salud psicológica y física de los hombres.

En la plataforma de la paloma, en la ladera de la colina sobre la mina San José, la doctora Liliana Devia ensayaba el protocolo de evacuación, desplegando sobre una mesa un boceto del hospital de campaña. Luego movía piezas de colores de Lego mientras describía el plan médico, como un general del ejército preparando sus tropas para la batalla.

«Ésta es la primera vez en semanas que los mineros van a estar totalmente solos», observó el doctor Mañalich, el comunicativo ministro de Salud chileno, que temía que los mineros estuvieran tan nerviosos que sufrieran ataques de pánico durante el ascenso.

Después de numerosos días ensayando dentro del Fénix, uno de los grupos de rescate acabó por convencerse de que la cápsula experimental era segura, sólida y, aunque ligeramente estrecha, no especialmente incómoda. La idea de tener que observar una monótona pared de roca deslizándose ante la vista durante quince minutos, era suficiente para provocar que hasta el más experimentado marinero sufriera mareos. Aconsejarían a los hombres que cerraran los ojos si era necesario. Gracias al doctor Romagnoli y a un sofisticado equipo de transmisión sin cable que reconocía las señales vitales, si alguno de los mineros sufría un ataque de pánico, los indicadores saltarían en el ordenador y Pedro Gallo, u otro médico, tratarían de calmar al minero.

Las múltiples peticiones de los mineros solicitando algunas bandas sonoras específicas o canciones para el ascenso, ayudaron a calmar el temor de que los hombres fueran incapaces de controlar su solitario viaje de quince minutos. Víctor Zamora solicitó poder escuchar la canción de Bob Marley «Buffalo Soldier» atronando en la cápsula mientras ascendía.

Si todo iba de acuerdo con lo planeado, los hombres serían liberados en intervalos de noventa minutos cada uno, un duro maratón de dos días en el que, la ya débil resistencia del equipo entero, sería puesta a prueba.

El hospital de Copiapó, al que los hombres serían trasladados en helicóptero, se estaba preparando para un asedio. Se habían erigido barreras de seguridad y los vecinos hacían su agosto alquilando destartalados patios traseros a equipos de televisión vía satélite y emisoras de radio de todo el mundo. Las ventanas de dos pabellones habían sido cubiertas, instalándose tupidas cortinas para proteger los ojos sensibles de los hombres, no sólo de la luz del sol, sino también de la invasión de teleobjetivos.

Las autoridades imploraban a los medios para que permitieran que los hombres pasaran un tiempo a solas con sus seres queridos, pero dado el interés de la historia y la intensa competición para obtener las primeras entrevistas, pocos reporteros parecían dispuestos a cumplirlo. Además de las historias de supuestas actividades homosexuales y consumo de drogas en la mina, se esperaba interrogar a los mineros sobre su a menudo complicada vida hogareña en la superficie. La combinación de amantes, mujeres y el reciente descubrimiento de la existencia de un bebé extra matrimonial convertía la llegada en cualquier cosa menos en algo relajado. «Estaba esperando a que nos preguntaran quiénes querían subir —dijo Sepúlveda—. Creo que al menos diez de nosotros hubiéramos escogido seguir abajo».

En el centro de Copiapó, a menos de dos kilómetros del hospital, cientos de mineros protestaban y se manifestaban, cortando el tráfico. Eran trabajadores de San Esteban Primera, la propietaria de la mina San José, varias minas locales más y de plantas procesadoras. Mientras la prensa y las demandas judiciales se centraban en los treinta y tres mineros atrapados, otros doscientos cincuenta trabajadores estaban sin trabajo, olvidados de la atención pública. Se manifestaban exigiendo el cobro de sus salarios y que se les facilitaran los papeles en regla para poder buscar nuevos trabajos.

Tocando bocinas y portando una pancarta en la que podía leerse: «Los treinta y tres están bien, los demás están abandonados», los hombres trataban de desviar la atención de las enormes consecuencias del derrumbe de San José.

«No conseguirán viajes intercontinentales, regalos, invitaciones a programas de televisión, entrevistas exclusivas o un tratamiento especial», rezaba un editorial del periódico local *El Atacameño*. «Ellos y sus familias sólo están esperando poder volver a su vida normal y conseguir trabajos dignos que les ayuden a seguir adelante».

Incluso mientras los mineros en paro marchaban por las calles, las esposas de los hombres atrapados estaban siendo preparadas para su aparición ante las cámaras. El alcalde de Copiapó, Maglio Cicardini, había organizado tratamientos gratuitos de belleza para las mujeres.

«Decidí que debían tener sesiones de belleza —explicaba el flamante alcalde cuando las mujeres salieron de la sesión. Cicardini afirmaba—: Están todas tan bonitas y espectaculares que dudo mucho que incluso sus propios maridos las reconozcan».

Arriba, en la mina, la montaña al completo estaba en alerta total. Cientos de operarios del equipo de rescate se preparaban para realizar trabajos de todo tipo. Las fuerzas aéreas chilenas tenían en alerta a los pilotos de los helicópteros. En el hospital de campaña, veinticuatro médicos estaban de guardia. Un plantel de enfermeras y personal sanitario, estaban encargados de los aparatos de medir la presión sanguínea, de suministrar glucosa y de llevar a cabo una concienzuda y completa exploración física de los hombres.

Seis centros de mando diferentes habían sido aprovisionados con el personal necesario: desde controladores de tráfico aéreo hasta un equipo de cirujanos. La policía de Investigaciones (PDI) tenía un equipo dispuesto para tomar las huellas y fotografiar a los mineros, tan pronto como fueran rescatados. «La idea es comprobar que los hombres que están dentro de la mina son, en efecto, los mismos nombres que todos hemos asumido», explicó Óscar Miranda, el inspector de policía.

La policía patrullaba a caballo, en motocicleta o a pie, batiendo las colinas en busca de periodistas infiltrados. Las transmisiones de radio del Gobierno se limitaban solamente a información esencial; durante las últimas semanas, se había vivido con el temor de que los reporteros consiguieran interceptar esas comunicaciones.

El doctor Romagnoli estaba observando la pantalla de un ordenador que reproducía en tiempo real los datos con los signos vitales de los hombres. Podía ver cómo aumentaba su presión arterial y los latidos del corazón. Él fue quien, literalmente, mantuvo el pulso de la operación. Mario Gómez tenía problemas respiratorios, su silicosis se había exacerbado por el estrés del inminente rescate. Sepúlveda no se había tomado la medicación para mantener su excitación bajo control y estaba más acelerado que nunca. Osman Araya estaba rugiendo de dolor a causa de su infección bucal. Se advirtió a todos los mineros que debían dejar de comer ocho horas antes de que comenzara el rescate; al igual que los pacientes antes de una operación quirúrgica, se esperaba que siguieran al pie de la letra las indicaciones médicas.

Yonni Barrios ya no estaba de guardia. El estrés del confinamiento había logrado, finalmente, resquebrajar su habilidad para tratar a los demás. De hecho su vida en la superficie se había complicado mucho por la enorme difusión que había tenido la batalla entre su mujer y su amante, las cuales se turnaban para machacarse mutuamente en la prensa o destruir el altar y las fotografías dejadas por la otra. Para Yonni la situación era agotadora. Ya no tenía fuerzas para controlar la salud de los mineros y distribuir la medicación.

A las tres de la tarde a los hombres sólo les quedaba una última labor por completar antes de que el rescate pudiera proseguir: una última carga de dinamita.

La cápsula de rescate era tan ancha que no podría descender lo suficiente para que los hombres pudieran subirse en ella, ya que se quedaba atascada contra una de las paredes. Se pidió a los mineros que colocaran explosivos para hacer volar esa sección de la sólida pared de piedra. Para el experimentado *cargador de tiro* (maestro en explosivos) la orden era pura rutina, apenas diferente de la del recepcionista de una oficina al que se le encarga distribuir las montañas de cartas.

Mineros entrenados en el uso y trasporte de explosivos cargaron cuidadosamente la paloma con detonadores y suficientes explosivos para hacer estallar las toneladas de roca que impedían que la cápsula de rescate llegara hasta el final del conducto. Los hombres ya habían hecho explotar varias cargas durante su confinamiento —tanto para enviar mensajes de socorro durante las caóticas primeras horas tras quedar atrapados, como para operaciones de ingeniería más sofisticadas durante las siguientes semanas—. El Gobierno de Piñera negó públicamente cualquier información sobre las repetidas detonaciones, en un esfuerzo por limitar las preguntas sobre el escenario del rescate y calmar la ya frágil paciencia de los desesperados familiares.

Una vez que hubieran reunido y guardado los explosivos abajo, los mineros tenían que perforar agujeros para introducir la dinamita en las paredes de roca. En la paloma que les llevaba oxígeno y agua, Pablo Rojas recibió una bombona con aire comprimido que Víctor Segovia conectó a un taladro de compresión. Segovia se quedó sorprendido de la facilidad con que el improvisado taladro se hundía en la sólida roca. Segovia perforaba y Rojas rellenaba los seis orificios con cartuchos de dinamita. Un único detonador unía los explosivos.

Con Urzúa y Florencio Ávalos supervisando la maniobra, el resto de los mineros se congregaron en la seguridad del refugio —lo que constituía el procedimiento estándar cada vez que «se detonaban barrenos»—. Rojas prendió el detonador y se apelotonaron en la seguridad del refugio. Quince minutos más tarde un corto chasquido señaló que la explosión había terminado. Los mineros salieron rápidamente a comprobar los resultados. Cuando la nube de polvo se asentó, sonrieron. Los explosivos habían volado la sección de roca de la pared. Ahora, cuando la cápsula bajara, no se atascaría contra el muro.

Los mineros empezaron a apilar el escombro y los restos para crear la imprescindible plataforma de aterrizaje. La idea era que la cápsula descendiera hasta posarse en el suelo, sin que su parte superior saliera totalmente del orificio. Sólo hacía falta abrir la puerta, atarse dentro e, inmediatamente, ser arrastrado hacia arriba sin preocuparse por el balanceo de la cápsula. Utilizando maquinaria pesada, los mineros apartaron los escombros y prepararon la plataforma de aterrizaje.

Mientras los emocionados hombres se reunían en la plataforma, la montaña, una vez más, comenzó a agitarse. La dinamita no sólo había volado una porción del muro, sino que había enviado una rápida y aguda vibración a través del túnel. Esa vibración había provocado un desprendimiento de piedras que empezó como una llovizna y acabó en un rugido de piedras deslizándose por el túnel. El nivel más bajo, donde estaba la piscina, se derrumbó. Algunos bloques de piedra entre refugio y el taller también cedieron, vertiendo un río de piedras sobre la avenida principal. La montaña había comenzado a llorar.

Los hombres se pusieron los cascos. Nadie estaba seguro de si aquello era un breve quejido o si toda la montaña empezaría a gemir y a bombardearles con sus lágrimas mortales.

Luis Urzúa estaba planeando su último día abajo. Como jefe de turno había quedado eclipsado en la mayoría de las tomas de decisiones diarias. Su carisma no podía considerarse en el mismo nivel que el de Sepúlveda. Y, sin embargo, aún tenía un poder y una dignidad basados en la jerarquía de la cultura minera, que exigía respetar al jefe de turno. Los hombres aceptaron que Urzúa fuera el último hombre en dejar el túnel, como el capitán de un barco que primero debe atender a la seguridad de su tripulación y después salvarse él mismo.

En una breve conversación con el periódico *The Guardian* ese lunes, Urzúa concedió su primera entrevista desde que la tragedia se produjera. «Estábamos en una situación de nuestras vidas que no habíamos planeado y que espero no vuelva a repetirse, pero así es la vida del minero —declaraba. Al preguntarle por los peligros de la mina San José Urzúa contestó—: Siempre decimos que cuando entras en una mina hay que saludarla, pedirle permiso para entrar y respetarla. Con eso, esperas que te deje salir de ella».

Día 68: martes, 12 de octubre

A las siete de la mañana el interior del refugio parecía un campamento de refugiados. Había ropa esparcida por todos lados y filas de hombres retorciéndose nerviosamente y revolviéndose en sus catres. Prácticamente desnudos, vistiendo sólo los calzoncillos, los hombres se estiraron, tapándose los ojos para protegerse de la luz. Los catres estaban tan apiñados que, si un hombre estiraba los brazos, podía tocar a sus compañeros de ambos lados.

Tras horas de nerviosos paseos y de jugar a las cartas, muchos de los hombres finalmente habían caído rendidos de sueño. Carlos Bugueño y Pedro Cortez leían el periódico con las linternas, matando el tiempo y tratando de aplacar la expectación. Víctor Zamora soltaba bromas y exploraba la húmeda cueva.

La música de costumbre había sido apagada. El incesante ruido de perforación de los últimos meses, por fin, había terminado. Por primera vez en toda su odisea, el silencio era un bienvenido compañero.

Con el rescate programado para las próximas veinticuatro horas, el mundo temblaba de ansiedad. En el Campamento Esperanza la única calle estaba acordonada con barreras en un intento fallido de mantenerla libre de periodistas.

Además de los omnipresentes habituales, a los miembros de la prensa se había sumado ahora un grupo de bellas presentadoras de televisión. Posaban como pavos reales sobre los salientes de la roca, relatando la historia a millones de espectadores de todo el mundo. De dónde habían salido, continuaba siendo un misterio. ¿Acaso habían aterrizado en paracaídas durante la noche? Durante meses, el personal de prensa del Campamento Esperanza había sido un desaliñado grupo mayoritariamente masculino. Con la escasez de duchas y el abundante polvo, el estilo de ropa abarcaba desde los modelitos militares hasta las prendas de montaña más informales. Ahora había llegado una especie totalmente distinta, representada por la locutora de la NBC Natalie Morales, que se pavoneaba por los alrededores con sus medidas de modelo, sus dientes resplandecientes y su cabello perfecto.

En el Campamento Esperanza empezaron a hacerse apuestas: ¿Qué minero sería el primero en vender su historia a un periódico? Los rumores apuntaban a que un periódico alemán había ofrecido 40.000 euros y que uno de los mineros atrapados ya había firmado el contrato. Las familias empezaron a tentar a la prensa con ofertas de fotografías en exclusiva y películas rodadas bajo tierra.

Durante semanas Luis Urzúa había estado quejándose sobre el gran número de cámaras que circulaban por allí abajo. «Mi esposo me contó en una carta que todo lo que se cargaba en las palomas estaba siendo inspeccionado y que debería tener cuidado. Así fue como se me ocurrió meter la cámara dentro de un par de calcetines —contaba una de las mujeres al periódico chileno *The Clinic*—. Las fotografías van a ser muy útiles como evidencia en caso de cualquier acuerdo legal para los atrapados. Ahora cada vez que nos mandamos cartas y mencionamos la cámara, hablamos en clave y la llamamos "el juguete"».

Para Carolina Lobos la presión de los medios era insoportable. Había caído en sus redes al principio del drama, concediendo numerosas entrevistas e incluso apareciendo en *Quién quiere ser millonario*. Había ganado 18.000 euros en ese concurso. Ahora estaba desaparecida.

«Mi padre fue un famoso jugador de fútbol, pero ahora es minero. Él conoce la doble cara de salir en las noticias. Puede que sea un héroe, pero yo no quiero ver a la prensa. Sólo quiero desaparecer —decía Lobos, que estaba planeando una discreta escapada con su padre y su familia—. Está muy disgustado con el cariz mediático que ha tomado todo. Lo que ha vivido ha sido traumático y todo esto no hace más que distraer de la verdadera misión, el rescate. Mi padre nunca pierde la compostura. Siempre ha tenido claro que esto era un accidente, no un espectáculo».

Aunque el rescate estaba fijado para que comenzara en menos de doce horas, la cápsula Fénix permanecía por el momento apoyada en el suelo del taller, situado en lo alto de la colina. Los trabajadores habían destripado los mecanismos, los circuitos electrónicos internos y estaban instalando una cámara en el techo, después de haber comprendido, en el último momento, que la cápsula no tenía ningún sistema para grabar a lo largo del conducto. En caso de que las rocas empezaran a desprenderse o de que las paredes del orificio se derrumbaran, era vital tener la posibilidad de monitorizar la situación.

Cinco técnicos, guiados por Pedro Gallo, inspeccionaban las ruedas retráctiles de la cápsula, el intercomunicador de audio y la nueva cámara. La cápsula se parecía más que nunca a un prototipo. ¿Estaría lista para el inicio del rescate a las once de la noche? Nadie se atrevía a preguntarlo.

A primera hora de la tarde los mineros plantearon un importante obstáculo a los planes de celebración. Desde abajo llegaban señales de rebelión. Los 33 habían decidido boicotear el vuelo del helicóptero a Copiapó. Estaban discutiendo sobre escoger otro escenario: todos se reunirían en el hospital de campaña. Nadie volaría para ponerse a salvo hasta que todos estuvieran reunidos en el lugar del rescate. Nuevos rumores surgían. Los hombres exigían caminar colina abajo, juntos y triunfantes; habiendo entrado juntos en la mina, juntos debían dejarla.

Los equipos médicos y psicológicos se apresuraron a disuadir a los mineros. Aunque la salud de cada uno de ellos parecía razonablemente estable, existían muchas dudas sobre permitir que los hombres emergieran a la superficie después de diez semanas y caminaran hacia el horizonte. ¿Qué sucedería si tenían persistentes problemas de salud que hubieran sido subestimados en el diagnóstico o no diagnosticados en absoluto? ¿Era responsable permitir que los hombres obtuvieran ese comprensible, pero caprichoso deseo? El hospital de campaña había sido levantado con una capacidad para atender a dieciséis hombres. No había sitio para treinta y tres.

La compañía aseguradora ACHS empezó a consultar frenéticamente a sus abogados. ¿Podía amenazar a los mineros con la suspensión del seguro de salud y el de compensación por su trabajo? La respuesta fue negativa. Alejandro Pino, el director y coordinador logístico de la aseguradora, comenzó a reunir una flota de ambulancias. En caso de que los hombres tuvieran éxito en su boicot de los helicópteros, quería tener su propio Plan B preparado.

Iturra, el psicólogo, tuvo su última conversación pacífica con los hombres. Habló para aplacar a los líderes y animarles a mantener a los hombres ocupados. Sugirió que se echaran una siesta. Sería la última vez que ignorarían su consejo.

Una vez que los últimos ajustes del Fénix fueron completados, la cápsula fue cargada con 80 kilos de arena y luego se la hizo recorrer el conducto en ambos sentidos. Descenso en diez minutos. Ascenso en otros diez. La operación del Fénix fue tan fácil que en lugar de las cuarenta y ocho horas previstas, ahora parecía posible completar el rescate en la mitad de tiempo.

A las siete de la tarde el líder chileno de los rescatadores, André Sougarret, envió un mensaje por Twitter diciendo que los hombres «habían pasado su última noche bajo tierra». El presidente chileno, Sebastián Piñera, apenas podía contener su entusiasmo mientras anunciaba el inminente rescate de los treinta y tres mineros atrapados. Habían transcurrido dos meses desde que uno de los mineros implorase al presidente Piñera a través de una improvisada línea de teléfono: «Sáquenos de este infierno». Ahora el presidente había llevado aquel drama hasta la fama mundial, ensalzando el potencial de subir en las encuestas, siempre y cuando el plan tuviera éxito.

Una audiencia mundial empezó la cuenta atrás conjunta para un intento de rescate nunca visto: bajarían el Fénix hasta casi 700 metros de profundidad, atarían a los hombres uno a uno y luego los subirían por medio de un cabestrante austriaco de alta tecnología —con el mejor cable alemán— que haría ascender a los hombres hasta la libertad.

Después de casi diez semanas en el fondo de una mina de cobre y oro derrumbada, los hombres sólo tenían que enfrentarse a un único y último reto: montarse en la cápsula de rescate con forma de bala y subir a través de las diversas curvas y salientes para escapar de aquella prisión subterránea.

«Hay gente a favor de que sea Mario Sepúlveda el primero —comentaba el psicólogo Iturra a la prensa unos días antes—. Sugieren que Sepúlveda narre el ascenso de cada uno de sus compañeros o, al menos, de algunos de ellos. Pero le he dicho a Mario que recuerde que va llegar muy cansado y que, si sale demasiado en la prensa, el precio que puede cobrar como famoso descenderá».

El Gobierno chileno decidió que Mario fuera el segundo en subir. Era claramente el más famoso, pero en caso de que surgiera algún problema, el excitable Sepúlveda no era el mejor candidato para llegar primero. En su lugar el capataz Florencio Ávalos, que mostraba una insólita combinación de inteligencia callejera, resistencia física y experiencia en la mina, sería el primero de los treinta y tres mineros atrapados en ser sacado.

El equipo de rescate, liderado por el hiperactivo presidente Piñera, eligió a Ávalos pensando que si algo salía mal, se esperaba que éste mantuviera la calma y pasara la información al centro de control que coordinaba a los cientos de hombres y mujeres implicados en esa compleja operación de rescate.

Los motivos políticos también llevaron a los chilenos a incluir al minero boliviano, Carlos Mamani, en el primer grupo.

«No podemos ponerle de primero porque nos acusarían de utilizar a El Boliviano como conejillo de indias. Y si saliera de los últimos, entonces nos tacharían de racistas, de modo que el Gobierno ha decidido que vaya entre los cinco primeros», explicaba un médico del equipo de rescate que ha preferido permanecer en el anonimato.

Evo Morales, el presidente de Bolivia, había solicitado estar presente para recibir a Mamani y los chilenos habían accedido. Con la centenaria disputa sobre el acceso boliviano al océano Pacífico, en aquel momento en una fase crítica de la negociación, cualquier instrumento que pudiera favorecer el mutuo entendimiento era bien recibido. Piñera acogió calurosamente al presidente Morales, para disgusto de Mamani, que despreciaba la escena política y a Morales en particular.

Cuando el doctor Mañalich habló con los mineros, muchos de los hombres expresaron su deseo de ser los últimos en salir; un gesto que él consideró como «un absoluto y admirable espectáculo de solidaridad». Sin embargo, al preguntarles más adelante, la verdadera intención de los hombres quedó de manifiesto: un puesto garantizado en el libro Guinness de los Récords por el periodo más largo de un minero atrapado bajo tierra. Dadas las complejidades de la situación actual, sería un récord que muchos esperaban fuera insuperable. La situación se resolvió cuando el Guinness acordó adjudicar el récord al grupo en conjunto y no a un único minero.

A las ocho de la tarde un grupo de cinco rescatadores se apiñó en una pequeña caseta blanca sobre la colina. Los hombres cuchicheaban sobre el inminente descenso y charlaban sobre cómo uno de esos viajes de prueba había dejado a un miembro del equipo tan mareado que devolvió dentro de la cápsula. «Está mucho más húmedo de lo que parece —declaraba un hombre uniformado, describiendo uno de los trayectos parciales de prueba—. Se me empapó la ropa».

«Hemos dividido a los hombres en dos grupos: el GOLF —para los mineros sanos— y el FOXTROT —para los que presentan problemas potenciales—», explicaba la doctora Liliana Devia, al comenzar la última sesión informativa sobre la salud y bienestar de los mineros. La doctora Devia advirtió al equipo de rescate que muchos de los hombres estaban en peores condiciones de lo que la prensa o, incluso sus familiares, creían. Uno de ellos fue descrito como bipolar. De otro se dijo que había intentado suicidarse años atrás. Un tercero había contado a los psicólogos y enfermeras que tenía siete amantes esperándole.

Mientras describía a los nueve mineros enfermos del grupo FOXTROT, la doctora Devia indicó que dos de ellos serían enviados inmediatamente a la clínica dental. Varios más estaban tan débiles y nerviosos que había cierta preocupación porque pudieran volverse agresivos. Se había preparado para inyectarles calmantes. «La aguja está preparada», indicó la doctora Devia, que explicó a los miembros del grupo de rescate cómo administrarles las drogas que les dejarían «planchados en sus camas».

Devia, que estaba a cargo de informar a los socorristas sobre las últimas novedades en la salud y condiciones mentales de cada minero, esbozó el protocolo de rescate. El primer rescatista había sido designado por ser a la vez médico y policía. Era el que tenía que monitorizar la salud de los mineros y mantener el orden. Las numerosas videocámaras situadas en el fondo de la mina les proporcionarían información en directo y permitirían a los psicólogos, doctores e ingenieros de minas monitorizar la operación en tiempo real.

Si afloraban las tensiones, o un accidente echaba abajo el protocolo, el equipo de rescate estaba autorizado a mantener el orden e, incluso, a sedar a los mineros. Si todo iba bien sólo tendrían que informar a los mineros sobre el manejo del Fénix y comunicarles que deberían atarse una faja alrededor de la barriga y ponerse unos altos calcetines ajustados que llegaban hasta el muslo. Estar largo rato de pie no era ningún problema para los hombres, pero esos calcetines, parecidos a medias, ayudarían a la circulación de la sangre. La faja era fundamental para reducir el diámetro de los hombres lo suficiente para que cupieran en los estrechos límites del Fénix. Una vez atados, la puerta se cerraba con un pestillo y, enviada la señal acordada, los hombres embarcarían en su viaje hacia la libertad. Durante quince minutos se menearían de un lado a otro mientras la cápsula navegaba hacia el cielo.

Una vez en la superficie ayudarían a cada minero a salir de la cápsula, éste sería recibido por el presidente Piñera y luego lo llevarían a saludar a sus familiares para poder darles un rápido abrazo y un beso. La siguiente parada sería el perfectamente equipado hospital de primeros auxilios organizado por ACHS, que había sido levantado a menos de 20 metros del orificio de rescate. En camilla, los hombres entrarían al hospital para ser examinados brevemente y, después, serían obsequiados con un sencillo y profundo placer: su primera ducha decente en diez semanas.

En caso de que los hombres presentaran algunas deficiencias más serias —ya fueran físicas o mentales—, el equipo médico los mantendría algunas horas en observación y después los enviaría a un segundo sector de edificios modulares (también instalado en tiempo récord de menos de una semana), donde podrían recibir una visita más prolongada de la familia. El último paso era un corto trayecto hasta el punto más alto de la operación de rescate, donde se había construido una pista de aterrizaje para helicópteros. En lugar de una hora larga de trayecto en coche, que prometía estar plagado de *paparazzi*, los hombres se subirían a los helicópteros de las Fuerzas Aéreas Chilenas y serían trasladados a un cuartel del ejército cerca del hospital público de Copiapó. De nuevo los hombres serían ingresados, esta vez para unos análisis de sangre más rigurosos, algunas pruebas de laboratorio y largas sesiones con los psicólogos.

Mientras planeaban el rescate, las autoridades sanitarias fueron conscientes de que no tenían ningún poder legal para forzar a los hombres a aceptar la ayuda médica. Si un minero se sentía pletórico y exigía caminar desde el Fénix hasta su casa, las autoridades no tenían fundamentos legales para impedírselo. Psicológicamente, sin embargo, se esperaba que los hombres no sólo estuvieran agradecidos, sino sumisos hasta el punto de la obsequiosidad. Habiendo sido rescatados de una muerte segura, la cantidad de gratitud que continuamente fluía desde abajo era suficiente para imaginar que no habría ninguna dificultad en guiar a los hombres a través del extenso protocolo previsto.

Abajo los hombres estaban ahora con un ánimo festivo. La música atronaba desde los pequeños altavoces colocados junto al lugar de rescate. Las cámaras de vídeo recogían hasta el último detalle. Los hombres posaban para sus últimas fotos y una sensación de hilarante nerviosismo llenaba la húmeda atmósfera.

Los mineros se congregaron para escuchar el último repaso al protocolo de rescate. La cápsula había sido diseñada con un suelo que se abría para permitir a los mineros que salieran por abajo. En el peor de los casos, si el Fénix se quedaba atascado, se esperaba que el ocupante volviera a descender por sí mismo hasta el fondo de la mina mientras los ingenieros reconfiguraban la cápsula.

El presidente Piñera llevaba instalado en una tienda en mitad de la colina desde las ocho de la tarde. Como si fuera el punto de reunión de una boda modesta, la ladera de la montaña había sido dispuesta con mesas plegables, largos manteles azules, bebidas ligeras, zumos y aperitivos y un par de pantallas planas de televisión. Allí las familias pasarían sus últimas y agonizantes horas observando y esperando. Piñera, su esposa, Cecilia Morel, y sus principales asesores, se habían reunido para recibir a las familias y, si fuera necesario, seguir la operación a través de un vídeo en directo que proporcionaba imágenes del escenario bajo tierra.

Abajo en el Campamento Esperanza las familias se hallaban atrapadas. Cada una había sido rodeada por un grupo de periodistas que se peleaban por obtener un primer plano o un último comentario sobre la tensión de esperar sesenta y nueve días para ver a un ser querido. En la tienda de la familia Ávalos, más de cien periodistas se balanceaban precariamente sobre escaleras de tijera. Entre tanto empujón para tener una mejor visibilidad, un periodista acabó tirando la tienda abajo, rompiendo huevos, desbaratando las improvisadas estanterías de comida y aplastando prácticamente en el proceso a la familia Ávalos.

Nadie se disgustó demasiado. Las familias y la prensa habían aprendido a convivir y a entenderse mutuamente, a pesar del idioma y de las barreras culturales. Pero no todos los invitados del Campamento Esperanza fueron bien recibidos. Cuando el hermano del presidente Piñera, Miguel Piñera, conocido como El Negro apareció, algunos familiares rompieron en protestas. El infame hermano había obtenido su apodo bien por su cabello negro azabache, o tal vez por su papel de oveja negra de la familia (dependiendo de qué versión creyeras). Famoso por ser propietario de un club nocturno, cantante y amante de las fiestas, El Negro fue insultado y prácticamente expulsado fuera del campamento. «¡Fuera de aquí! —gritó un familiar—. ¡No queremos más espectáculos por aquí!».

Un par de helicópteros de las Fuerzas Aéreas Chilenas iban y venían del helipuerto, haciendo las últimas pruebas preparatorias del trayecto al hospital de Copiapó. Por tierra, el viaje era un tortuoso y peligroso recorrido de cuarenta y cinco minutos. En helicóptero, los hombres podrían llegar a la sala de urgencias en apenas cinco.

Entonces la montaña volvió a rebelarse. De abajo llegaron noticias de un nuevo desprendimiento. El techo de la mina estaba volviendo a crujir y quejarse. Con un sonido como el retumbar de un alud, además del chasquido de piedra desprendiéndose, el estallido producido por la caída de rocas y los crujidos de toda la montaña eran un recordatorio de que la salvación aún no estaba garantizada.

El Gobierno chileno quiso censurar las noticias del desplome de la mina en el último minuto. Ahora no. No cuando estaban tan cerca. Pero los intentos de mantener el secretismo eran inútiles porque, a aquellas alturas, decenas de familiares tenían informadores infiltrados en la operación de rescate. Los rumores se multiplicaban con un fervor viral. A pesar de los repetidos intentos por controlar la espiral de noticias, al novato Gobierno de Piñera le resultaba imposible dado que la información salía ahora tanto de la boca de la mina como de los mismos mineros.

Arriba de todo, en la cima de la montaña, donde la plataforma de la paloma, el equipo de rescate se apiñaba incrédulo. Los mineros iban a ser salvados en pocas horas y ¿de repente los dioses decidían enfurecerse? Oscuras supersticiones invadieron a esos hombres, que no dudaban que su torturador era una enfurecida diosa, una astuta bruja que reinaba sobre esa —y todas— las minas chilenas.

Para los mineros más antiguos y experimentados, aquel asalto final era un clásico ejemplo de la mitología minera. A menudo se pensaba que la mina cobraba un precio, un impuesto de admisión a aquellos que se atrevían a entrar en ella. Ahora, ese miedo compartido, aunque nunca confesado, era que el precio se pagaría en forma de vidas humanas y que la mina nunca permitiría que los treinta y tres hombres escaparan indemnes.

Mientras la montaña continuaba rugiendo, el equipo de salvamento se apresuró a acelerar la ejecución del plan de rescate, un plan diseñado con la precisión de una cirugía de corazón y, al mismo tiempo, con la ciega incertidumbre de una operación jamás practicada. Los mineros estaban al borde de la libertad, pero los constantes gemidos y crujidos dentro de la mina eran un aterrador recordatorio de que el tiempo se acababa.

Los mineros apenas se inmutaron con los últimos crujidos. A esas alturas ya estaban acostumbrados a la lluvia de rocas. Siempre y cuando no cayeran directamente en la zona de la evacuación, se sentían seguros. Los rayos podían ser impactantes, pero mientras que nadie fuera alcanzado, sentían que habían esquivado la muerte. Los psicólogos a menudo veían conductas similares en los soldados en el frente que, tras haberse visto expuestos en combate en múltiples ocasiones, eran capaces de seguir caminando mientras las balas silbaban a su alrededor.

La Televisión Nacional de Chile (TVN) había sido la elegida para retransmitir toda la operación en directo. Habían enviado siete cámaras, cada una de ellas con una perspectiva única. Las tomas en directo serían ensambladas para que los familiares y el mundo entero pudieran seguir cada detalle del rescate. Al igual que en la *Super Bowl* o la Copa del Mundo, no se desperdiciaría ningún ángulo.

Ante el temor de que los mineros pudieran llegar inconscientes o cubiertos de vómito, el Gobierno chileno se reservó el control absoluto sobre las imágenes que debería ver el mundo. Las autoridades sanitarias habían logrado que no se expusiera a los hombres ante los ojos del mundo, hasta no haber comprobado su condición física. Una enorme bandera chilena se había izado para bloquear la vista a la prensa no oficial, hecho que provocó abucheos y silbidos de protesta de los medios allí congregados.

A las once de la noche, mientras la prensa bramaba y protestaba porque no podía grabar nada, la TVN retransmitió cómo el cabestrante elevaba el Fénix y lo preparaba para su primer descenso. A pesar de la intensa exposición a los medios durante la semana anterior, la cápsula conservaba un halo de misterio. Parecía un cohete diseñado por unos quinceañeros inteligentes. Con aletas en la cola y unas ruedas retráctiles a los lados, el cilindro había sido ideado para deslizarse suavemente entre las curvas que jalonaban el túnel de 700 metros por su serpenteante viaje. Ascender por el conducto sería como un tosco viaje en una atracción de feria.

El presidente Piñera observaba intranquilo la cápsula de rescate. Le preguntó a Sougarret si era realmente cien por cien segura. Sougarret aseguró al ansioso líder que no se preocupara, que había muy poco riesgo. Piñera repitió la pregunta, insistiendo en sus demandas. «Quería bajar», reconoció Piñera, quien admitió que se sentía completamente cautivado con la idea de garantizar personalmente la seguridad del Fénix. Los agentes de seguridad del presidente estaban paralizados. Habiendo sufrido ya en sus propias carnes el intento por proteger al presidente que insistía en volar en su propio helicóptero y hacer submarinismo, sabían que lo decía en serio. Lo mismo que Cecilia Morel, la primera dama, quien inmediatamente captó la sensación de un riesgo innecesario. Mirando a su marido a los ojos, le indicó que abandonara el plan. «Ni se te ocurra», ordenó. Y, aunque iba contra su instinto, Piñera obedeció.

Con un pellizco de celos, Piñera contempló cómo el primer rescatador, Manuel González, trepaba dentro de la cápsula —el primer hombre en intentar realizar el trayecto completo desde la rocosa ladera de la montaña hacia abajo, hasta ese mundo desconocido donde treinta y tres hombres habían vivido aislados físicamente del mundo durante sesenta y nueve días—. Una enorme polea encima de la cápsula empezó a soltar el cable, que lentamente se iba desenrollando. Las aletas de la cápsula entraron en el conducto, y el Fénix desapareció de la vista, mientras todo el mundo observaba.

XIII

El rescate

DÍA 68: MARTES, 12 DE OCTUBRE

Mientras el Fénix descendía en la superficie escrutaban tres monitores con imágenes de vídeo situados en diferentes lugares. El presidente Piñera y su mujer, Cecilia, rodeados de sus principales asesores, observaban las imágenes en directo que llegaban desde el fondo de la mina. Cuando la cápsula aterrizara, el acontecimiento sería emitido en el mundo entero. Piñera había ignorado la opinión de sus ayudantes que deseaban que la cobertura en directo estuviera limitada a largos planos a distancia, que no ofrecieran ninguna sensación de emoción ni tragedia. Habiendo entendido rápidamente el interés mundial y el drama inherente de la operación, Piñera había argumentado con éxito que ésa era la oportunidad para que Chile mostrase su saber hacer. No era una coincidencia que ese mismo mensaje fuera el que había utilizado el novel presidente para vender al público chileno como su principal virtud. Al no ser considerado un político emotivo, capaz de establecer buenas conexiones con su público, la fuerza y el capital político de Piñera se hallaban especialmente representados por ese espíritu empresarial de «vamos a hacer esto».

Otto, un austriaco serio pero genial que estaba a cargo de bajar y elevar el Fénix a lo largo de los más de 700 metros de cable, controlaba la segunda de las cámaras. Encima de la plataforma de su puesto de control, de casi el tamaño de un camión, Otto había colocado un ordenador portátil con las imágenes en directo de abajo. Así no sólo podía recibir información de audio de lo que sucedía bajo tierra, sino también observar como el Fénix llegaba a aquel mundo subterráneo. Las granuladas imágenes en blanco y negro le recordaban a un vehículo teledirigido que estuviera viajando por otro planeta.

La última pantalla de vídeo era supervisada por Pedro Gallo, el humilde inventor que había sido catapultado de su condición de simple experto en telecomunicaciones hasta el rango más alto de la operación de rescate, llegando al corazón de los mineros. Pocos miembros del equipo de rescatadores habían pasado tantas horas como Gallo conversando diariamente con los mineros. Como hombre emprendedor de la clase trabajadora, era capaz de entender sus quejas, trasmitir sus preocupaciones y satisfacer sus deseos ocultos. Aunque Gallo lo negaría más tarde, los mineros juraban que había sido él quien les había mandado los chocolates y dulces en la paloma. Aquellos actos simbólicos de rebeldía, así como la indiscutible lealtad de Gallo hacia los mineros frente a la jerarquía del dispositivo de rescate, le habían convertido —a los ojos de los 33— en una especie de santo.

Cinco miembros del equipo de rescate se hallaban ahora congregados, listos para descender. Dos marines del ejército con amplia experiencia médica, dos rescatadores de Codelco y un miembro de la GOPE, la policía chilena de operaciones especiales que había entrado con valentía en la mina durante las peligrosas cuarenta y ocho horas posteriores al derrumbe.

El Fénix llegaría abajo a través del techo del taller. Cuando la mina aún funcionaba, el taller era el lugar donde se arreglaban y almacenaban los vehículos. Pero al quedarse los hombres atrapados, fue considerado una zona demasiado inestable para dormir, de modo que los mineros apenas se aventuraban a recorrer los casi 400 metros de túnel desde donde habían montado el área de vivienda hasta allí. Ahora, la peligrosa área se había convertido en la zona cero del último y más importante día de aquellas diez semanas de pesadilla y los hombres habían trasladado los catres y la ropa a las proximidades del taller.

A pesar de la expectación y la adrenalina, se mantenían los turnos regulares. Alguien tenía que hacer funcionar la paloma para recibir suministros de última hora —incluyendo ropas especiales, gafas de sol y calcetines limpios. Aunque la entrega de comida sería suspendida en el último momento, se suponía que el equipo de rescate necesitaría pasar un día completo bajo tierra y la paloma tendría que utilizarse para bajar comidas calientes que les mantuvieran alimentados y alerta. Los turnos de la paloma habían sido grabados en la roca semanas atrás, mucho antes de que se fijara la fecha exacta del rescate. En esta última tanda de la paloma, la guardia le había correspondido a Franklin Lobos. Era una misión que estaría a punto de costarle la vida.

A las once y treinta y siete de la noche un ruido metálico seguido de un repiqueteo alertó a los hombres reunidos de la llegada del Fénix. Las aletas rojas de la cápsula descendieron desde el techo como a cámara lenta. Mientras la cápsula emergía poco a poco, parecía un visitante de otro planeta. Los mineros atrapados se quedaron asombrados. Un sueño hecho realidad. Yonni Barrios se acercó y echó un vistazo al interior para ver al primer rescatador, Manuel González. Por primera vez en sesenta y nueve días, otro ser humano hacía aparición.

Los mineros observaron con asombro y respeto cómo González descorría el cerrojo de la «jaula», salía y abrazaba a Barrios. Luego, una manada de mineros casi desnudos se precipitó a abrazarle y acogerle.

Para uno de ellos, Florencio Ávalos, la libertad estaba a sólo unos minutos.

Ávalos estaba preparado. Se había embutido en el mono de trabajo verde con su nombre cosido en el pecho. Un par de gafas de sol Oakley protegían sus ojos. En la mano derecha un controlador le medía el pulso enviando los datos vía inalámbrica al equipo de rescate de la superficie. Y, en el dedo índice izquierdo, un aparato le medía los niveles de oxígeno en sangre. Fuertemente sujeto alrededor del pecho, un sofisticado transmisor electrónico comunicaba otra media docena de constantes vitales a los técnicos y médicos de arriba.

Los otros mineros se apiñaron alrededor para observar, fotografiar y grabar vídeos caseros de la escena. A pesar del nerviosismo una extraña calma inundaba la estancia. Como atletas profesionales en el vestuario antes de una competición, los hombres bromeaban e iban de un lado a otro, pero su confianza era evidente. Durante unos instantes olvidaron el horror del derrumbe y la persistente sensación de que la muerte había estado rondándoles. Ahora el ambiente era mucho más festivo, mientras una música de cumbias llegaba desde el punto más profundo de la mina. Unos globos blancos botaban perezosamente por el suelo mientras los hombres deambulaban excitados, desnudos excepto por los impolutos calzoncillos blancos.

La perspectiva de escapar les llenaba de grandes dosis de adrenalina. Los hombres sentían que, por fin, podían ganar su batalla de diez semanas contra la montaña. A lo largo de los oscuros túneles, los mineros realizaron una última exploración de las galerías, los brillantes destellos de sus linternas bailando en la distancia. El chasquido metálico del arnés indicaba que el equipo de rescate de Codelco, GOPE y de la Marina chilena había llegado.

González colocó una credencial de plástico blanco —como las que se utilizan entre bastidores en los conciertos de rock— alrededor del cuello de Ávalos. El rescate estaba dotado de una estricta formalidad, órdenes y procedimiento. Cada detalle había sido ensayado durante semanas. Y, sin embargo, la montaña todavía podía alterar el protocolo. Incluso la calma más intensa, a 700 metros de profundidad, era una vana escapatoria de la claustrofóbica realidad.

A las a las once cincuenta y tres de la mañana, Ávalos entró en la cápsula y los miembros del equipo de rescate se aseguraron de que la portezuela estuviera cerrada. Los mineros escuchaban impacientes la charla entre Otto, el operador austriaco del cabestrante, el centro de comunicaciones y Pedro Cortez, allí abajo. Mientras, Ávalos anticipaba nervioso el próximo encuentro familiar: los dos hijos que no habían visto a su padre desde hacía dos meses; la esposa que había estado escribiéndole cartas y viendo sus vídeos, pero que no había podido tocar ni mirar a los ojos a su marido. Ávalos se había marchado a trabajar en una fría mañana de invierno; ahora era primavera.

Mientras la cápsula se deslizaba hacia arriba, los compañeros de Ávalos gritaron, vitoreando y silbaron. Luego, de repente, se encontró solo. Durante quince minutos, estuvo mirando a través de la tela metálica que le hacia ver el mundo como a través de pequeñas mirillas en forma de diamante. Una luz dentro de la cápsula iluminaba las suaves y húmedas paredes de roca. Los muelles de las ruedas metálicas resonaban al rodar por el rocoso sendero. La cápsula se movía y bamboleaba mientras recorría el desigual túnel y llevaba lentamente a Ávalos hacia la libertad.

Cuando faltaban menos de 20 metros para llegar a la superficie, Ávalos pudo distinguir los primeros rastros de luz y escuchar los primeros sonidos de vida. Los miembros del equipo de rescate estaban ahora gritando hacia abajo, preguntándole si se encontraba bien. Entonces, súbitamente, salió a la luz: un héroe ante el mundo que aguardaba, un padre reuniéndose con sus llorosos hijos y un enorme impulso a la popularidad del presidente Piñera, que esperaba en primera fila.

Mientras sacaban a Florencio de la cápsula, su hijo de 9 años, Byron, rompió a llorar. Los rescatadores daban saltos de alegría, celebrándolo. Las cámaras disparaban los *flashes* sobre la desgarradora escena. Durante un momento, el niño de 9 años se quedó solo, sumido en sus emociones. La primera dama, Cecilia Morel, el ministro de Salud Mañalich y René Aguilar, el segundo al mando de la operación de rescate, se apresuraron a calmar al niño. Entonces le llegó el verdadero consuelo: un abrazo de su padre.

Ministros, rescatadores con sus cascos, médicos y periodistas se echaron a llorar a un tiempo, ante la belleza de la escena. Los hombres, que desde un primer momento se habían autodenominado los 33, habían sido adoptados por el mundo como un colectivo amado, famoso ahora por su habilidad para trabajar en equipo. En un mundo a menudo definido por actos sangrientos y egos individuales, los 33 permanecieron unidos mientras estaban sepultados, una hermandad de héroes de clase trabajadora. Ese trabajo en equipo les había mantenido vivos, y ahora serían rescatados todos juntos.

Florencio abrazó primero a su familia, después al presidente Piñera y luego a los miembros del equipo de rescate. A continuación, fue colocado en una camilla y conducido hasta el hospital de campaña. Todo el personal del hospital irrumpió en aplausos. Asumieron que Ávalos estaba sano —ya que había sido elegido para ascender el primero basándose en su fuerza mental y física— pero aun así se le proporcionó glucosa y una enfermera le midió la presión sanguínea. Mientras yacía en la cama, Florencio pensaba en su hermano pequeño, Renán, que todavía continuaba atrapado allá abajo.

Jueves, 14 de octubre. 1 de la madrugada

Como narrador, payaso y líder indiscutible de los 33 Mario Sepúlveda había soportado una carga constante sobre los hombros durante sesenta y nueve días. En ningún momento había dudado del poder del humor a la hora de guiar al grupo —un auténtico bufón para esa corte de reyes y príncipes invisibles que enviaban órdenes desde arriba—. Y sin embargo Sepúlveda poseía también una habilidad instintiva, un sentido innato de las dinámicas de grupo, advirtiendo cuándo se hacía necesario usar duras amenazas o violencia física. Ahora, con las responsabilidades de su liderazgo aumentadas, florecía entre los focos.

Bajo tierra Sepúlveda había soltado unas últimas bromas antes de trepar dentro de la cápsula. Ahora, a la una y nueve de la madrugada, mientras el Fénix se aproximaba a la superficie, expresó un simpático comentario sobre su propio rescate.

«Hola, vieja», le gritó a Katty, su esposa de 33 años. Oyeron reír a Sepúlveda tras la malla metálica. Cuando los estridentes vítores aumentaban, Sepúlveda saltó de la cápsula y, sin detenerse para permitir que los socorristas le retiraran el arnés y el chaleco de seguridad, se lanzó sobre el presidente Piñera e, hincando una rodilla en el suelo, comenzó a extraer regalos de su querido saco amarillo hecho a mano. Un puñado de piedras blancas que brillaban con el resplandor dorado de la pirita. Una piedra para el presidente. Una piedra para el ministro. Los receptores se reían y agarraban las piedras. Sepúlveda abrazó a un asombrado Piñera en tres ocasiones y luego se acercó hasta donde estaba su mujer y le sugirió que practicarían sexo durante tanto tiempo que ninguno de los dos sería capaz de caminar. «Ya puedes ir preparando la silla de ruedas», bromeó.

Después se dirigió bailando a abrazar a Pedro Gallo, envolviéndolo entre sus brazos con fuerza y mostrándole el profundo agradecimiento por todo lo que había hecho personalmente para salvar a los mineros. Gallo se echó a llorar. Sepúlveda se dirigió a la multitud en una creciente y conmovedora ovación, una celebración que fue definida por un reportero de *The Guardian* como «un fogonazo de alegría global».

En el Campamento Esperanza el delirio fue breve. Aunque las familias celebraban los primeros os rescates, la alegría no sería absoluta hasta que todos los hombres estuvieran fuera. El precario cable que conectaba a los hombres a la vida y la muerte era todavía visible para todos.

Y mientras la cápsula Fénix volvía a sumergirse en las profundidades de la mina, Ávalos y Sepúlveda fueron transferidos desde la unidad de urgencias del hospital de campaña a una sala de bienvenida situada un poco más arriba de la montaña, cerca del helipuerto. Decorada con modernos sofás blancos, ramos de flores y una moderna iluminación azul, el ambiente se asemejaba al de un sofisticado club *after-hours*. No había ninguna sensación ni olor a medicinas, enfermedad ni trauma; en su lugar, los psicólogos especialistas chilenos habían diseñado una agradable zona de recepción y también un amplio pasillo que conducía a zonas privadas.

En el salón de acogida, Ávalos hizo una piña con sus dos hijos, su esposa y el presidente Piñera. Al otro lado del vestíbulo, Sepúlveda se hallaba en una situación familiar parecida: riéndose, dando abrazos y besos a todos. Entonces Piñera se llevó a Sepúlveda a un lado y le pidió que concediera una breve entrevista a un equipo de televisión que esperaba en otras dependencias. Sin mucho margen de elección salvo obedecer al presidente, Sepúlveda se sentó frente a la cámara y describió la experiencia como positiva. «Estoy contento de que esto me haya pasado porque era el momento en que necesitaba un cambio en mi vida. Estaba con Dios y el Demonio y los dos peleaban por mí. Ganó Dios. Tomé la mejor mano, la mano de Dios, y nunca dudé que Dios me sacaría de la mina. Siempre lo supe».

Luego Sepúlveda corrió a abrazar a Ávalos. Los dos hombres se fundieron en un abrazo mientras las sonrisas iluminaban sus rostros. La amenaza de los treinta y tres hombres de permanecer unidos en la cima hasta que todos hubieran sido rescatados, parecía olvidada. Los preparativos del equipo de rescate —las consultas con los abogados, las amenazas de suspender la cobertura de su salud y la fila de ambulancias dispuesta para llevar a los 33 por tierra— fueron del todo innecesarios. Sepúlveda y Ávalos se dirigieron a grandes zancadas hacia el helicóptero. La carga de emociones y la gratitud que sentían en aquel momento, habían borrado cualquier intento de rebelión de los mineros.

Juan Illanes
Carlos Mamani
Jimmy Sánchez
Osman Araya
José Ojeda
Claudio Yáñez
Mario Gómez
Alex Vega
Jorge Galleguillos
Edison Peña
Carlos Barrios
Víctor Zamora
Víctor Segovia
Daniel Herrera

Uno por uno los hombres fueron rescatados con precisión militar. Cada cual con su propia historia, su familia y el emocionante primer abrazo, primer beso. Algunos se dejaban caer de rodillas y rezaban, otros lloraban. Era suficiente emoción en vivo para hacer que el mundo se detuviera y observara maravillado. Durante un instante, el mundo se sintió cautivado por una compartida sensación de compasión.

El Fénix, con su cascarrón más estropeado y raído que nunca, era un moderno caballo de tiro: firme, infalible y leal.

Uno tras otro los mineros treparon dentro de la cápsula y rodaron hacia su libertad. Los hombres se habían embadurnado de una colonia barata que les había sido enviada abajo. No escatimaron la dosis en su afán por oler bien. «Dios, la cápsula apestaba a colonia —confesó uno de los rescatadores—. Fuera la que fuese, todos utilizaban la misma marca. Era insoportable».

Richard Villarroel, el vigésimo octavo minero en ser rescatado, sacó una última serie de fotos antes de marcharse. Quería capturar las últimas imágenes del refugio, de su catre, de sus amigos abrazándose, sonriendo y posando. Los hombres habían dejado el seguro refugio como la sala de exposición de un museo, con los muros con las banderas de sus equipos de fútbol favoritos colgadas, y grandes notas de agradecimiento al equipo de rescate.

Cuando entró en la cápsula con los auriculares pegados a los oídos y la música del cantante melódico guatemalteco Ricardo Arjona sonando en la cabeza, Villarroel aseguró haber sentido una punzada de tristeza. «Era doloroso ver a mis amigos abajo mientras yo me iba alejando». Pero cuando la cápsula ascendió hacia la superficie, Villarroel comenzó a gritar de alegría, maldiciendo la mina. «Entonces sentí un cambio en el aire. Aire fresco: ése fue mi momento favorito. ¡Qué diferencia!».

Para una audiencia mundial estimada en mil millones de espectadores, el rescate de la mina chilena fue retransmitido a la perfección. Las granulosas imágenes bajo tierra parecían tomas en directo de otro planeta. A muchos espectadores, el drama y la excitación colectiva les recordaban al primer aterrizaje del Apolo en 1969, cuando Neil Armstrong dio sus famosos primeros pasos en la superficie lunar.

Sin embargo, en el fondo de la mina, el espectáculo continuaba.

A la una y media de la madrugada, cuando la cápsula acababa de descender para recoger a Omar Reygadas, el decimoséptimo minero, un seco crujido resonó a través del túnel. Le siguió el estrépito de cantos rodados y el rumor de una avalancha. La cámara que filmaba el rescate se quedó en blanco. La Operación San Lorenzo se había quedado ciega.

A la cabeza del puesto de telecomunicaciones, Pedro Gallo llamó de inmediato por el intercomunicador a los mineros de abajo. Pidió a Pedro Cortez, que había ayudado a cablear las comunicaciones subterráneas, que investigara lo sucedido. Cortez vaciló; el cable de fibra óptica estaba demasiado cerca de la reciente avalancha. El polvo aún no se había asentado y ahora le pedían que se adentrara en una zona del túnel potencialmente fatal.

«¿Me estáis pidiendo que baje hasta allí? ¡Ha habido dos avalanchas!», balbuceó Cortez. Previamente ese año había perdido un dedo dentro de la mina; ahora le pedían que se arriesgara aún más.

Gallo le explicó que las imágenes de vídeo en directo eran cruciales. Los operadores del cabestrante necesitaban ver la operación en vivo para poder guiar la cápsula hasta el suelo. Un brusco aterrizaje podría dañar o atascar el Fénix. El presidente Piñera y, aproximadamente, uno de cada cuatro adultos del planeta, estaban observándoles.

Cortez accedió a regañadientes a correr la última carrera de obstáculos. Tendría que sortear una pila de roca desprendida por el reciente derrumbe del techo, paredes agrietadas que todavía crujían y, después, atravesar casi 200 metros de trecho fangoso. Cuando llegó hasta la fibra óptica Cortez descubrió el problema: una roca desprendida había partido el cable.

No había ninguna posibilidad de reparar el daño. Cientos de kilos de roca habían enterrado y destruido la línea. Gallo se quedó pensativo un momento y después ideó una solución inmediata: podía coger el cable que alimentaba a la cámara del refugio a unos 300 metros por debajo, desconectarlo de su cámara y hacer que los mineros conectaran ese cable de fibra óptica en la cámara principal que filmaba el rescate.

Gallo llamó al teléfono del refugio y se quedó sorprendido cuando Franklin Lobos descolgó. Lobos estaba solo en el otro extremo del túnel que ya había sufrido dos avalanchas. «¡Franklin! ¿Qué estás haciendo ahí?».

«Es mi turno. Me toca recibir la comida para el equipo de rescate —dijo Lobos, leal y estoico—. El deber es el deber y es mi turno. Tengo que terminarlo».

«Pero ¡hombre, estás loco! ¡Ha habido dos derrumbes! ¡Sal de ahí ahora mismo!», le gritó Gallo por teléfono.

«Pero ¿qué pasa con la comida? ¿La comida para los rescatadores?», Lobos se aferraba al protocolo, indiferente o inconsciente del peligro que le amenazaba.

«Olvídate de eso —le increpó Gallo—. Ya enviaré comida abajo con la cápsula. ¡Sal de ahí!».

Mientras Gallo luchaba para configurar un nuevo sistema de fibra óptica, el presidente Piñera, la Televisión Nacional de Chile y Otto, el operador del cabestrante, se hacían todos la misma pregunta: ¿Qué pasa con las imágenes?

Gallo contó la verdad a Piñera y Otto —que habían perdido la señal y estaban trabajando para restablecer las imágenes en vivo de los mineros allí abajo—. Para los de la TVN se limitó a reponer un vídeo grabado con anterioridad con otros momentos del rescate. «Se estaban volviendo locos porque no hubiera imágenes, de modo que cogí algunas tomas previas y las emití. Entonces les pregunté si tenían imágenes y me dieron las gracias». Un billón de espectadores de todo el mundo fueron también engañados. En ningún momento advirtieron que la imagen perfecta que se estaba retransmitiendo era una repetición para tapar un momento dramático demasiado arriesgado para que el Gobierno chileno pudiera mostrarlo al mundo. Como todo *reality* televisivo, el drama minero también requeriría algo de magia, realización y guión.

Pero no hubo forma de emitir en antena el rescate en tiempo real. Después de Omar Reygadas, otros tres mineros fueron subidos hasta la seguridad de la superficie sin el beneficio de la cámara en directo desde abajo.

«Mi subida fue muy angustiosa», comentó Omar Reygadas, el decimoséptimo hombre en ser rescatado. Cuando Reygadas se estaba preparando para entrar en el Fénix, la portezuela metálica se atascó. Los rescatadores no fueron capaces de abrirla. Utilizando una palanca, la forzaron hasta que se abrió. «Creí que la mina no quería que me fuera —dijo Reygadas—. Después de que consiguieron abrirla, no podían cerrarla, así que usaron una abrazadera de plástico. Estuve sujetando la puerta mientras subía por si se abría».

Mientras la cápsula se elevaba, Reygadas empezó a tomar el pelo y bromear con sus compañeros de abajo. «Les estaba gritando a los tíos de abajo cosas como "Culiados, estoy fuera. ¡Lo conseguí! ¡Lo conseguí!"». A pesar de la abrumadora alegría, Reygadas también sintió un pellizco de nostalgia por su mundo bajo tierra. «Estábamos dejando algo atrás. Habíamos vivido allí durante mucho tiempo. Tenía la sensación de estar dejando una parte de mí ahí dentro. Habían sido sesenta y nueve días y una parte de mí seguía allí abajo. Me dije que ojalá fueran mis peores defectos y que llegaría a la superficie con mis mejores virtudes».

Reygadas, que era viudo, estaba ansioso por abrazar y recibir a los que él llamaba sus «pequeños monos», una tropa de nietos. Cuando se aproximaba a la superficie, el hombre empezó a gritar a los del equipo de rescate de arriba. Les decía: «Chi-Chi-Chi» y éstos le respondían: «Le-Le-Le», en confirmación de que estaba prácticamente a salvo. «Escuché una voz desde arriba preguntándome si estaba bien, y grité, "Concha de su madre, sí", entonces recordé que el presidente también estaba allí».

Mientras Reygadas lo celebraba con sus «pequeños monos», Pedro Gallo tuvo que pedir a Cortez, que seguía allí abajo, que intentara otra misión suicida. Esa vez, en lugar de tentar a la muerte internándose por el túnel hasta la fibra óptica, Gallo le pidió que recorriera los casi 400 metros hasta el refugio, desconectara el cable, lo enrollara y lo trajera de vuelta.

«No vuelva a enviarme —suplicó Cortez. Luego accedió a correr el riesgo de nuevo. Pero primero quiso despedirse. Cortez acercó la cara hasta la segunda cámara que estaba grabando bajo tierra y dijo—: Si algo me sucediera, aquí estoy por última vez».

Gallo se estremeció de miedo. Había enviado a Cortez a esa peligrosa misión; ahora sentía el peso de la culpa. Si el minero resultaba aplastado, mutilado o muerto, aquello pesaría sobre su conciencia.

La avalancha no había sellado el túnel —un hecho que se confirmó cuando un exhausto Franklin Lobos llegó desde abajo—. Le contó a Cortez que aún quedaba suficiente espacio para pasar a través de dos rocas caídas, le deseó buena suerte y se preparó para su propio rescate. Cortez no cuestionó la orden; en su lugar, rezó por su vida y realizó un último viaje hasta el refugio. En una mina conocida por atraer a mineros kamikazes, Cortez había desafiado a los dioses del destino dos veces. Incluso en circunstancias normales, la mina era capaz de matar y mutilar. Ahora, en aquel acto final, era aún más inestable y peligrosa. Cortez sobrevivió al trayecto de casi una hora y regresó para ser recibido como un héroe.

«Tenía su vida en mis manos —admitió Gallo, quien en ese momento llevaba despierto más de cuarenta y ocho horas seguidas—. Pero era su deber, y tenía que llevarlo a cabo».

Con el cable Cortez y Ticona conectaron la cámara. Entonces Gallo les recordó que la TVN estaba retransmitiendo unas imágenes que mostraban una pantalla vacía: sin cápsula ni personas. En realidad un gran número de mineros y rescatadores estaban esperando y rondando alrededor. Si Gallo de repente cambiaba a la imagen real, pondría de manifiesto el engaño en cuanto las figuras asomaran de repente ante esos cientos de millones de pantallas de televisión.

Cuando el escenario estuvo despejado y las imágenes en directo se volvieron a conectar, se permitió a los mineros y rescatadores que entraran en escena.

«Nunca lo notaron», dijo Gallo con orgullo.

Con creciente preocupación por la estabilidad de la montaña, el rescate fue acelerado. En vez de proceder sin prisas, la Operación San Lorenzo continuó con nueva urgencia. Traer los primeros dieciséis hombres a la superficie había sido una demostración al mundo de la eficacia chilena y la cooperación internacional. Ahora la vengativa montaña estaba amenazando con sumir a la audiencia mundial en una tragedia de las proporciones de la del *Titanic*. Si un corrimiento de tierras iba a aplastar a los hombres en el último momento, también enterraría y aniquilaría ese poco frecuente instante de optimismo global. La atmósfera en el interior de la mina seguía siendo alegre —música y globos decoraban los muros—, pero la sensación de que la furiosa mina aún tenía una última tanda de sorpresas para los hombres persistía.

Esteban Rojas
Pablo Rojas
Darío Segovia
Yonni Barrios
Samuel Ávalos
Carlos Bugueño
José Henríquez
Renán Ávalos
Claudio Acuña

El plan de rescate había sido diseñado pensando en que los miembros del equipo estuvieran adiestrados en las técnicas de escalada, además de en la medicina de campaña. La Marina chilena había enviado a dos oficiales de las fuerzas especiales de marines poseedores de una extensa experiencia médica; podían manejar cualquier emergencia y estaban provistos de todo lo necesario: desde una caja sellada que contenía morfina, hasta una inyección llena de fármacos para la ansiedad. Pero como deferencia al sentir local, el ministro Golborne rompió el protocolo en el último momento y, en su lugar, permitió a Pedro Rivero, un rescatador local, bajar al fondo de la mina para ayudar en la evacuación. Rivero había arriesgado su vida en los primeros intentos para encontrar a los mineros y era un personaje representativo de los cuerpos regionales de rescate. Nadie ponía en duda su valentía o su habilidad técnica para rescates. Pero su inclusión no podía haber sido menos acertada. El protocolo de rescate había sido decidido hacía tiempo con total precisión militar; ahora, la improvisada aparición de Rivero añadía un punto de caos a los bien definidos procedimientos.

En cuanto Rivero salió de la cápsula, empezó a causar problemas. Empuñó una cámara, empezó a filmar y se dirigió a las profundidades de la mina —al mismo túnel que ya se había derrumbado dos veces—. La misión de Rivero era, según Pedro Gallo, que contempló la escena completa, filmar las últimas escenas del refugio. Ninguno de los mineros o miembros del equipo de rescate pensaba que aquello fuera sensato. «Nunca rescates a un rescatador» era el lema de todo el equipo. Con las avalanchas amenazando la integridad de la operación, un riesgo añadido, como el que estaba asumiendo Rivero, era considerado una locura.

Cuando Rivero regresó, pidió el teléfono y declaró que había sido enviado en una misión especial por el mismo Golborne en persona; ahora su cometido sería permanecer abajo hasta el final. Según Rivero, él sería el último hombre en salir. Los hombres de la Marina se quedaron perplejos. Desde un punto de vista militar, los actos de Rivero estaban muy cerca de la traición.

Se produjo una fuerte discusión. Los marines amenazaron con meter a Rivero en la cápsula a la fuerza.

Mientras coordinaba las llamadas telefónicas con Pedro Gallo, Cortez escuchó la cercana discusión y se quedó asombrado por sus causas.

«¿Qué sucede? —Le preguntó Cortez a Gallo—. Los rescatadores están discutiendo; ¿acaso no han venido aquí para rescatarnos?». Los mineros se apiñaron para observar aquel extraño espectáculo.

Una llamada de Golborne sonó abajo. Rivero era requerido para explicar su rebelión a las autoridades de arriba. Éste se mantuvo firme y se negó a responder a la llamada. Gallo se preguntó si los marines tendrían que meter al combativo Rivero en el Fénix, pero, al final, con las palabras fue suficiente.

Mientras Rivero se acercaba a regañadientes al Fénix, los oficiales agarraron su bolsa de recuerdos —rocas y minerales de las profundidades de la mina. Vaciaron las rocas y le devolvieron el saco vacío, dejando claro que Rivero abandonaba el escenario—. Éste se montó en el Fénix por su propio pie y luego, en un último acto de desafío, cerró de golpe la portezuela de tela metálica. Los mineros observaron asombrados mientras Rivero se deslizaba hacia arriba e iba desapareciendo de la vista. Gracias al lujo de siete cámaras en directo, a un juicioso montaje y a Pedro Gallo, el mundo no contempló ni un solo segundo de aquel dramático espectáculo.

Con Rivero y su escándalo fuera de juego, el rescate entró en su fase final. Franklin Lobos fue el vigésimo séptimo minero en ser subido. Mientras la cápsula ascendía, Franklin escuchó un profundo estruendo. Un derrumbe de rocas. ¿Estaría el conducto en peligro? ¿A qué distancia estaría? La acústica dentro de la mina era engañosa. A veces una conversación parecía deslizarse por los túneles y llegar como un suspiro. En otras ocasiones, en cambio, parecía que aspirase las palabras del colega que tenías al lado. Lobos estaba seguro que el estruendo había sido cerca. «Sonó como si un nivel entero se hubiera desplomado», declaró.

A las siete y veinte de la tarde, cuando consiguió salir sano y salvo a la superficie, Lobos fue recibido por su hija Carolina. Él la agarró con fuerza del cabello, mientras ella pasaba las palmas de sus manos abiertas por su rostro; durante un instante se quedaron mirándose a los ojos. Carolina entonces entregó a su padre un nuevo balón de fútbol. Él cogió la indirecta y empezó a desplegar sus habilidades con el balón en los pies. La nueva vida de Lobos había comenzado. Ya nunca volvería a ser la misma persona que había entrado en la mina diez semanas atrás. Incluso los más pequeños rituales de normalidad resultaban ahora deliciosos. Dentro del hospital de emergencia, toda una pared había sido cubierta con los nombres de los mineros y de quienes les habían salvado. Cada vez que el Fénix asomaba a la superficie, un nombre era marcado. Hacia las nueve de la noche, casi todos los mineros habían sido rescatados. La celebración estaba a punto de comenzar.

Los familiares se agolpaban a los lados de las camas para sostener la mano de los, aún sorprendidos, mineros. Una cacofonía formada por llamadas de móviles, el eco de palmadas en la espalda y el bullicio de docenas de personas dentro de la improvisada clínica era interrumpida cada media hora, cuando el último minero rescatado aparecía entre un coro de vítores. Los médicos abrazaban a los pilotos de los helicópteros. Las enfermeras posaban con los oficiales de los submarinos. Enfermeros, geólogos y cartógrafos se abrazaban como si fuera la última vez, lo que probablemente era así. Después de meses de incesante trabajo en equipo y contacto ininterrumpido, la batalla estaba casi acabada.

Richard Villarroel
Juan Carlos Aguilar
Raúl Bustos
Pedro Cortez
Ariel Ticona

La lista de rescatados con éxito continuaba. A las nueve y media de la noche todos, salvo el último minero, habían sido liberados.

Una vez más el Fénix descendió a las profundidades de la mina, la prisión en la que los treinta y tres hombres habían estado atrapados durante dos meses. En el fondo, Urzúa entró cuidadosamente en la cápsula. Echó un vistazo alrededor y después fue izado. Su misión estaba prácticamente completada.

El presidente Piñera y lo que parecían ser docenas de ayudantes rodeaban el orificio de rescate. La que fuera en su momento una estricta política de control se había evaporado, y los espectadores invadían el lugar. Abajo en el Campamento Esperanza la creciente tensión estaba a punto de explotar. En todo el mundo, mil millones de telespectadores contemplaban incrédulos. Lo que, en principio, parecía un trágico relato de mineros muertos estaba a punto de reescribirse como la historia de rescate más notable de la memoria reciente. Treinta y tres hombres. A 700 metros bajo tierra. Sesenta y nueve días. Los fríos hechos hablaban de una muerte segura. Ahora la imagen en directo de Urzúa siendo recibido por un entusiasmado séquito era como de cuento de hadas.

En el Campamento Esperanza el champán, los globos y los vítores llenaron la fría y estrellada noche. Una comunidad construida sobre la fe y la determinación había logrado romper todas las predicciones.

Urzúa se adelantó para estrechar la mano de Piñera. En una tradición tan antigua como la minería en sí misma, entregó simbólicamente la responsabilidad de los hombres a su jefe. «Señor presidente —dijo—. Mi turno se ha acabado».

Mientras era trasladado al hospital de campaña, Urzúa, con expresión taciturna e impertérrita, cruzó los gruesos brazos sobre el pecho. Con la cara cubierta de barba, era lo menos parecido a un héroe mundial. Diez semanas atrás había entrado en San José como supervisor de turno de una desconocida mina de oro y cobre. Ahora era un símbolo de buena voluntad global. Habiendo esquivado por los pelos una cita con la muerte, Urzúa había sido agraciado con una segunda oportunidad, un nuevo comienzo, una reencarnación a un nivel sobre el que la mayoría de los humanos tan sólo pueden soñar.

Fue un rescate hecho posible por un arrebato colectivo de generosidad. Cientos de trabajadores anónimos pusieron sus vidas patas arriba para salvar a los mineros. Algunos construyeron perforadoras. Otros embarcaron piezas de repuesto de 1.500 kilos para los cabezales del taladro. Otros, como Hart, manejaron las máquinas. El campo de posibles soluciones había sido ampliado por la temprana decisión de Piñera de solicitar ayuda de todo el planeta. Éste destacaría más tarde que le había guiado la orgullosa renuncia del Gobierno de Rusia cuando había tenido lugar el incidente del Kursk, el submarino ruso que se hundió en el océano. «Los rusos podían haber solicitado ayuda tecnológica de Inglaterra, pero no lo hicieron —declaró Piñera—. Yo telefoneé personalmente a todos los presidentes que conocía y les pedí que aportaran soluciones técnicas».

González, el último rescatador que quedó abajo, se resta importancia y asegura que él fue simplemente otro de los eslabones de la cadena. Mientras esperaba a que lo evacuaran en la cápsula, empezó a leer un libro que había dejado uno de los mineros. Antes de irse, tenía un único deseo. «Quería apagar las luces», admitía. «Pero no me dejaron».

Muchos de los mineros tuvieron la misma tentación de apagar un interruptor y cerrar una experiencia que todavía era demasiado dolorosa y demasiado reciente como para enfrentarse al examen de un análisis más profundo.

Cuando González fue izado de la mina San José, el cabestrante se detuvo. Los ruidosos motores se pararon y, después de diez semanas de sufrimiento y lucha, el Campamento Esperanza se desbordó de alegría durante un efímero, pero perfecto instante.

Mientras el último helicóptero despegaba hacía el hospital de Copiapó, Pedro Gallo alzó los ojos hacia el deslumbrante cielo del desierto. Miles de estrellas centelleaban. Durante un instante, el cielo parecía más cercano.

«Han dejado aquí un recuerdo imborrable de algo muy hermoso».

XIV

Primeros días de libertad

MIÉRCOLES, 13 DE OCTUBRE. UNA NUEVA VIDA

Dentro del helicóptero, Samuel Ávalos observaba incrédulo la imponente maquinaria, las tiendas, los edificios, las carreteras y los aparcamientos. Aunque él y los otros siete mineros del helicóptero habían seguido intensamente la operación de rescate bajo tierra, la transformación de la pelada ladera en el bullicioso epicentro de la acción aún les resultaba inverosímil. Los mineros solicitaron al piloto que diera una nueva pasada sobre el lugar del rescate. Con las puertas abiertas, el helicóptero trazó una amplia curva, inclinándose considerablemente. Al examinar más detenidamente la escena los mineros empezaron a comprender la escala de la Operación San Lorenzo.

Tras dejar atrás el campamento, el helicóptero se deslizó a baja altura por el desierto mientras seguía la misma carretera que, diez semanas atrás, habían recorrido los hombres de camino al turno de mañana de la mina San José. Dentro del aparato, los dos oficiales de las Fuerzas Aéreas chilenas que escoltaban a los mineros les pidieron fotografías y autógrafos, al tiempo que les trataban como celebridades. Con sus gafas de sol oscuras, los hombres descendieron del helicóptero al llegar a la base del ejército. La multitud se agolpaba en las verjas. Los niños trepaban a los árboles para verles. Una ola de aplausos les recibió.

Durante el recorrido en coche que les conducía desde la base al hospital, la muchedumbre se alineaba en la carretera, ondeando banderas, lanzándoles flores y enarbolando pancartas caseras. Los mineros estaban asombrados. La última vez que habían experimentado el mundo fue como unos mineros corrientes, anónimos, hasta el punto de ser invisibles. «Para mí resultaba raro. Por todas partes donde íbamos, la gente aplaudía —comentaba Samuel Ávalos—. No era muy consciente de lo que estaba sucediendo. Mi mente trataba de asimilarlo todo, de reorganizarse. No me sentía capaz de digerir todo aquello y hacer que tuviera sentido».

En la entrada del hospital de Copiapó, la camioneta que llevaba a los mineros fue recibida por una densa masa de gente que tuvo que ser separada por un agresivo plantel de policías. Dentro del hospital, la directora, la doctora María Cristina Menafra, recibió a los hombres y declaró que era «un honor» proporcionarles cuidados médicos.

Una vez en el interior, los mineros fueron enviados a la tercera planta. Oficiales armados de la policía custodiaban la entrada e, incluso, el personal del hospital estaba estrictamente limitado respecto a quién estaba permitido visitar. Los familiares tenían permiso, aunque sólo a unas horas determinadas. Los hombres fueron sometidos entonces a una batería de análisis de sangre, pruebas psicológicas y rayos X.

Mientras se regodeaban al descubrir placeres sencillos, como una ducha o una cama limpia, los hombres empezaron a asimilar la magnitud de la marabunta de medios que había sitiado el perímetro. Durante unos breves instantes, Samuel Ávalos y Alex Vega, que compartían habitación, se atrevieron a apartar la cortina, asomar la cabeza por la ventana y mirar con cara de tontos al batallón de reporteros que enarbolaban micrófonos, teleobjetivos y libretas. «Miraba por la ventana y veía gente por todas partes. Incluso dormían al aire libre para vernos».

Los hombres vivían dentro de una burbuja. Podían verse en la televisión y escuchar los continuos comentarios sobre lo que había significado el rescate, lo pronto que les dejarían marchar y sobre los supuestos millones de euros que Hollywood y los productores de televisión estaban dispuestos a poner en su camino.

Y mientras, en la mina, la infraestructura del Campamento Esperanza había empezado a ser desmantelada por parte de dos equipos en plena competencia: de un lado los empleados de la compañía, que estaban embalando la maquinaria y suministros y de otro una ruidosa cuadrilla de operadores de rescate y autoridades gubernamentales que se dedicaba a recolectar todo tipo de recuerdos, desde los diminutos frascos utilizados para enviar los mensajes en la paloma, hasta trozos de perforadora que pesaban más de 100 kilos.

Igual que en la caída del Muro de Berlín, el Campamento Esperanza y el lugar del rescate estaban siendo expoliados y desarmados en piezas.

En el orificio de rescate, una tapa redonda de metal, como una boca de alcantarilla, estaba siendo colocada sobre la tubería. El temor a que buscadores de curiosidades, turistas o adictos a la adrenalina pudieran intentar descender subrepticiamente, había forzado al Gobierno a mantener un escuadrón de policía cerca del conducto y en las entradas principales a los niveles más altos de la colina. La boca de la mina fue virtualmente ignorada, no se erigió ningún altar o barrera permanente.

Y mientras tanto, en el hospital, los hombres disfrutaban del lujo de respirar aire fresco, saborear una naranja o un beso y tener un techo sólido sobre sus cabezas, que no amenazara con sepultarles mientras dormían. La ausencia del ruido de agua goteando era tan notable que muchos de ellos afirmaban echar de menos el habitual y rítmico sonsonete del interior de la mina. La rutina cotidiana constituía ahora un enorme placer. Ávalos describió el asombro de contemplar el verdor, de observar los árboles y el cielo. «Cuando miraba al horizonte, tenía la sensación de que mi cerebro estaba repentinamente orientando y organizando toda esa información en un enorme torbellino de pensamientos». Aseguraba que sentía como si su vida se hubiera transformado de tener dos dimensiones a una existencia en 3D. «Apreciamos la vida de un modo que otros pueden encontrar difícil de entender», añadió.

Los periodistas alemanes de la prensa sensacionalista intentaban explotar el filón barato del cotilleo. ¿Qué esposa había engañado a su marido? ¿Alguno de los hombres había mantenido relaciones homosexuales dentro de los túneles? ¿Quién de los 33 había pegado a quién? En su instintiva obsesión por el sexo, las drogas y el escándalo, la prensa sensacionalista rastreaba el panorama —comprando cartas y provocando a los familiares en pos del último escándalo—, mientras que periodistas más serios de la BBC, *El País*, o *The New York Times* y de todo el mundo, intentaban entrar en el hospital para tener un momento en exclusiva con los hombres.

«Espero que les sea leve esa avalancha de luces , cámaras y *flashes* que se les viene encima —escribiría Hernán Rivera Letelier, un escritor chileno, mientras trataba de advertir a los mineros del bombardeo de medios que les perseguiría—. Es cierto que han sobrevivido a una larga temporada en el infierno pero, al fin y al cabo, era un infierno que ya conocían. Lo que se les viene ahora encima, compañeros, es un infierno completamente inexplorado por ustedes: el infierno del espectáculo, el alienante infierno de los platós de televisión. Una sola cosa les digo, paisanos: aférrense a su familia, no la suelten, no la pierdan de vista, no la malogren. Aférrense a ella como se aferraron a la cápsula que los sacó del hoyo. Es la única manera de sobrevivir a ese aluvión mediático que se les viene encima».

Para la prensa amarilla, la historia era inquietantemente humana. No había cadáver. Ni demonio. Ningún maldito clímax que embellecer para una breve audiencia mundial. Con la excusa barata de la «necesidad de información del público», la prensa sensacionalista impulsó una agenda que presentara el más bajo denominador común. Fue un intento de explotar la creencia generalizada de que los hombres, bajo circunstancias extremas de estrés, muestran inevitablemente una conducta de bárbaros. Siguiendo sus propios prejuicios, los medios sensacionalistas, fracasaron finalmente en su cometido más importante: educar e informar.

Dentro del hospital los mineros estaban confusos. Nunca se habían considerado físicamente enfermos o con debilidad mental. Con la excepción de unos pocos problemas dentales concretos, de tímpanos dañados o contracturas musculares, estaban dispuestos a marcharse. Los doctores se negaban. Un sentido de sobreprotección y pertenencia seguía dominando la respuesta médica. En realidad, eran pocos los facultativos que pensaban que pudieran estar tan sanos.

Jueves, 14 de octubre

A las ocho la mañana el presidente Piñera visitó a los treinta y tres mineros en el hospital y prometió una reforma radical de las condiciones de trabajo, no sólo en la industria minera, sino también en las de transporte y pesquera.

«Podemos garantizar que nunca más permitiremos que en nuestro país se trabaje en condiciones tan inhumanas e inseguras —prometía Piñera—. En los próximos días, anunciaremos a la nación un nuevo acuerdo con los trabajadores».

Posando con las batas del hospital y con las gafas de sol puestas, los hombres recibieron un reto de Piñera: un partido de fútbol entre el personal de la presidencia y los mineros.

«El equipo que gane se quedará en La Moneda. El que pierda volverá a la mina», bromeó.

Los hombres se rieron y conversaron con el hábil presidente mediático. A pesar de su experiencia y sufrimiento, muchos de ellos ya se estaban planteando el deseo de volver a la profesión minera. «Naturalmente, tenemos que seguir trabajando; es parte de nuestra vida», declaraba Osman Araya. El minero Alex Vega estaba de acuerdo con él. «Quiero volver. Soy minero de corazón. Eso es algo que se lleva en la sangre».

Viernes, 15 de octubre

Los mineros se despertaban con ansiedad. Pesadillas de la mina poblaban sus sueños. Uno de ellos se había levantado en mitad de la noche y se había puesto a pasear por los pasillos, en busca de la paloma. Era la hora de su turno y se dirigía a cumplir con su trabajo. «Están soñando con la mina —explicó el ministro de Salud, el doctor Mañalich—. Otros continúan creyendo que tienen que completar sus tareas dentro de la mina».

La tensión aumentó cuando las familias exigieron llevarse a sus seres queridos a casa y los mineros presionaron para quedar libres. «Tenemos un cierto grado de intranquilidad porque tratamos de reconducir a gente muy frágil de vuelta a sus familias —declaró Mañalich, quien había examinado a los hombres mientras les preparaban para recibir el alta—. Es muy improbable que estos hombres puedan volver a hacer vida normal».

El estrés postraumático estaba prácticamente garantizado para, al menos, algunos de ellos. Mientras que Sepúlveda había utilizado la crisis como un trampolín en el que desarrollar su latente talento para el liderazgo, Edison Peña no podía correr lo suficientemente rápido o lo suficientemente lejos como para escapar a la presión y al trauma del confinamiento. Incluso el más mínimo sonido raro —como una taza metálica al caer al suelo —hacía que los hombres dieran un respingo. Algunos dormían con las luces encendidas. Otros necesitaban pastillas para dormir que relajaran sus mentes. El psiquiatra Figueroa estimaba que un quince por ciento de los mineros podrían tener serios problemas psicológicos, otro quince se podría volver mejor, gente más fuerte, y el resto se quedaría en algún punto intermedio. No había ningún ejemplo claro en la historia que pudiera usarse como comparación. Si bien era cierto que, para tratar a soldados traumatizados o a supervivientes de accidentes aéreos, existía una extensa literatura disponible para consulta de los psicólogos, en aquel caso había un enorme vacío. El accidente de la mina chilena le había proporcionado a las víctimas una experiencia tan particular de supervivencia, que muy pocas de las reglas habituales en cuestiones de salud mental podían serles aplicadas.

A pesar de la incertidumbre sobre la estabilidad mental de los hombres, el viernes 15 de octubre a las cuatro de la tarde veintiocho mineros fueron dados de alta del hospital de Copiapó. Se elaboró un meticuloso plan para hacer salir, sin ser vistos, a los mineros del hospital, ante las narices de la prensa mundial. Mientras unas llamativas ambulancias salían por la puerta principal, supuestamente con los mineros dentro, éstos se escapaban por la puerta trasera.

«Estuve trabajando mucho tiempo en los servicios secretos», comentaba el doctor Jorge Díaz, sonriendo, cuando le preguntaban cómo había organizado la operación clandestina.

Omar Reygadas se disfrazó de detective de la policía con tanto éxito que, de hecho, se filtró entre la marabunta de medios de comunicación y comenzó a hacer fotos a los periodistas. Otros mineros se cambiaron de ropa y gafas de sol y abandonaron el hospital del brazo de mujeres utilizadas como señuelo que fingían ser su esposa. Charlando y relajados, se marcharon sin ser detectados y fueron enviados a sus casas o al hotel.

Samuel Ávalos se dirigió a una pensión donde le aguardaba una habitación con ducha y su ansiosa mujer. «Me abalancé sobre mi esposa; había pasado tanto tiempo, que era como un conejo —dijo—. Pero no podía dormir. La cabeza me daba vueltas. No había forma. Se me dormía el brazo izquierdo. Mi cuerpo no estaba relajado, sino totalmente tenso. No era yo mismo. Cuando me tocaba el cuerpo, me sentía raro. No estaba seguro de qué pensar cuando me miraba en el espejo. Aquéllos no eran mis ojos».

Cuando los mineros fueron liberados del hospital de Copiapó, se quedaron asombrados por la acogida. «No pensé que conseguiría regresar, por eso esa recepción me dejó fuera de combate —declaraba Edison Peña. Y conteniendo las lágrimas, añadía—: Realmente lo pasamos muy mal».

La multitudinaria presencia de la prensa, que se apiñaba a las puertas de sus humildes hogares, desarrolló una nueva estrategia económica ante los medios. El minero boliviano, Carlos Mamani, exigió una cuota fija por pregunta. Otros mineros cobraban miles de dólares y luego se negaban a dar ningún detalle sobre su confinamiento. Las acusaciones aumentaron mientras que los reporteros se sentían estafados por un pago que los mineros consideraban justificado.

Yonni Barrios apenas conseguía salir de casa. Un nutrido grupo de medios luchaba por conseguir su historia. Aunque sus esfuerzos por procurar atención médica a sus treinta y dos compañeros había sido su tarea diaria, la vida sentimental de Barrios daba para muchos más titulares, con su mujer y su amante, Susana Valenzuela, reclamando poseer su afecto.

Barrios escogió a Valenzuela como compañera permanente. Cuando se dirigió brevemente a la prensa, rompió a llorar al describir su papel como médico: «Lo único que hice allí abajo fue mi trabajo. Puse todo mi empeño en ayudar a mis colegas, que ahora son buenos amigos».

Cuando se le pidió que diera detalles sobre los primeros diecisiete días, Barrios se negó a decir nada, fiel al «pacto de silencio». Sin embargo, Jimmy Sánchez, el minero más joven, concedió una entrevista en la que arremetía contra Urzúa, al que calificaba como un líder nefasto. «Mario Sepúlveda era realmente el jefe», afirmaba Sánchez en la primera descarga de confesiones, aclaraciones y declaraciones.

¿Dónde estaba Sepúlveda? La prensa exigía una respuesta. De acuerdo con los informes publicados por el hospital, Sepúlveda estaba fatigado y necesitaba descanso. En conversaciones privadas, sin embargo, los médicos admitían que Sepúlveda estaba siendo retenido —contra su voluntad—, para protegerle de lo que los doctores y psicólogos temían pudiera ser una insoportable presión de los medios.

Sepúlveda, que de nuevo se sentía atrapado, esta vez por sus rescatadores, estaba furioso. Quería abandonar el hospital.

El doctor Romagnoli fue a visitarle y se encontró con un Sepúlveda drogado y confuso. El hombre le suplicó: «Sáqueme de aquí. Me están drogando. Éste es un manicomio. Me están pinchando todo el tiempo».

Bajo los efectos de las drogas, Sepúlveda estaba atontado y nervioso.

«Le estaban suministrando *Haldol* —explicaba el doctor Romagnoli, que describió el medicamento como el utilizado para tratar brotes agudos de psicosis y esquizofrenia, tan potente que dejaba al paciente fuera de combate—. Lo atiborraban a *diazepam* (un fármaco ansiolítico) para mantenerle bajo control. Estaba desesperado», aseguraba Romagnoli, que decidió que era el momento de soltar a Sepúlveda aunque se ganara una bronca. Hablé con Iturra y le dije: «Sáquenlo de aquí o será peor el remedio que la enfermedad, ya que me veré obligado a sacudir a un par de policías y tendrán que mandarme a la cárcel. Al fin la felicidad no debería ser tratada como una enfermedad».

A Sepúlveda lo metieron en una ambulancia y lo llevaron subrepticiamente hasta una clínica cercana, despistando nuevamente a los medios que rodeaban el hospital. Finalmente, Sepúlveda estaba al borde de la libertad. Katty Valdivia, su mujer, describió a su esposo como perpetuamente hiperactivo y lleno de energía. «No comprenden a Mario, él es así».

Sábado, 16 de octubre

El sábado 16 de octubre treinta y un hombres habían sido dados de alta de Copiapó, pero Sepúlveda y Zamora aún seguían ingresados. Zamora tenía una grave infección dental. Cuando, a las diez de la mañana, Sepúlveda obtuvo permiso para salir, se dirigió directamente a un apartamento alquilado para una ceremonia de cumpleaños largamente pospuesta con su familia. Había pasado su cuarenta aniversario, el día tres de octubre, atrapado bajo tierra. Ahora se disponía a celebrarlo con Katty y sus hijos.

El hiperactivo Sepúlveda apenas se sentó durante la comida de cumpleaños. Se encerró en una habitación trasera y, como un niño que descubriera sus juguetes perdidos, comenzó a abrir los paquetes sellados que había sacado de la mina. Extrajo un cajón con tubos torpemente envueltos del tamaño de bates de béisbol que llevó al salón y hundió la hoja de su navaja en el grueso envoltorio de plástico de uno de los paquetes. Con desesperación, trató de abrir el tubo y después vació su contenido: botellas de plástico llenas de minerales y cristales del interior de la mina. «Éstos son los restos de nuestra última explosión, cuando nos quedamos atrapados por primera vez y nadie podía oírnos —explicó Sepúlveda—. Éste es un símbolo de nuestra esperanza y de nuestros intentos para escapar. Sólo se lo ofrezco a la gente que de verdad me importa».

Sepúlveda, entonces, comenzó a sacar las cartas que había recibido estando abajo. A medida que las leía, su expresión iba cambiando. La sonrisa desapareció. Las lágrimas rodaban por sus mejillas, mientras se quedaba sin palabras al tratar de explicar los recuerdos y duras imágenes que inundaban su mente. Entonces anunció que quería viajar. Inmediatamente. Al lugar con el que había soñado durante la mayor parte de su confinamiento: la playa.

Durante el trayecto a la playa, Sepúlveda hablaba como un hombre que acabara de salir de prisión. Todo atraía su atención, desde los sonidos del tráfico a la facilidad con la que podía comprar comida, elegir un refresco o moverse libremente. Sepúlveda declaraba: «Ahora lo valoro todo —y, cogiendo dos botellas de plástico vacías de agua del suelo del coche, añadió—: Míralas; con estas dos botellas puedes darte una ducha. Con una te enjabonas y con otra te aclaras».

La playa cercana a Caldera estaba desierta. El sol se escondía detrás de un bancal de nubes grises. Una brisa cálida llegaba del océano y las bandadas de gaviotas revoloteaban en busca de desechos en la orilla. Sepúlveda se puso a jugar al fútbol con su hijo. Entonces, se detuvo para saborear el momento. «¿Saben con lo que siempre soñaba cuando estaba atrapado? ¡Éste era mi sueño más preciado, bañarme en la playa!».

Mientras hablaba el sol se abrió un hueco entre las nubes, y unos sesgados rayos de luz dorada se reflejaron en un punto del océano. «Ésa es la luz divina, la luz de la esperanza —dijo Sepúlveda—. Cuando la primera paloma bajó hasta nosotros, señalé al orificio y les dije a mis compañeros: "Ésa es la luz y la puerta a la esperanza. Y arriba, amigos, está el paraíso"».

«Quiero que el mundo aprenda de nosotros. Que aprenda cómo vivir. Todos tenemos nuestro lado bueno y malo; necesitamos aprender a cultivar el bueno —comentó Sepúlveda, quien conocía de primera mano la fragilidad de la vida—. Tu vida se puede acabar en dos minutos. ¿De qué sirve el dinero si no estás vivo? No, mírenme, soy feliz. Dos meses sin ver un peso y soy feliz —y señalando a las olas y al cielo añadió—: Esto es vida».

Sepúlveda lanzó la pelota, corrió por la playa con su hijo, persiguió gaviotas y después se deshizo de la camisa, se sacó los zapatos de un puntapié, se quitó los calzoncillos y, desnudo con los brazos extendidos, corrió hacia el agua. Mientras las olas le lamían los tobillos, su familia aplaudió.

Mario Sepúlveda, el líder de los 33, se bañó y retozó como un niño.

Domingo, 17 de octubre

En un esfuerzo por cerrar el traumático círculo y hacer las paces con su terrible experiencia, doce de los mineros regresaron a la mina San José cuatro días después de ser rescatados. Una misa de agradecimiento había sido programada en lo que quedaba del Campamento Esperanza y los líderes políticos, religiosos y los hombres del equipo de rescate se habían congregado para poner punto final a aquella odisea.

Bajo una tienda custodiada por oficiales de policía, la escena pronto degeneró en una pelea a gritos entre la policía y un grupo de trabajadores de la mina a los que no se les permitía entrar al servicio religioso. Obedeciendo a las instrucciones dictadas por el gobierno, sólo los 33 estaban invitados. Otros compañeros de la mina San José estaban furiosos. También ellos habían sufrido, muchos se habían ofrecido como voluntarios durante semanas para ayudar en el rescate de sus colegas. Aquél era su lugar de trabajo; su sudor y su sufrimiento formaban parte de esa ladera, y sentían que estaban siendo tratados como intrusos. Empezaron a intercambiar empujones con los policías. Los manifestantes aprovecharon para denunciar el fracaso de los propietarios de la mina en el pago de sus salarios.

Los guardias de seguridad también denegaron la entrada a representantes de los sindicatos mineros que llegaron para conmemorar el éxito de rescate y, a la vez, protestar por los salarios atrasados que se debían a los trabajadores.

«Quieren pagarnos a plazos durante once meses —declaraba Evelyn Olmos, representante sindical que criticaba a los propietarios de la mina San José—. Necesitamos el dinero ahora».

«Cuando nadie pensaba que nuestros compañeros estaban vivos, todos vinimos aquí. Todos los trabajadores. Sabíamos que estaban vivos y les trajimos nuestra solidaridad y fe —se quejaba Javier Castillo, un líder sindical local—. Y ahora que están vivos y todo ha vuelto a la normalidad, nos prohíben asistir a la misa. Es muy doloroso».

Castillo había luchado durante mucho tiempo para que la mina se cerrara. Durante casi una década, había sido testigo de cómo una interminable serie de accidentes mutilaba y mataba a los trabajadores. La lista de bajas formaba parte de la mina tanto como la incesante hilera de camiones que transportaba el valioso oro y cobre de las entrañas de la montaña. A medida que se fueron revelando más detalles de las condiciones de seguridad del yacimiento, se produjo una violenta reacción contra los propietarios. Manuel González, el primero de los rescatadores que descendió en la cápsula, se quedó escandalizado por las condiciones que había en el interior de San José.

«Ni siquiera tenían los elementos más básicos —declaraba en la TVN, la televisión estatal—. Estuve allí abajo durante veinticinco horas a temperaturas de cuarenta grados y con un cien por cien de humedad. Imagino esos primeros diecisiete días, cuando no sabían nada. Debió de ser terrible».

Después de asistir a la misa y esperar a que los medios se dispersaran un poco, Samuel Ávalos se separó de los demás y comenzó a explorar el Campamento Esperanza. Era un mundo desconocido. Durante meses, había conducido a diario a través de aquella misma zona, atravesando montones de roca estéril. Ahora, cada rincón estaba atiborrado de cables, caravanas y signos de vida. Ávalos obtuvo permiso para visitar el conducto que le había llevado a la libertad. «El agujero era muy pequeño —dijo—. Todavía no puedo explicarme cómo pude salir por él. Si me lo preguntan, no tengo respuesta. Sin duda alguna fue como nacer de nuevo».

Entonces empezó a insultar a la montaña. «Esta mina era malvada. Cuando la insultabas, te tiraba piedras; era un ser vivo. De modo que me meé en esa jodida mina y mientras lo hacía, la insulté, llamándola de todo». Pero incluso al clamar venganza, Ávalos conservaba un profundo respeto por el yacimiento. «Si la mina quiere matarme, lo hará, aunque esté aquí fuera. Tiene poder para eso».

Otro grupo de mineros rescatados dejó la misa y se dirigió a la boca de la mina. Allí de pie, se quedaron mirando a la boca, abierta como en un gran bostezo. Entonces cogieron un puñado de piedras y, profiriendo insultos, las lanzaron hacia la muda boca. Durante un instante fueron los ganadores; la mina no respondió.

Epílogo. El triunfo de la esperanza

Fue una combinación de mala suerte, destino y decisiones de última hora lo que llevó a los treinta y tres mineros a entrar en la mina San José el 5 de agosto de 2010.

Mario Sepúlveda había perdido el autobús del trabajo. Aquella infausta mañana se había puesto a hacer autoestop en una solitaria carretera y había llegado varias horas tarde. Samuel Ávalos no era ni siquiera minero. Vendía CD pirateados en las calles de una pequeña ciudad chilena y un pariente se lo llevó a San José para que tuviera una nueva oportunidad. Carlos Mamani no tenía ni contrato para trabajar dentro de la mina. Estaba pluriempleado para conseguir un poco más de dinero con el que mantener a su nueva hija, Emili.

Cada vez que comenzaba un nuevo turno en la mina San José, los hombres entraban en un mundo conocido por cobrarse sus tributos, una mina de la que se decía poseía un espíritu vengativo que no vacilaba en mostrar su furia bombardeando con lluvias de piedras a los trabajadores. Los 33 no eran hombres corrientes. Eran víctimas mucho antes de que la mina se derrumbara. Se necesitaba una combinación de mala suerte, circunstancias adversas y valentía recalcitrante para plantearse siquiera trabajar en la mina San José.

Para los 33 los accidentes formaban parte del riesgo diario. Si uno lograba hacer un turno de doce horas sin ser aplastado, se embolsaba otros 58 euros. Si conseguía sobrevivir toda una semana, ganaba 400 euros. Contando los días extra y las horas de más, algunos conseguían reunir hasta mil quinientos euros al mes. En la mina San José pagaban aproximadamente un treinta por ciento más que otras minas de tamaño similar de la región, una práctica no muy diferente a la de las fuerzas del ejército y cuerpos diplomáticos que asignaban una paga extra a los trabajadores en zona de guerra.

Cuando la montaña se derrumbó el 5 de agosto los hombres debían haber muerto. En cualquier otro momento del día o de la noche, el enorme hundimiento habría aplastado y enterrado para siempre a, al menos, algunos de los equipos dispersos por el laberinto de la mina. Pero la montaña había rugido a la hora de comer —justo cuando los hombres se estaban retirando al refugio, guardando sus herramientas o preparándose para conducir el camión de transporte hacia el sol cegador, el aire fresco y la comida—. Cuando se quedaron atrapados tras un muro de roca del tamaño de un rascacielos, los mineros no tenían prácticamente comida ni forma de escapar. Se calculaba que en limpiar la galería y abrirse paso entre las rocas tardarían todo un año.

Mientras morían lentamente de inanición durante diecisiete días, muchos de ellos maldecían su suerte: «Si tan sólo...». «Si hubiera...». «¿Por qué yo?».

Esa muerte lenta les proporcionó tiempo más que suficiente para examinar sus vidas y hacer balance de sus logros, fallos y familias. El resultado no era halagador. Muchos de los hombres habían despilfarrado sus sueldos en diversiones baratas, dejando a mujeres, novias e hijos que se defendieran por sí mismos. Otros habían sucumbido al alcoholismo y a la drogadicción. La generosidad y el altruismo no eran rasgos demasiado significativos en el grupo.

La rutina de trabajo dentro de San José apenas permitía la introspección o el crecimiento personal. Los peligros diarios eran tan omnipresentes que apenas sorprendía que, después de siete días de tentar al peligro, los hombres consideraran más que justificado malgastar el salario en bebidas alcohólicas baratas, amantes secretas y otros placebos por el estilo.

Entonces llegó el milagro. En vez de sucumbir a los instintos animales y a una crisis de comportamiento, tal y como se describe en la novela *El Señor de las Moscas*, los mineros se aferraron a la esencia del espíritu humano y nunca lo dejaron escapar.

En vez de pelearse por una lata de atún, dividieron el escaso contenido en porciones iguales del tamaño de un dedal. Una única lata de melocotón se convirtió en una fiesta colectiva. En lugar de permitir que la fuerza bruta les gobernara, instituyeron una reunión diaria donde se tomaban las decisiones clave por medio de debates y votaciones. «Con humor y democracia —aseguraba Luis Urzúa cuando le preguntaban cómo había conseguido sobrellevar el liderazgo durante las diez semanas bajo tierra—. Éramos treinta y tres, de modo que la mayoría era de dieciséis más uno».

En las primeras horas después del accidente, los familiares de los hombres atrapados se apresuraron a dirigirse al lugar, levantaron altares e imploraron a los políticos que no se rindieran, mientras, deliberadamente, daban la espalda a la lógica y las probabilidades. En sus corazones se aferraban con fuerza a una clara convicción: por supuesto que los hombres estaban vivos. La única duda era durante cuánto tiempo podrían sus seres queridos mantener aquel frágil anclaje a la vida.

Durante diez semanas treinta y tres hombres unidos lucharon juntos. Construyeron un espíritu común para sobrevivir, enterrados a 700 metros de profundidad, en las entrañas de la montaña. Incluso mientras sus familias se concentraban y los rescatadores desarrollaban múltiples planes para salvarlos, el Gobierno chileno planeaba hasta sus funerales y proyectaba el diseño de una cruz blanca que adornara la ladera de la colina en su memoria. Las estadísticas proporcionadas al presidente Piñera indicaban que sólo había un dos por ciento de posibilidades de que alguno de los mineros hubiera sobrevivido.

La fe y la tecnología se habían unido, en última instancia, para mover literalmente una montaña. Cada día más familiares, mineros, equipos de rescate y medios de comunicación de todas partes del mundo, demostraban la habilidad de trabajar por el bien común.

El coste final del rescate podía rondar en torno a los 15 millones de euros —aproximadamente unos 455.000 euros por minero—. Pero no sólo no se cuestionó nunca el montante total del rescate, sino que, en muchos casos, las facturas nunca llegaron. Compañías mineras incluyendo Precision Drilling, Minera Santa Fe, Center Rock, Anglo American, Geotec, Codelco, Collahuasi y varias decenas más, se limitaron a pagarlo de su propio bolsillo.

Mientras el dispositivo de rescate progresaba, empezaron a llegar donaciones de Japón, Canadá, Brasil, Alemania, Sudáfrica y los Estados Unidos. La compañía de transporte UPS trasladó equipos de perforación de forma gratuita. Oakley envió una pequeña caja con treinta y cinco pares de gafas de sol. Equipos de maquinistas en Center Rock Inc., Pensilvania, trabajaron a destajo para diseñar nuevas taladradoras. Por cada minero atrapado, se estimaba que habían trabajado a tiempo completo entre treinta y cincuenta personas para ayudar en su rescate. A la hora de la comida el comedor del Campamento Esperanza parecía Naciones Unidas: periodistas coreanos, trabajadores del petróleo brasileños, médicos de la NASA, bomberos chilenos, fornidos canadienses y, desde Colorado, el gigante Jeff Hart, el mejor perforador del mundo.

Cuando le preguntaron qué había sacado de positivo del encierro, Samuel Ávalos contestó: «Que somos tan frágiles como una fracción de segundo. Cuando menos te lo esperas, se acaba todo. Vive y disfruta el presente. El instante. El momento. No hagas muchos planes. Date cuenta de que tus problemas son mucho más pequeños que los que nosotros hemos vivido. Ten siempre la capacidad de superarte, de ayudar a los demás».

¿Cómo un grupo de mineros desarrapados y sus familias logró volverse un ejemplo de ternura e inteligencia emocional? Pocos de esos hombres habían recibido educación, triunfado en sus carreras o eran capaces de pasar «tiempo de calidad» con sus familias. Eran hombres endurecidos, supervivientes que trabajaban en los rincones anónimos de una oscura cueva donde pocos seres humanos aguantarían un solo turno.

Tenían compañeros que habían muerto y otros que estaban mutilados. Nuevos reclutas aparecían constantemente para cubrir los puestos libres. Para esos trabajadores —y existen en cualquier lugar del mundo— el concepto de un Universo justo o de la meritocracia, les era tan ajeno como el procedimiento de subirse a un avión o solicitar un pasaporte. Y, sin embargo, se convirtieron en un ejemplo para el mundo, en un símbolo de supervivencia. Un breve recordatorio de que igual que hay maldad, el bien existe. Un recordatorio de que, en un mundo cada vez más interconectado, un simple acontecimiento tiene el poder de unirnos.

Cuando un grupo de fanáticos lanzó los ataques contra el World Trade Center en 2001, el mundo se sintió inmediatamente desgarrado. Por la peor de las razones, las divisiones superaron la comprensión. El racismo. El tribalismo. Nosotros frente a ellos y la sorpresa y el pavor borrando una emergente conciencia global. Fue entonces, cuando el periódico francés *Le Monde* publicó el famoso titular «Todos somos americanos». Aquél no era momento de celebración. De hecho era una declaración de derrota, la admisión de que había llegado el momento de enfrentarse a las tácticas más brutales con más fuerza bruta si cabe. Una era de terrorismo y tortura había llegado. Guantánamo se convirtió en un símbolo de la nueva Edad Oscura.

El rescate de la mina chilena era exactamente el anti 11 de Septiembre, un suceso que ponía en evidencia la caridad humana, la fraternidad y el concepto de aldea global construido sobre el altruismo. La fijación de la prensa mundial con la historia de la mina chilena era una anomalía respecto a la corriente diaria de noticias de guerras, masacres y fenómenos atmosféricos extremos. ¿Fue un espejismo? ¿O fue un breve atisbo en el vasto embalse de buena voluntad que siempre puede invocarse para un movimiento mundial?

El abrazo global a los mineros chilenos tenía tanto que ver con el estado del planeta como con el destino de los hombres atrapados. Cada año, miles de mineros se quedan atrapados y mueren. Otros cientos son rescatados. La prensa mundial no anda precisamente muy sobrada de buenas noticias internacionales. Pero los héroes abundan si los reporteros y los editores se toman el tiempo de buscarlos. Después de casi una década de lo que los analistas llaman «la Edad del Terror», en agosto de 2010 el mundo parecía desprovisto de esperanza, pero la valentía de treinta y tres hombres y una partida de operarios de rescate, generosos y tenaces, llevaron al mundo a unirse. Al menos durante un momento, pudimos decir: «Todos somos chilenos».

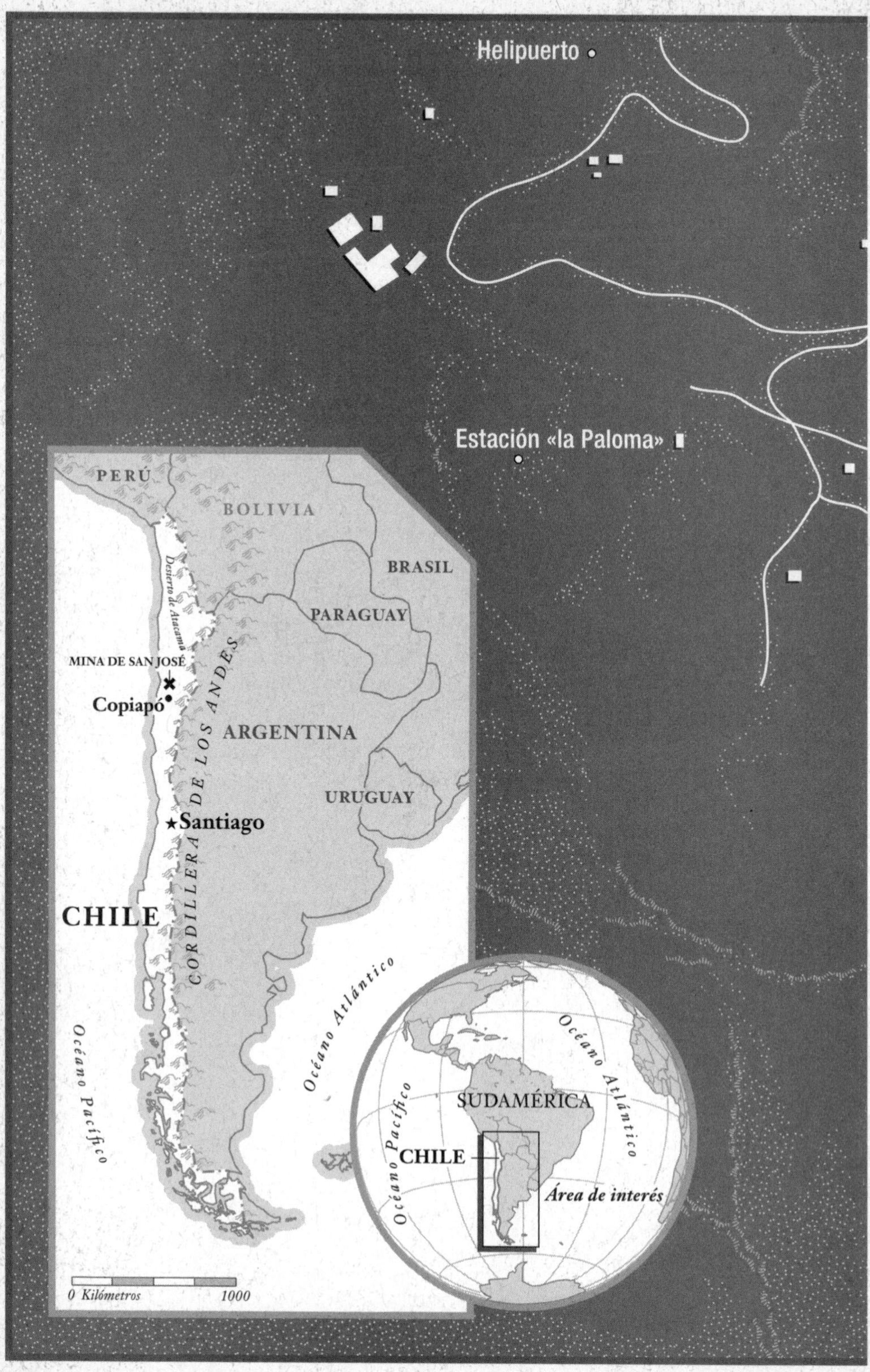

Helipuerto

Estación «la Paloma»

PERÚ

BOLIVIA

BRASIL

PARAGUAY

Desierto de Atacama

MINA DE SAN JOSÉ

Copiapó

CORDILLERA DE LOS ANDES

ARGENTINA

URUGUAY

Santiago

CHILE

Océano Atlántico

Océano Pacífico

0 Kilómetros 1000

Océano Atlántico

SUDAMÉRICA

Océano Pacífico

CHILE

Área de interés

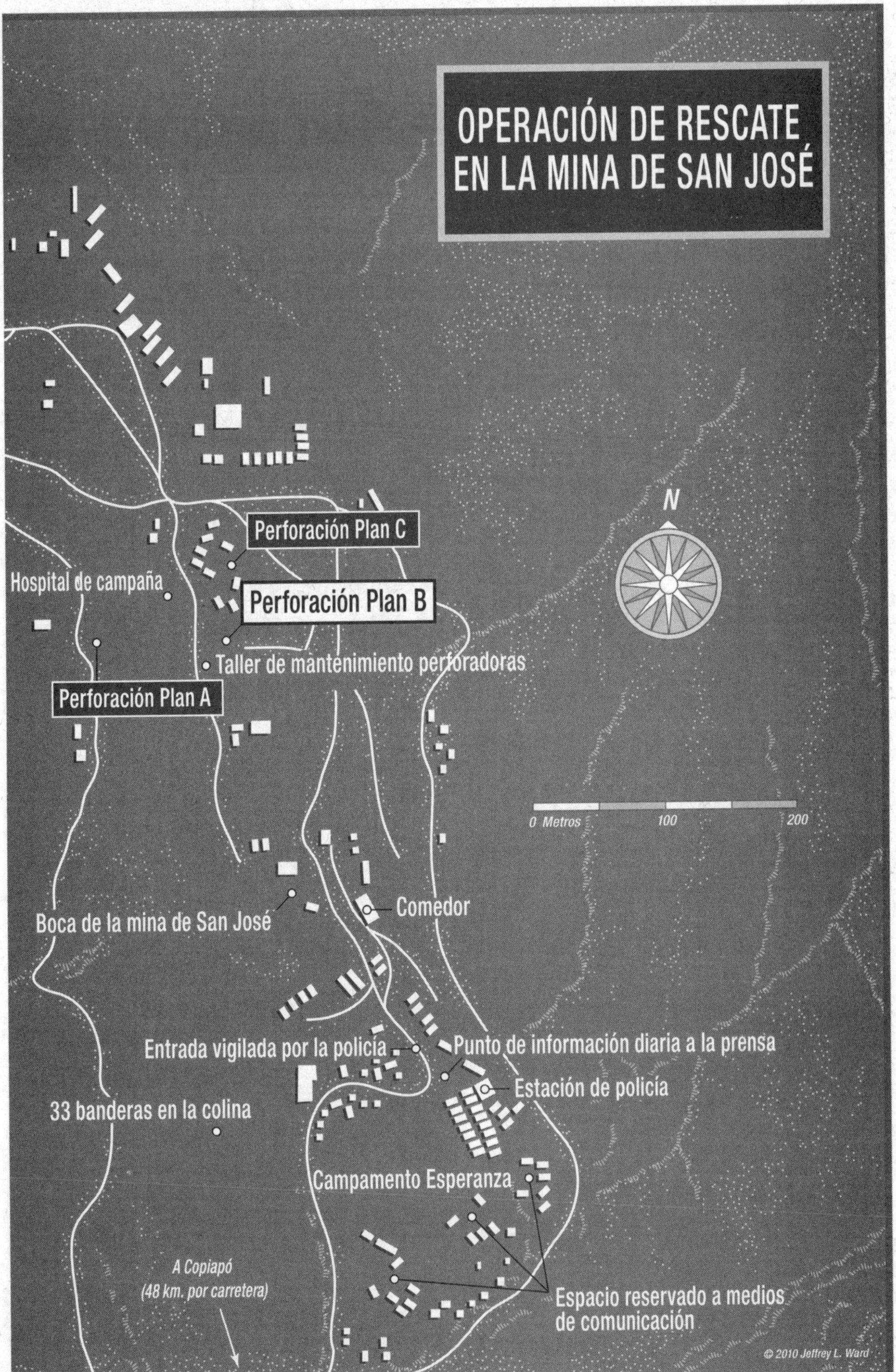
OPERACIÓN DE RESCATE
EN LA MINA DE SAN JOSÉ
N
Perforación Plan C
Hospital de campaña
Perforación Plan B
Taller de mantenimiento perforadoras
Perforación Plan A
0 Metros
100
200
Comedor
Boca de la mina de San José
Entrada vigilada por la policía
Punto de información diaria a la prensa
Estación de policía
33 banderas en la colina
Campamento Esperanza
A Copiapó
(48 km. por carretera)
Espacio reservado a medios
de comunicación
© 2010 Jeffrey L. Ward

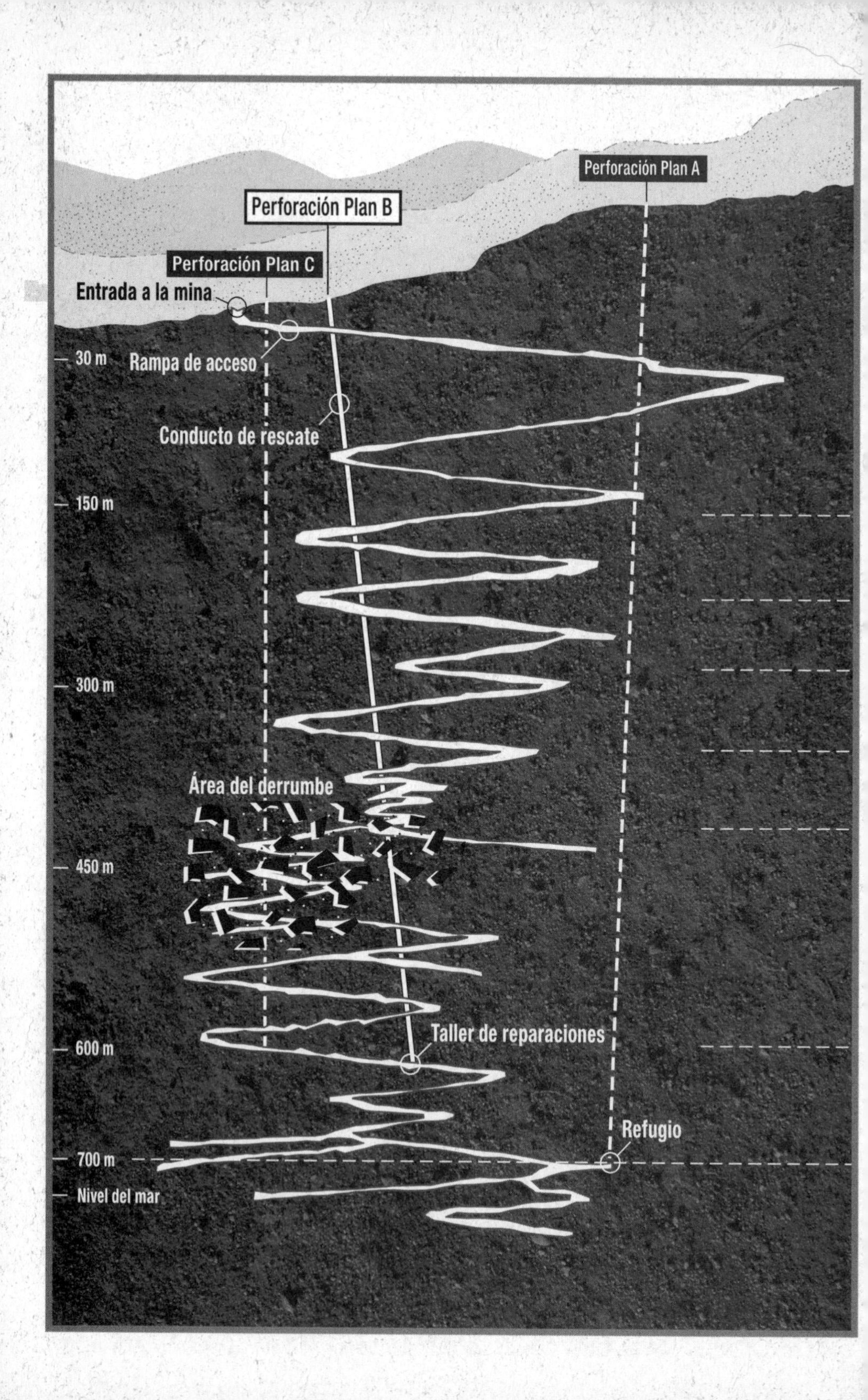
Perforación Plan A
Perforación Plan B
Perforación Plan C
Entrada a la mina
30 m
Rampa de acceso
Conducto de rescate
150 m
300 m
Área del derrumbe
450 m
600 m
Taller de reparaciones
Refugio
700 m
Nivel del mar

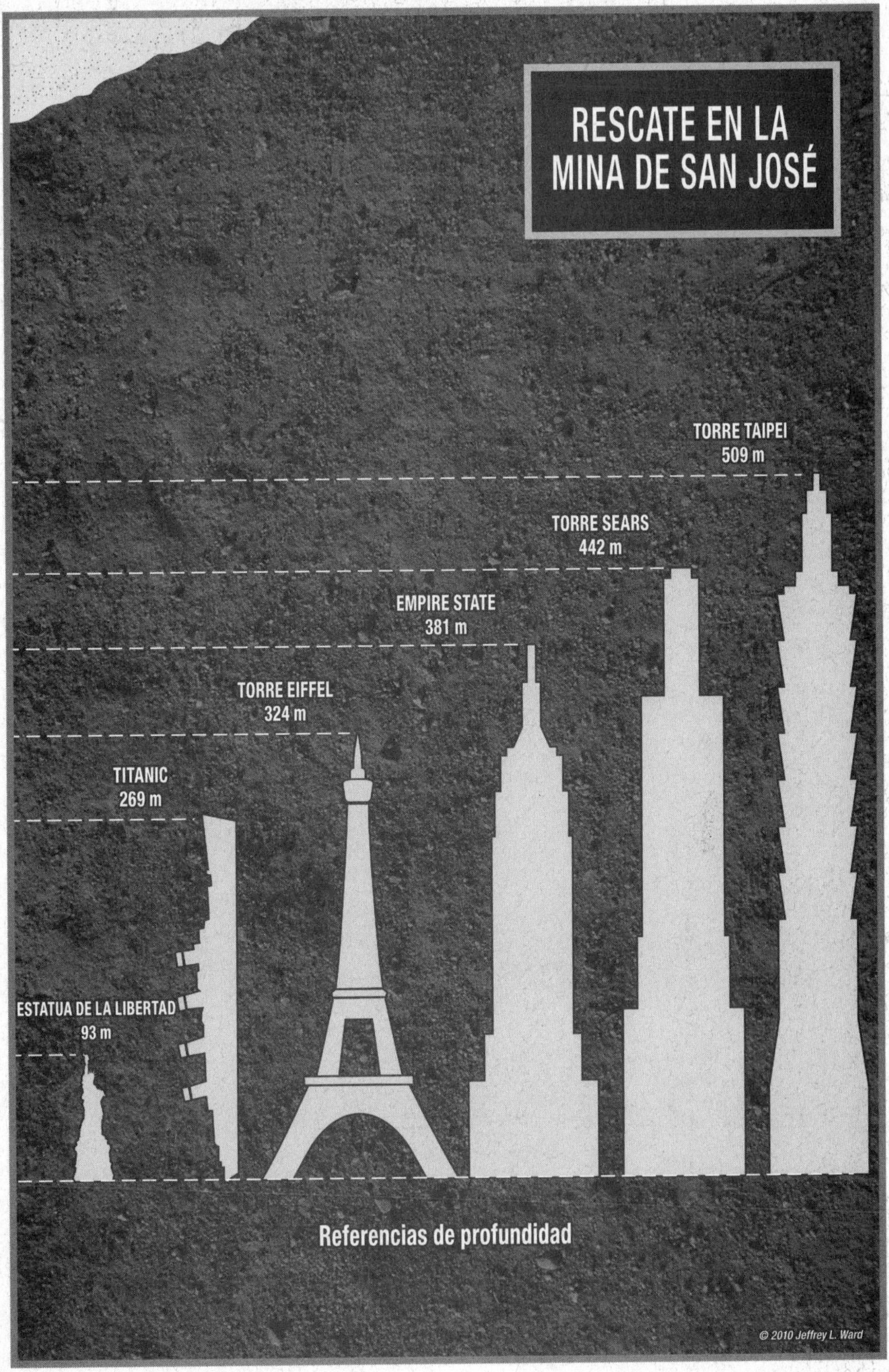

RESCATE EN LA MINA DE SAN JOSÉ
TORRE TAIPEI
509 m
TORRE SEARS
442 m
EMPIRE STATE
381 m
TORRE EIFFEL
324 m
TITANIC
269 m
ESTATUA DE LA LIBERTAD
93 m
Referencias de profundidad
© 2010 Jeffrey L. Ward

Notas del autor

Aclaraciones sobre la traducción

El español que se habla en Chile es un idioma considerablemente rico en argot. Y la jerga minera es considerablemente rica en palabras malsonantes. La combinación de esas dos realidades hacía que la traducción literal fuera absolutamente imposible. En muchos casos, el español utilizado por los mineros y los operarios de rescate, familiares y políticos ha sido traducido para preservar su esencia y significado. Muchas palabras malsonantes han sido eliminadas, no porque fueran especialmente ofensivas, sino por el mero hecho de que no tenían sentido en otros idiomas. El autor y el editor han mantenido la intencionalidad de las palabras, pero tratando de dar una mayor coherencia y estilo a la traducción. Debido al empleo de múltiples traductores, es posible que se produzcan pequeñas diferencias de opinión sobre cuál es la mejor forma de presentar la riqueza del español chileno a una audiencia internacional.

Aclaraciones sobre fechas y horas

El presente libro se basa en las entrevistas realizadas a aproximadamente ciento veinte participantes en el rescate. Entre ellos se encuentran la mayoría de los mineros, el presidente Piñera y los principales diseñadores y colaboradores del plan. Dada la naturaleza extraordinaria de su confinamiento subterráneo y la monotonía del mismo, los mineros no siempre eran capaces de confirmar la fecha y hora exactas de determinados acontecimientos. Sin luz del día ni oscuridad que marcara el paso del tiempo, dicha desorientación resulta comprensible.

La intención del autor ha sido poner orden en dicha desorientación y la comprende perfectamente, ya que él mismo se pasó ocho días sin cambiarse de ropa, sin ducharse y sin siquiera quitarse las botas. La fatiga y el agotamiento marcaron los últimos veinte días del rescate. El autor desea destacar que, a pesar de los reiterados esfuerzos para aclarar determinadas secuencias, siguen existiendo discrepancias entre los propios participantes. Así es la naturaleza de los sucesos de carácter trágico.

Acceso exclusivo

Muchas de las escenas y entrevistas descritas en este libro no estuvieron al alcance de los miles de periodistas del Campamento Esperanza. Cuando comenzaron a implementar el dispositivo de rescate, empecé a informar desde detrás de las líneas policiales igual que los demás reporteros. Sin embargo, al comprender el alcance y la grandiosidad de la operación, solicité permiso a la ACHS, la compañía aseguradora a cargo de la mayor parte de la operación de rescate, para documentar sus notorios esfuerzos. Yo cubría la tragedia para numerosos medios incluyendo el *Washington Post* y *The Guardian* y ACHS inmediatamente aceptó y me proporcionó un *tour* de medio día por la zona de la operación de rescate. Después me dijeron que la visita había terminado.

Solicité quedarme allí y continuar con el reportaje. En ese caso, me dijeron, necesitaría una Credencial del Equipo de Rescate. Rellené los formularios, expliqué que era escritor y se me dio el pase nº 204. Durante la mayor parte de las siguientes seis semanas, se me permitió circular por la zona donde se estaban llevando a cabo las operaciones de rescate y ver el proceso desde primera línea, tal como informé, grabé y filmé. En ningún momento indiqué que tuviera una misión distinta de la de un reportero a tiempo completo.

Las gafas de sol Oakley

En mi interés por divulgar todos los detalles estoy orgulloso de aclarar que fui el responsable de que los mineros recibieran las gafas de sol Oakley. Durante una reunión planificada entre Codelco y la Marina chilena, a principios de septiembre, quedó patente que los mineros necesitarían una alta protección para los ojos al abandonar la mina. Dada la abrumadora logística del plan de rescate, los oficiales estaban saturados de trabajo y un poco perdidos sobre qué hacer con respecto a las gafas de sol. Siete años antes, había conocido a Eric Poston, un representante de Oakley. Todavía conservaba su tarjeta. Escribí a Oakley un correo sugiriéndoles que enviaran treinta y cinco pares de gafas de sol (dos de repuesto) para el equipo chileno de rescate. Estuvieron de acuerdo y el resto es historia.

Agradecimientos

Dado que el presente libro fue escrito en las fechas inmediatas a la tragedia minera, los retos fueron muchos y los sacrificios numerosos. En primer lugar me gustaría dar las gracias a mi esposa, Toty Garfe, por aceptar la larga ausencia de su marido. A mis hijas Kimberly y Amy: siento haberme perdido vuestros cumpleaños. Zoe, las fotos de tu bautizo son maravillosas, habría preferido estar allí. Susan, enhorabuena por ganar tantas medallas en saltos de trampolín, he visto el vídeo. Maciel, ¿cómo has podido crecer 15 centímetros en dos meses? A Francisca, mi primera hija: aprecio tu lealtad al trotamundos de tu padre.

A mi agente Annabel Merullo y Caroline Michel, Juliet Mushens, Alexandra Cliff y el equipo de PFD, por ser los primeros en ver el potencial de este libro y pasearlo por la feria de Frankfurt y las altas esferas. Os estaré eternamente agradecido. A George Lucas, de Inkwell Management, que guió el libro a través de la jungla de los editores norteamericanos, haciéndome aterrizar en Putnam, donde Marysue Rucci y Marilyn Ducksworth fueron fundamentales para transformarlo en un trabajo bellamente diseñado, exquisitamente editado y conocido en todo el país. A Diane Lulek y Michelle Malonzo, de Putnam, que dejaron a un lado todas sus tareas para responder a mis numerosas preguntas sobre la publicación de mi primer libro. Me gustaría dar las gracias al equipo editorial de Putnam integrado por Meredith Dros y Lisa D'Agostino, que han estado más ocupadas que un controlador aéreo del JFK para sincronizar todas las piezas del presente proyecto. Mi agradecimiento al presidente de Putnam, Ivan Held, por su apoyo a mi primer libro: aprecio tu apoyo incondicional. Finalmente, me gustaría darles las gracias a la directora de Arte Claire Vaccaro, que con tanta paciencia se volcó en descifrar los mapas y las fotos, y a la maquetadora Linda Rosenberg, que tuvo que trabajar en vacaciones. A Bill Scott-Kerr y Simon Thorogood de Transworld Publishing de Londres, porque su apoyo previo para este proyecto fue la llave para convertirlo en realidad. A Bob Bookman y el equipo de CAA, gracias por el eterno optimismo dentro de la locura que supone una película producida en Hollywood. A Colin Baden, Diane Thibert y Rachel Mooers de Oakley por su generosa contribución a los mineros.

Gracias a Martín Fruns, Alejandro Piño y a todo el personal médico y psicológico de ACHS, por su profesionalidad y ayuda constantes durante la elaboración del presente proyecto. Me gustaría destacar al psicólogo Alberto Iturra, que tal vez haya tenido el trabajo más duro de todos: mantener a los mineros unidos bajo tierra. Alberto, puede que los mineros no se dieran cuenta de lo difícil que era tu trabajo, pero el resto de nosotros sí.

A mi padre, Tom Franklin, que solía corregirme las tareas escolares cuando estaba en tercero: ¿Ves? Ha valido la pena. A mi hermana mayor Sarah, una formidable escritora y mi mayor inspiración, que me ha abierto paso en mi carrera. A mi hermano menor Christopher, que crea silenciosamente parques y zonas recreativas, tu legado ya está aquí. A mi madre, Susan, que me observa desde arriba, y que no sólo me trajo a este mundo, sino que me imbuyó un espíritu de supervivencia y resistencia.

A mis colegas, incluyendo a Dean Kuipers, del *L.A. Times*, el primero en invertir en mi autoconfianza. Sam Logan, de *SouthernPulse*, un periodista visionario. Denise Witzig, de la Brown University, mi mentor esencial. John Kifner, de *The New York Times*, mi primer mentor. A Hunter S. Thompson: sobran las explicaciones. A Michael Smith, de *Bloomberg*, el mejor periodista de investigación que conozco. A Jorge Molina, de *El Mostrador*, el más hábil reportero chileno. A Pablo Iturbe y Tim Delhaes, de *Tigabytes*, conspiradores muy próximos y compañeros de sueños. A Rory Carroll, Martin Hodgson, David Munk, Mark Rice-Oxley y todo el departamento internacional de *The Guardian*, por soportar mis actos de generosidad al azar. A Tiffany Harness, Doug Jehl, Griff Witte y Juan Forero en el *Washington Post*, que han demostrado que todavía existen los grandes editores. A Guillermo Galdós, de Discovery Channel, por albergarme en la mina San José y proporcionarme siempre inspiración. A Lonzo Cook y Karl Penhaul, de CNN, por su buen humor y grandes cenas, a Amaro Gómez-Pablos Benavides, de la Televisión Nacional de Chile, por su lealtad y las risas, a Francisco Peregil de *El País*, un ejemplo de que el gran periodismo también puede ser fruto de la colaboración; a Bert Rudman, John Quiñones, Joe Goldman y el equipo entero de *ABC News*, que me cobijaron bajo sus alas en el Campamento Esperanza. A Carlos Pedroza y Manuel Martínez, del *Esquire* de México, por su lealtad a largo plazo y su visión para las verdaderas noticias; a Miguel Soffia por demostrar que la próxima generación va a hacernos sentir a los veteranos lentos y perezosos. Y finalmente a James Bandler, mi eterno co-conspirador, maestro del sobreentendido y de la primicia mundial y razón por la que fui a Chile hace veintiún años.

Y para los treinta y tres mineros, cada uno de los cuales encontró tiempo para hablar conmigo y proporcionarme información para el libro. En particular me gustaría dar las gracias a Mario Sepúlveda, Raúl Bustos, Alex Vega, Juan Illanes y Samuel Ávalos.

Y para terminar gracias a mi socio Morten Andersen, por su paciencia durante mi inesperado periodo sabático. A mi asistente Gemma Dunn por el trabajo que durante meses ha dedicado a cada una de las fases del libro incluyendo entrevistas e investigaciones. A Lucia Bird y Ellen Jones por su infinita paciencia al transcribir las entrevistas de los mineros chilenos de su casi ininteligible argot a un inglés perfecto.

Créditos de las fotografías

1. Letrero de carretera, Copiapó: Getty Images; altar junto a la carretera cerca de Copiapó: AFP/Getty Images; imagen de satélite, 16 de septiembre de 2010: NASA; entrada a la mina de San José, 28 de junio de 2010: AFP/Getty Images

2-3. Fotografías de carné de los mineros: AFP/Getty Images; cartel indicador del refugio: REUTERS/Ministerio de Minería chileno /Landov

4-5. Pedro Simonovich habla a los familiares congregados en la mina, 6 de agosto de 2010: AFP/Getty Images; AFP/Getty Images; Laurence Golborne se dirige a los familiares, 7 de agosto 2010: Martin Bernetti/AFP/Getty Images; rescatistas a la entrada de la mina, 7 de agosto de 2010: Martin Bernetti/AFP/Getty Images; excavador/a, 8 de agosto de 2010: Martin Bernetti/AFP/Getty Images; misa en la mina, 10 de agosto de 2010: Reuters/Landov; familiares lloran a la espera de noticias, 7 de agosto de 2010; familiares aguardando noticias en la mina, 6 de agosto de 2010: AFP/Getty Images

6-7. Perforación en la mina, 17 de agosto de 2010: Ariel Mankovic/AFP/Getty Images; Sebastián Piñera sostiene el mensaje escrito por los mineros, 22 de agosto 2010; familiares se abrazan entre sí, 22 de agosto de 2010: AFP/Getty Images; vigilia, 17 de agosto de 2010: Ariel Mankovic/AFP/Getty Images

8. Familiares pendientes de una pantalla gigante, 26 de agosto 2010: Reuters /Landov: plano de los mineros, 17 de septiembre 2010: Reuters /Landov; contacto por vídeo, 5 de septiembre de 2010: © nota de prensa/Ministerio de la Minería/dpa/Corbis

9. Campamento de periodistas con el Campamento Esperanza de fondo, 11 de octubre de 2010: Associated Press; niños jugando

junto al Campamento Esperanza, 21 de septiembre de 2010: AFP/ Getty Images

10-11. Jonathan Franklin en la estación «la Paloma»: Jonathan Franklin/Addict Village; Laurence Golborne abre una paloma, 29 de agosto de 2010: AFP/Getty Images; Alberto Iturra: Jonathan Franklin/Addict Village; André Sougarret habla con la prensa, 29 de septiembre de 2010: AFP/Getty Images; Jonathan Franklin en la CNN: Marcelo Iturbe; periodistas, 9 de octubre de 2010: AFP/Getty Images; altar dedicado a los mineros, 6 de septiembre de 2010: AFP/ Getty Images; Verónica Quispe: © Claudio Reyes/EPA/Corbis; mujer escribiendo una carta en el Campamento Esperanza: © Ronald Patrick; tubos empleados para enviar mensajes: Jonathan Franklin/Addict Village

12-13. Perforadora Strata 950, 8 de septiembre de 2010: AFP/ Getty Images; convoy de camiones, 10 de septiembre de 2010: AFP/Getty Images; retén policial: ©Ronald Patrick; Laurence Golborne, el presidente Piñera y André Sougarret, 12 de octubre de 2010: Hugo Infante/Gobierno de Chile/Rex / Rex USA; vista desde la cápsula de rescate: REUTERS/Gobierno de Chile/Pool /Landov; el doctor Jorge Díaz: Jonathan Franklin/Addict Village; llega la cápsula de Fénix: © Ronald Patrick; Jeff Hart: © Ronald Patrick; perforadora T-130, 7 de octubre de 2010: AFP Getty Images; Jonathan Franklin en el emplazamiento para el Plan B; broca de la perforadora Plan B: ambas de Jonathan Franklin/Addict Village

14-15. Familiares, 13 de octubre de 2010: AP Photo/Natacha Pisarenko; sale Mario Sepúlveda, 13 de octubre de 2010: EPA/Hugo Infante /Landov; Richard Villarroel, 14 de octubre de 2010: © Claudia Vega/EPA/Corbis; José Henríquez, 13 de octubre de 2010: AP Photo/Roberto Candia; Luis Urzúa con el presidente Piñera, 13 de octubre: AFP/Gobierno de Chile/Hugo Infante/Getty Images/ Newscom; mineros con el presidente Piñera, 14 de octubre de 2010: Gobierno de Chile/Rex / Rex USA; Franklin Lobos, 13 de octubre de 2010: Gabriel Ortega/Gobierno de Chile/Rex/Rex USA; Mario Gómez, 13 de octubre 2010: AFP/ Martin Bernetti/Getty Images/ Newscom; familiar, 13 de octubre de 2010: ambas de © Ronald Patrick

16. Celebraciones, 13 de octubre de 2010: EPA/Ian Salas/Landov; Mario Sepúlveda rezando: © Morten Andersen

1. La mina de San José se encuentra en un rincón remoto del desierto de Atacama, en el norte de Chile, como muestra la fotografía de la NASA *(véase f. 4)*. El yacimiento era tan poco conocido que hubo que improvisar letreros en la carretera, como éste escrito a mano, para guiar a los rescatistas.

Este rincón del desierto era prácticamente desconocido para el resto del mundo hasta el derrumbe, el 5 de agosto de 2010, de la mina de oro y cobre. El peligroso estado de las carreteras explica la presencia de pequeños altares *(véase f. 2)* conocidos como *animitas*, que tienen la finalidad de guiar las almas de las víctimas al cielo.

3. La boca de la mina de San José daba tanto miedo que a menudo los mineros rezaban por sobrevivir al turno de trabajo.

RICHARD VILLARROEL

ALEX VEGA

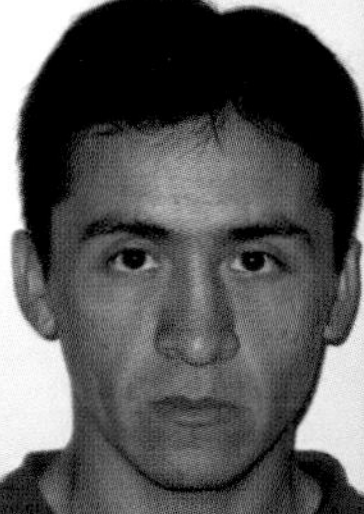
ARIEL TICONA

CARLOS BARRIOS

SAMUEL AVALOS

DANIEL HERRERA

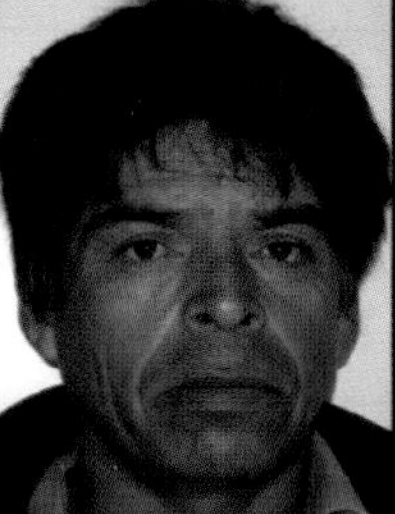
DARÍO SEGOVIA

EDISON PEÑA

JOSÉ HENRÍQUEZ

JOSÉ OJEDA

JUAN AGUILAR

MARIO SEPÚLVEDA

OMAR REYGADAS

OSMAN ARAYA

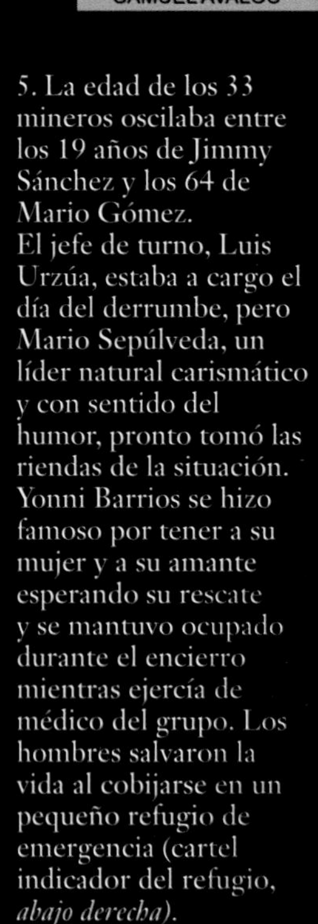

5. La edad de los 33 mineros oscilaba entre los 19 años de Jimmy Sánchez y los 64 de Mario Gómez.
El jefe de turno, Luis Urzúa, estaba a cargo el día del derrumbe, pero Mario Sepúlveda, un líder natural carismático y con sentido del humor, pronto tomó las riendas de la situación. Yonni Barrios se hizo famoso por tener a su mujer y a su amante esperando su rescate y se mantuvo ocupado durante el encierro mientras ejercía de médico del grupo. Los hombres salvaron la vida al cobijarse en un pequeño refugio de emergencia (cartel indicador del refugio, *abajo derecha*).

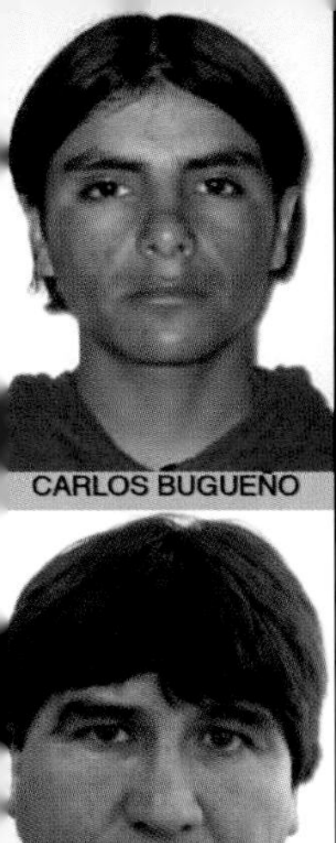

CARLOS BUGUEÑO

CARLOS MAMANI

CLAUDIO ACUÑA

CLAUDIO YAÑEZ

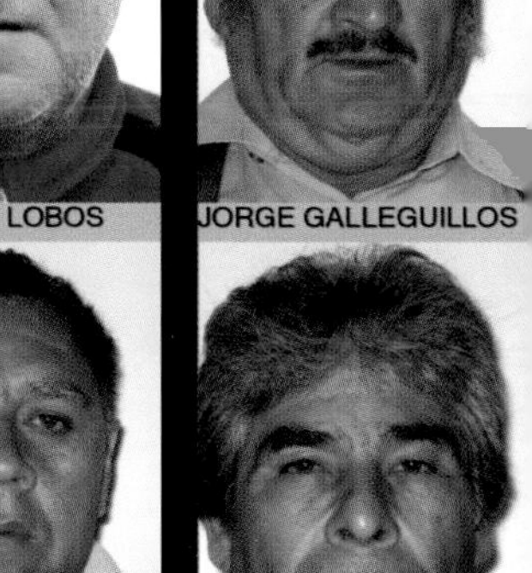

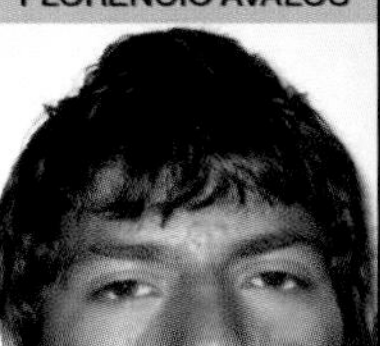

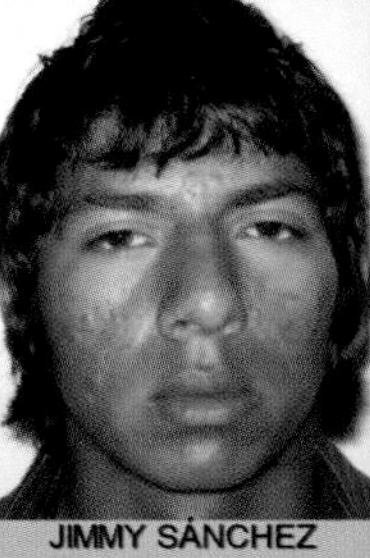

ESTEBAN ROJAS

FLORENCIO ÁVALOS

FRANKLIN LOBOS

JORGE GALLEGUILLOS

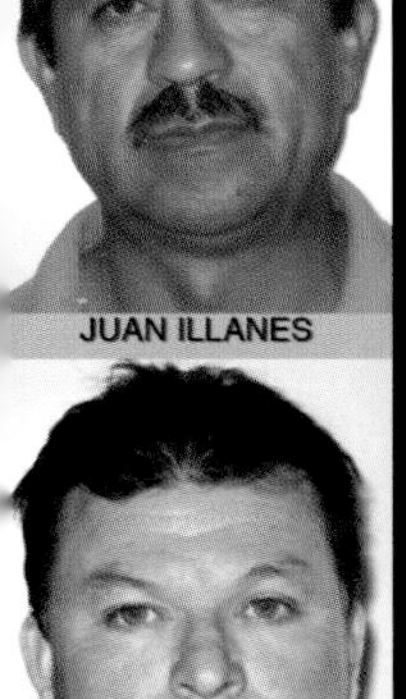

JUAN ILLANES

JIMMY SÁNCHEZ

LUIS URZÚA

MARIO GÓMEZ

PABLO ROJAS

PEDRO CORTEZ

RAÚL BUSTOS

RENÁN ÁVALOS

VÍCTOR SEGOVIA

VÍCTOR ZAMORA

YONNI BARRIOS

6. A las pocas horas del derrumbe que tuvo lugar en la mina de San José, familiares preocupados acudieron en tropel a la colina del yacimiento. Pedro Simonovic, uno de los directivos de San José, les informa de las últimas novedades.

7. El ministro de Minería Laurence Golborne fue muy elogiado por la rapidez con la que se reunió con los familiares y la sinceridad con la que les informó de lo ocurrido.

8. El árido emplazamiento de la mina era poco más que un montón de rocas donde los familiares a la espera de noticias eran atendidos por las autoridades locales.

9. Las primeras informaciones ya indicaban que el rescate sería complicado. Los familiares lloraban e intentaban asimilar la noticia.

10. Los primeros intentos de rescate se centraron en excavar un túnel entre los escombros para encontrar a los hombres. Estos esfuerzos se vieron repetidamente frustrados por los constantes desplomes que obligaban a muchos rescatistas a esperar fuera de la mina sumidos en el desánimo y la impotencia.

11. El emplazamiento de las tareas de rescate carecía de toda infraestructura por lo que fue necesario aplanar con excavadoras el terreno donde habrían de instalarse las perforadoras.

12. El 10 de agosto cientos de amigos y familiares de los hombres atrapados se congregaron en una misa. De profundas convicciones religiosas ya antes del accidente, la comunidad minera mostró en todo momento gran devoción convencida de que su fe salvaría a los hombres.

13

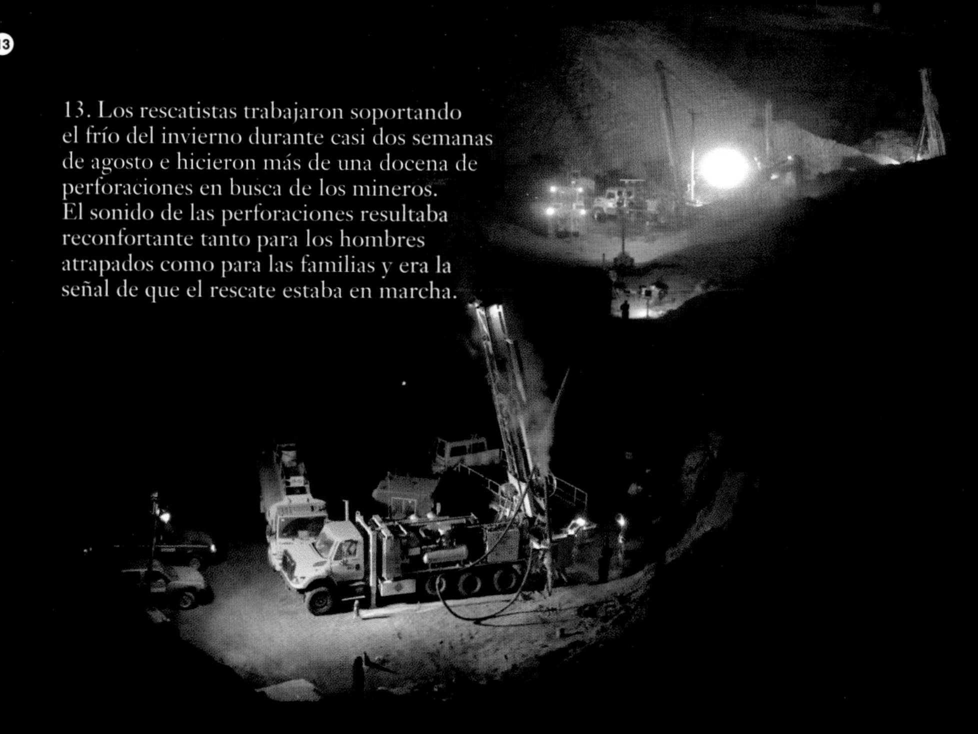

13. Los rescatistas trabajaron soportando el frío del invierno durante casi dos semanas de agosto e hicieron más de una docena de perforaciones en busca de los mineros. El sonido de las perforaciones resultaba reconfortante tanto para los hombres atrapados como para las familias y era la señal de que el rescate estaba en marcha.

14. Los familiares alumbran con velas el camino hacia la mina. Nunca perdieron la esperanza de recuperar a sus seres queridos.

14

15. El 22 de agosto, después de 17 días sin noticias, la alegría y las manifestaciones de cariño invadieron el Campamento Esperanza *(véase f. 16)* cuando el presidente de Chile Sebastián Piñera anunció que los hombres atrapados habían enviado una nota en la que decían: «Estamos bien en el refugio los 33».

16

17. Las familias se reúnen para ver el primer vídeo de los mineros encerrados. Después de semanas de desesperación las noticias no podían ser mejores: ninguno de los hombres estaba herido.

18. A pesar de las precarias condiciones y de una espera que podría durar meses, los mineros se mostraban unidos y valientes en los vídeos que enviaban a la superficie. Funcionarios del Gobierno revisaban escrupulosamente todas las imágenes que llegaban desde el interior de la mina.

19. A principios de septiembre el Gobierno instaló un sistema de videoconferencia que permitía a los mineros y a sus familiares establecer contacto audiovisual.

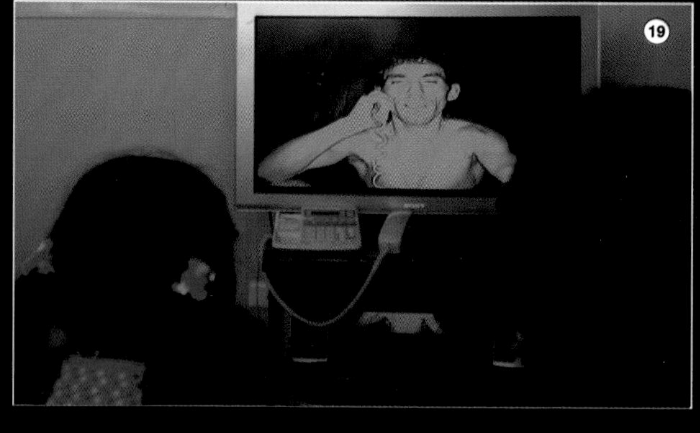

20

20. La trágica historia de los mineros atrapados cautivó al mundo y atrajo a cerca de 2.000 periodistas hasta el yacimiento de San José.

21. Lisette y Bastián Gallardo, nietos de Mario Gómez, uno de los 33 mineros atrapados, juegan entre las banderas que ondean en la colina situada sobre el Campamento Esperanza.

22-27. El autor Jonathan Franklin tuvo acceso de primera mano a la operación de rescate y fue testigo de los procedimientos para enviar comida y medicamentos a los hombres atrapados. Con el empleo de pequeños tubos, el equipo de rescate, del que formaba parte el ministro Golborne, pudo mantener con vida a los mineros durante semanas mientras se diseñaba el plan para sacarlos de allí. Las cartas se enviaban dentro de pequeños frascos de plástico *(foto 24)* y escribirlas *(foto 25)* se convirtió en una verdadera pasión para los familiares. Verónica Quispe sostiene una foto de su marido, el boliviano Carlos Mamani *(foto 26)* a la entrada de la mina. *(Foto 27)* Treinta y tres velas, una por cada uno de los mineros, conforman un singular santuario en la rocosa colina.

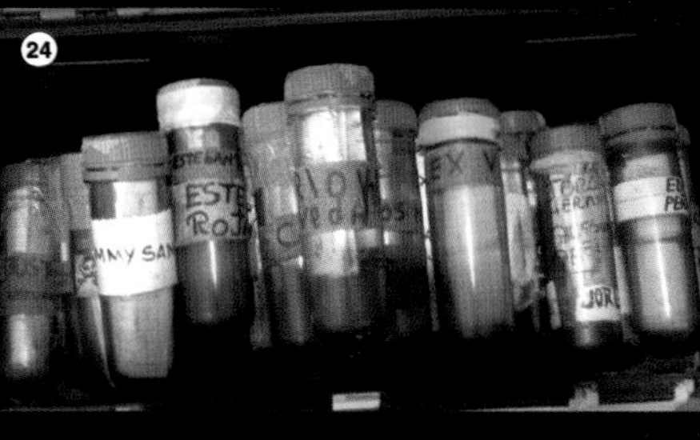

28. Al psicólogo Alberto Iturra se le encomendó una tarea casi imposible: mantener unidos a los 33 mineros durante el tiempo que duró su encierro.

29. André Sougarret, el ingeniero encargado de la operación de rescate, habló a diario con la prensa para explicar los riesgos de perforar un túnel de evacuación de casi 700 metros de profundidad.

30. Jonathan Franklin charlando con el presidente Sebastián Piñera.

31. La niebla matutina transforma el campamento de periodistas en un mundo misterioso y espectral.

32. La perforadora Strata 950 avanzó con lentitud durante el primer mes. A principios de septiembre el Gobierno empezó a considerar otras opciones para llegar hasta los mineros.

33. Un convoy de camiones trae más equipos de perforación a la mina de San José, incluida la gigantesca perforadora petrolera que pronto pasó a conocerse como Plan C.

34. Se emplearon brocas de gran tamaño para atravesar paredes de roca de cientos de metros de espesor.

35. Jonathan Franklin observa mientras el perforador Jeff Hart termina de excavar el primer túnel hasta los mineros atrapados a principios de octubre.

36. El perforador Jeff Hart, llegado de Afganistán expresamente para rescatar a los mineros, celebra la finalización del conducto de evacuación.

37. A principios de octubre el Gobierno de Chile tenía en marcha tres operaciones distintas de perforación e intensificaba los esfuerzos por llegar hasta los hombres.

38. La entrada a la zona donde se realizaban los trabajos de rescate de los mineros estaba custodiada por la policía chilena. Jonathan Franklin recibió un pase especial para asistir a las operaciones en primera fila.

39. El ministro Golborne *(izquierda)* le da explicaciones al presidente Piñera *(centro)* y al ingeniero jefe André Sougarret mientras discuten los procedimientos de rescate.

40. Vista desde la parte superior de la cápsula en su ascenso hacia los rescatistas.

41. Una multitud de rescatistas y trabajadores del Gobierno observa la llegada de la cápsula Fénix.

42. El doctor Jorge Díaz toma las medidas al doctor Jean Romanoli para comprobar si cabría en la cápsula Fénix.

43. Familiares de Mario Gómez y Darío Segovia celebran el tramo final de la operación de rescate.

44. La tensión emocional crecía conforme los rescatistas avanzaban hacia los mineros atrapados.

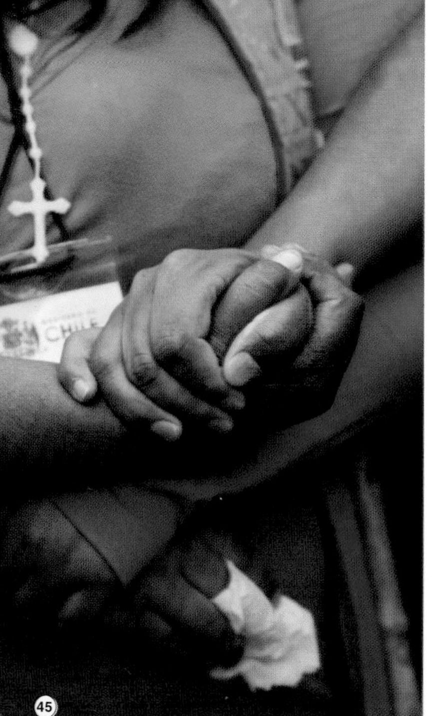

45. Solidaridad en el Campamento Esperanza cuando los familiares se unen para animar a los rescatistas a no darse por vencidos.

46. Mario Gómez, el minero de más edad, celebra su último turno después de 51 años de trabajo bajo tierra.

47. El minero Franklin Lobos, vieja estrella del fútbol, abraza a su hija Carolina segundos después de ser rescatado.

48. Mario Sepúlveda salió triunfante de la cápsula, cautivó los corazones de todo el mundo y se ganó el apelativo de «Súper Mario».

49. El minero Richard Villarroel sonríe desde la camilla que lo lleva al hospital de campaña minutos después de ser rescatado.

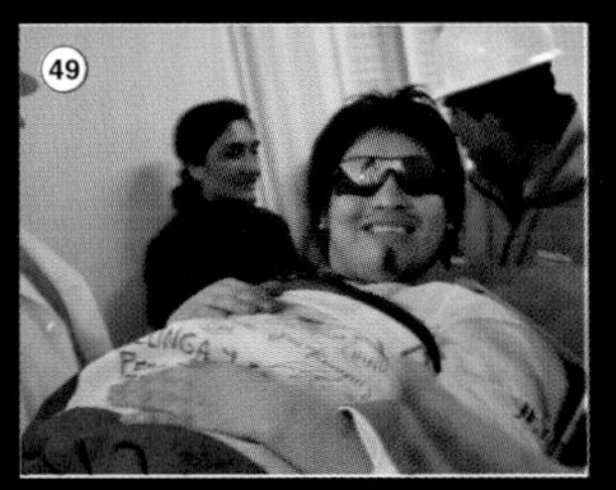

50. José Henríquez, encargado de dirigir las oraciones dentro de la mina, saluda al mundo minutos después de ser rescatado.

51. Luis Urzúa, el último minero en salir, expresa su alegría al lado del presidente Piñera. Urzúa era el capataz de turno el día del derrumbe.

52. En el hospital los mineros ríen y bromean con el presidente Piñera.

53. Después de 69 días de espera, los familiares estallan de júbilo cuando el último de los mineros, Luis Urzúa, es rescatado.

54. Mario Sepúlveda reza en una playa cerca de Copiapó en su primer día de libertad.